프롬나드 인 러시아

이 도서는 2018년도 아르코문학창작기금 지원사업에
선정되어 발간된 작품입니다.

PROMENADE IN RUSSIA
Прогулка по России

프롬나드 인 러시아

김은희 지음

세렌디피티(serendipity)는 '완전한 우연으로부터 중대한 발견이나 발명이 이루어지는 것'을 뜻한다. 플레밍이 배양실험을 하는 도중에 실수로 푸른곰팡이를 혼입한 것이 후에 감염증으로부터 수많은 사람들을 구해낸 항생물질인 '페니실린'의 발견으로 이어진 것이나, 제2차 세계대전 당시에는 비밀무기에 속했던 초단파를 이용한 전자레인지의 발명, 시작은 초강력접착제였으나 우연히 만들게 된 3M사의 포스트잇 메모지 등 그 예는 수없이 많다.

이 용어는 원래 '실론 섬의 세 왕자 이야기'에서 유래한다. 세렌디프는 실론의 아라비아어이고 지금의 스리랑카를 가리킨다. 실론의 왕에겐 세 왕자가 있었는데, 그들의 교육을 담당하던 가정교사들은 후계자 교육의 마지막 과정으로 세 왕자에게 보물을 찾아오도록 한다. 왕은 가정교사의 말대로 세 왕자에게 멀리 떠나 보물을 찾아오도록 명을 내리고, 세 왕자는 길을 떠난다.

세 왕자는 여행 도중에 페르시아 황제가 다스리는 나라를 지나다가 낙타를 잃어버린 사나이를 만나게 된다. 사나이가 낙타를 잃어버렸다고 말하자, 왕자들은 낙타가 '한쪽 눈이 먼 것', '이가 빠져 없는 것', '다리를 하나 저는 것'까지 다 알아맞힌다. 사나이는 세 왕자가 낙타를 훔쳐간 것이 틀림없다고 확신하고 황제에게 끌고 간다. 하지만 세 왕자는 "낙타를 보지도 못했다"라고 말한다. 황제는 왕자들이 거짓말을 하고 있다고 생각하고 화가 나서 그 자리에서 세 왕자에게 사형을 선고한다. 하지만 세 왕자의 처형 당일에 그 낙타가 마을에서 발견되어 왕자들은 누명을 벗게 된다. 황제가 세 왕자에게 보지도 못한 낙타를 어떻게 그렇게 상세히 알고 있었느냐고 묻자, 왕자들은 "길 양옆에 나 있는 풀이 유난히 한쪽만 적은 것을 보고 한쪽 눈이 먼 낙타"일 거라 짐작했으며, "먹다 흘린 듯한 풀 중에 제대로 씹히지 않은 풀이 여기저기 눈에 띄어 이가 없는 낙타"일 거라 추측했으며, "발굽 자국이 세 개는 또렷한데 한 개는 끌리듯이 나 있어서 다리를 저는 낙타"일 거라고 생각했다고 대답한다. 황제는 세 왕자의 지혜에 탄복하여 자신의 신하가 되어줄 것을 부탁하지만 왕자들은 부왕이 명령한 보물을 찾겠다며 자신들의 여행을 계속하게 된다.

그러나 보물찾기는 결국 실패하고 왕자들은 돌아오는 길에 다시 페르시아 황제를 만나는데 그는 델리란마라는 애첩을 잃고 상심하고 있었다. 왕자들은 또다시 기지를 발휘해 그 여인을 황제에게 찾아주고 많은 보석과 피륙, 진기한 책들을 선물로 받아 고국으로 돌아온다. 페르시아 왕으로부터 많은 선물은 받았지만 부왕이 명령한 보물을 찾지는 못했던 왕자들은 그간의 일화를 왕에게 고하게 된다. 그들의 이야기를 들은 왕은 "세 왕자가 보물을 찾는 여행 중에 겪은 경험이 바로 진정한 보물"이라며 기뻐한다. 이후 세 왕자는 각기 다른 나라의 왕이 되어 선정을 베풀며 살아간다.

　그들이 왕이 되기 위해 보물을 찾아 떠난 여행에서 찾은 것은 결국 그들이 위기 때마다 발휘했던 지혜와 그 결과로 얻은 값진 경험이었다. 플레밍이 페니실린을 발견한 것도 끊임없는 실험이라는 과정의 결과였으며, 그 외의 경우들에서 발견된 다른 모든 '세렌디피티'의 예들도 어떤 결과를 얻으려 수없이 노력한 과정이 이루어낸 합당한 결과들이었다.

　이 책을 펼쳐 필자와 함께 러시아를 산책하러 나선 독자들도 '모스크바와 모스크바 근교'를 걸으면서 그 길의 끝에서 혹시 얻게 될지도 모를 어떤 결과에 주목하지 않기를 바란다. 필자와 함께, 때로는 독자 혼자 오롯이 이 길을 산책하면서 결국은 누구보다 소중한 자신을 마주하고 누구도 대신할 수 없는 자기 자신을 온전히 들여다보길 감히 바라본다. 결국 남을 통해 자신을 돌아볼 수밖에 없기에 필자가 소개하는 러시아 산책길과 그 길에서 만나게 될 여러 사연들이 결코 먼 나라 타인들의 이야기가 되지는 않을 것이다. 그것이 200년이 훌쩍 넘은 푸시킨의 결투와 작품 이야기든, 지금도 그 작품들을 읽으면 자신의 고민, 자신의 현재로 느끼게 되는 톨스토이와 도스토옙스키, 체호프의 이야기든, 21세기 러시아인이 살아가는 이야기든, 우리 자신의 모습을 들여다보는 일에 방해가 되지는 않을 것이다. 오히려 앞서 소개한 '세렌디피티'란 말처럼 러시아를 만나가는 우연들이 결국은 자신이라는 중대한 발견에 도움을 줄 것이라 믿는다.

가진 것이라곤 조금 일찍 시작한 책 읽기와 러시아를 조금 더 가까이서 접한 경험밖에 없는 필자가, 머슴밥 같은 투박한 글과 부잣집 이웃에게 빌린 귀한 찬 같은 그림들을 먼 길 찾아온 독자들 앞에 내어놓는다. 부끄러움은 저자의 몫이리라.

소중한 가족에게 사랑을 전하며, 글로 사람들과 소통하게 하신 주님께 늘 감사와 찬양을 드린다. 그리고 항상 내 글의 첫 번째 독자가 되어주고 몇 년 동안 러시아 곳곳을 함께 다니며 공감해주고 조언을 아끼지 않은 남편 안동진 박사에게 고마움을 표한다.

김은희

러시아는 박물관의 나라다. 『2018년 수치로 본 러시아』라는 책에 따르면 2016년 기준 러시아의 박물관 수는 2,742곳이며, 분야도 예술, 건축, 민속학, 자연과학, 과학기술, 전문 영역 등 다양하다. 박물관 방문객수는 1억 2천3백6십만 명(2016년 기준)이다. 이는 러시아 문화성 자료에 근거한 수치로 국립박물관만을 계수한 것이다. 국립박물관이 아닌 시립이나 기관 소속, 사설이나 사회재단 박물관까지 계수한다면 그 수는 엄청날 것이지만, 정확한 수치는 산출된 적이 없다. 몇몇 인터넷 자료에 따르면 러시아의 수도 모스크바에만도 400곳이 넘는 국립·사립 박물관과 분관들이 있는 것으로 알려져 있는데 어떤 자료는 447곳, 어떤 자료는 445곳이라고 한다. 모스크바에는 국립박물관만 65개가 넘고, 모스크바주(州)에는 35개가 넘는 저택-박물관, 보존지역-박물관 등이 있다고 하지만 정확한 수치는 역시 알려지지 않았다. 과히 박물관의 나라, 박물관의 도시라고 불릴 만하다.

모스크바 박물관의 역사는 1856년으로 거슬러 올라간다. 알렉산드르 2세가 로마노프 귀족원을 처음 상태로 복원하여 그 안에 박물관을 건립할 것을 명령한 것이 박물관 역사의 시초이다. 건물 복원과 인테리어, 소장품 전시 등에 3년이 소요되었고 1859년 8월 27일 드디어 박물관 개관식이 열렸다. 처음에는 일주일에 2회, 한 번에 8명 이하로 입장이 가능했다. 박물관에서 근무하는 사람들은 방문객들에게 최대한 친절을 베풀도록 했으며 만약 입장료를 받거나 돈을 요구하면 엄한 처벌을 받았다. 이 시기에 크렘린의 무기고 박물관이 공공박물관의 지위를 획득하였고, 그 후 모스크바에는 역사, 공학, 민족예술박물관들과 모스크바대학 인류학 박물관 등이 세워졌다.

모스크바 박물관의 역사에서 개인 컬렉터들의 공로를 빼놓을 수 없다. 국립박물관들의 등장과 함께 개인 컬렉터들이 자신의 수집품들로 박물관을 개관하거나 공공 박물관이나 시에 기증하는 사례가 늘어나게 된다. 가장 유명한 예는 1856년에 개관한 거상 파벨 트레티야코프 미술관일 것이다. 1892년 파벨 트레티야코프는 자신의 미술관을 모스크바시에 기부하였고 모스크바시는 1,276점에 달하는 러시아 화가들의 작품들로 채워진 공공 미술관을 갖게 되었다.

또한 조형미술박물관(현 푸시킨조형미술박물관) 건립도 모스크바 박물관 역사에서 중요한 사건이다. 1893년 러시아의 여류 시인 마리야 츠베타예바의 부친이자 저명한 예술사학자 이반 츠베타예프는 박물관 건립을 발의하였고, 모스크바 시의회와 모스크바대학이 즉각 찬성하여 박물관 건립이 추진되어 1912년 대중에 개방되었다. 푸시킨조형미술박물관에는 비록 세계 예술 작품들의 사본이나 복제품이 많은 것으로 알려져 있지만, 유럽과 세계 예술 박물관들 중 러시아에서 규모가 가장 큰 박물관이다. 이렇게 해서 1914년경 모스크바에는 약 40곳의 공공 박물관이 자리하게 되었다.

구소련 붕괴 이후 모스크바에는 사립 박물관들이 앞다투어 문을 열었다. 1993년 첫 사립 예술박물관인 러시아민족예술박물관이 개관하였고, 자연박물관(사립)이 뒤를 이었다. 현재 러시아연방 박물관 재단은 박물관을 국공립과 사립으로 나누어 관리하고 있으며 모스크바 소재 여러 박물관에서는 다양한 강좌와 현장 체험학습 등이 진행되고 있다.

매년 수천만 명의 방문객 수를 자랑하는 모스크바 박물관들의 세계로 떠나보는 것은 러시아, 러시아 예술, 러시아 문학을 알아가며 러시아인과 소통하는 또 하나의 길이고, 결국 인간 본성에 접근해가는 한 가지 방법이 되어줄 것이다.

차 례

모스크바를 걷다

Walk through Moscow
Прогулка по Москве

이 산에 서면, 오른쪽으로 거의 모스크바시 전체가 다 보이고, 많은 집과 장엄한 고대 원형극장을 연상시키는 교회들이 죽 늘어서 있다. 특히 태양이 이 거대한 건축물들을 비출 때나, 석양이 수없이 많은 금빛 둥근 지붕과 하늘로 솟아오른 수많은 십자가 위에서 노닐 때는 가히 절경을 이룬다! (···) 저 멀리 짙푸른 오래된 느릅나무 숲에는 지붕 꼭대기가 금빛인 다닐로프 수도원이 빛나고 있고, 그 뒤로 더 멀리, 거의 지평선 끝자락에는 참새 언덕이 푸른 빛으로 우거져 있다.

— 카람진의 『가엾은 리자』 중에서

아르바트 거리 푸시킨 박물관

'러시아의 모든 것' 알렉산드르 푸시킨이 신접살림을 차렸던 집

청춘이 우리에게
아무 목적 없이 주어졌다고 생각하면 슬픈 일이다.
우리가 늘 청춘을 배반하고,
또 청춘에게 속임을 당하고,
우리의 최고의 희망,
우리의 신선한 꿈이,
늦가을의 나뭇잎처럼
차례차례 빠르게 썩어갔다고 생각하는 것도 슬픈 일이다.
자기 앞에 오찬의 긴 행렬만이 보이고,
인생을 한 의식처럼 여겨,
예의 바른 군중의 뒤를 따라
세상 사람들의 견해도 정열도 나눔이 없이,
걸어가는 것은 못 견딜 노릇이다.

– 푸시킨의 『예브게니 오네긴』 중에서

화가 키프렌스키가 그린
〈알렉산드르 푸시킨의 초상〉
푸시킨은 이 초상화를 가장 마음에 들어 했다고 전한다.

알렉산드르 푸시킨(1799~1837)에 대한 러시아인의 사랑은 대단하다. 푸시킨 앞에 붙는 수식어는 '러시아의 모든 것', '시인 이상의 시인', '대(大)시인', '러시아어의 어머니', '러시아 근대문학의 시작', '러시아 국민문학의 창시자', '모든 것의 시작' 등 헤아릴 수 없다. 러시아 전역에 있는 푸시킨의 동상만도 300개에 달한다고 하니 러시아인들의 푸시킨 사랑은 과히 숭배 수준이다.

푸시킨은 대(大) 귀족가문 출신이었지만, 나중에는 작품 활동만으로 집안을 건사하고 부인의 사치를 감당해야 했던 전업 작가였다. 푸시킨의 친가는 12세기 이래 600년 이상의 명문귀족가문이었고, 외가는 독일계 후손이었다. 조상 중 에티오피아계 혈통이 섞여 있었는데 푸시킨은 이를 자랑스럽게 여겼고, 자신을 흑인이라고 부르는 것에 자긍심을 가졌다. 푸시킨의 독특한 외모는 외가 쪽으로부터 비롯된 것이다. 집안에 전해오는 말에 따르면 푸시킨의 외증조부는 아프리카 아비시니아의 왕자였는데, 콘스탄티노플에 노예로 팔렸다가 표트르 대제의 양자가 되어 수많은 전투에서 활약하였다고 한다. 푸시킨은 외증조부의 이야기를 미완의 역사소설 『표트르 대제의 흑인』(1837)으로 옮기기도 했다.

모스크바 푸시킨 광장의 푸시킨 동상.
1880년에 조각가 A ㅣ 오페쿠신에 의해 제작된 동상으로 일반인들의 모금으로 시인이 사망한 후 제작된 동상의 첫 사례이다. 제막식에서 푸시킨을 '예언자'로 칭했던 도스토옙스키의 유명한 연설은 푸시킨과 도스토옙스키를 언급할 때 자주 인용된다.

황제 마을 귀족 기숙학교 시절 승급 시험을 위해 시낭송을 하는 푸시킨

자리에서 일어나 왼쪽 귀에 손을 대고 앞으로 몸을 숙여
푸시킨의 시 낭송에 집중하는 사람이 당대 최고의 시인이었던 데르자빈이다.

푸시킨은 어린 시절 프랑스인 가정교사로부터 프랑스식 교육을 받았으며, 유모(아리나 로디오노브나)와 외할머니(마리야 알렉세예브나 간니발)를 통해 러시아어를 배우고 러시아 민담과 민요를 듣고 자랐다. 그 덕분인지 '서구적인 것과 러시아적인 것의 절묘한 조화'를 이뤄냈다는 평가를 받는다. 상트페테르부르크 근교 황제 마을(차르스코에 셀로)에 있는 귀족 자녀 기숙학교인 리체이 시절, 승급 시험 때 발표한 시를 듣고 당대 최고의 시인이었던 데르자빈이 푸시킨을 극찬하면서 "이제 내 시대는 끝났다"라고 한 일화는 유명하다.

푸시킨은 길지 않은 20년의 창작 인생 동안 700여 편의 시, 민담, 단편소설, 장편소설, 희곡, 역사물, 평론, 기행문 등 기존의 모든 장르 이외에도 운문소설이라는 새로운 장르를 개척했다. 또한 '모든 것의 시작'이라는 수식어에 걸맞게 푸시킨은 장르뿐만 아니라 새로운 소재와 신선한 주제를 새로운 언어로 그려냄으로써 지금까지도 러시아 독자들뿐만 아니라 세계 여러 나라 독자들의 사랑과 관심을 받고 있다. 하나의 장르에 숙달하기도 어려운데 여러 장르의 특징을 이해하고 작품 활동을 했다는 것은 푸시킨의 천재성을 보여주며, 수많은 작품을 집필했다는 것은 그의 작가 정신을 드러내고, 항상 새로운 것을 미학화하고자 했다는 것은 작가로서의 그의 자세를 확인시켜 준다.

아르바트 거리의 푸시킨 기념박물관

총각파티도 신혼살림도 함께했던
아르바트의 푸시킨 박물관

　아르바트 거리의 푸시킨 기념박물관은 1831년 푸시킨이 나탈리아 곤차로바(1812~1863)와 결혼 후 몇 개월간 살았던 집에 위치해 있다. 박물관은 1972년 개관하였는데, 1986년에 대규모 복원 사업과 내부 수리를 거쳐 지금의 모습을 갖추었다. 박물관 안에는 예술 작품과 기념 물품, 푸시킨이 살았던 19세기의 가구 등이 전시되어 있다.

　1980년 세르게이 로마노프가 발견한 중개인 서류에 따르면 1831년 1월 23일 알렉산드르 푸시킨은 이 저택의 2층을 6개월간 임대하였다. 임대료는 2,000루블이었다. 이때 저택의 주인 내외는 당시 모스크바에

창궐했던 콜레라를 피해 오룔시(市)에 거주하고 있었다.

1831년 2월 17일 결혼식 전야에 알렉산드르 푸시킨은 이 집으로 가까운 친구들과 지기들을 불러 '총각파티'를 하였다. 이 파티에 참가했던 사람들 중에는 동생 레프 푸시킨, 파벨 뱌젬스키 공작, 시인 니콜라이 야지코프, 회상록 작가 데니스 다비도프, 철학자 이반 키레옙스키, 작곡가 알렉세이 베르스토프스키 등이 포함되었다고 하니 그 규모가 어떠했는지 짐작이 간다.

푸시킨과 부인 나탈리아가 볼쇼이 보즈네세니에 교회에서 결혼식을 올린 후 이 저택으로 돌아올 때, 아르바트 거리 쪽 저택 대문에서 푸시킨의 후원자들과 친우 파벨 나쇼킨, 파벨 뱌젬스키 등과 가족, 친구 부부들이 신혼부부를 맞이하였고, 결혼식 축하는 다음 날까지 이 저택에서 계속되었다. 푸시킨은 결혼식을 올린 후 열흘이 지난 뒤 첫 번째 무도회를 열었는데, 무도회에 참석했던 외교관 알렉산드르 불가코프는 "성찬이 아주 훌륭했으며 부부가 마치 '두 마리 비둘기' 같았다"라고 회상하며 "술집만 전전했던 푸시킨이 이렇게 훌륭하게 손님 접대를 할 줄 아는 것에 놀랐다"라고 했다.

**푸시킨의 신혼집이 있었던 모스크바 아르바트 거리의
푸시킨과 부인 나탈리아 동상**

푸시킨 동상을 부인 동상보다 6센티미터 작게 제작했다고
러시아인들이 동상 제작자에게 항의했던 일화로도 유명하다
(실제로 푸시킨은 부인보다 키가 더 작았다).

푸시킨 부부는 이곳에서 3개월을 지낸 후 상트페테르부르크 부근 황제 마을(차르스코예 셀로)로 이사하였는데, 푸시킨이 장모의 간섭을 피해 그곳으로 옮겼다는 설이 지배적이었다. 그 후 이 집 2층의 주인과 거주자들은 자주 바뀌었고, 1층에는 화실, 상점, 매점 등이 위치해 있었다.

1917년 혁명 이후 이 저택은 시립 재단 관할로 넘어갔다가 1921년에는 극장으로 변신하여 몇 개월간 블라디미르 마야코프스키와 프세볼로드 메이에르홀드가 드나들기도 했다. 그러나 주택 공유화 정책이 시작되면서 1년 후 이 집은 '공동주택'이 되었고 1970년경 이 저택에는 72명으로 구성된 33세대가 거주하게 되었다. 푸시킨이 썼던 예전 거실은 천장이 높았기 때문에 두 층으로 나뉘어 사람들이 거주하였다. 그러다가 1972년 러시아연방 내각 명령으로 푸시킨 박물관이 건립되었고 2년 후 이 저택은 국가 기념물 목록에 포함되게 된다. 박물관 건립이 결정된 이후 곧바로 대규모 복원 사업이 시작되었고 1985년까지 계속되었다. 박물관이 일반에 공개된 것은 푸시킨과 부인 나탈리아의 결혼 150주년 기념일이었던 1986년 2월 18일이다.

장모의 반대로
우여곡절 끝에 이룬 결혼식

푸시킨이 나탈리아 곤차로바를 처음 만난 것은 1828년 12월 모스크바의 한 무도회에서였다. 막 사교계에 첫발을 내딛은 아리따운 열여섯 나탈리아에게 첫눈에 반한 푸시킨은 몇 개월 후인 1829년 4월에 지인을 통해 청혼한다. 그러나 나탈리아의 어머니의 대답은 애매했다. 당시

16세였던 나탈리아가 "결혼하기에는 너무 어리다"라는 것이었지만 딱 잘라 거절 하지는 않았다. 충격을 받은 푸시킨은 캅카스의 군대로 떠나버렸다. 시인의 말에 따르면 "주체할 수 없는 슬픔"이 그를 모스크바에서 내몰았으며 절망으로 이끌었다는 것이다. 그리고 그해 10월에 다시 모스크바로 돌아와 나탈리아를 만나지만 그녀는 푸시킨을 냉담하게 대할 뿐이었다. 나탈리아의 오빠 세르게이의 회상에 따르면 '푸시킨과 나탈리아는 잦은 말다툼을 벌였다'는 것이다. 왜냐하면 푸시킨이 알렉산드르 황제에 대해 함부로 말하곤 하였고 나탈리아는 고인이 된 황제를 공경하는 태도를 취했기 때문이었다. 게다가 미래의 장모에게도, 어리고 사치스러운 나탈리아에게도 푸시킨의 정치적 불안정성과 가난, 도박벽 등이 마음에 들었을 리 없었다.

그러다가 1830년 봄 상트페테르부르크로 떠나 있었던 푸시킨은 지인을 통해 곤차로프가(家)로부터 희망적인 소식을 전해 듣고 급히 모스크바로 돌아와 나탈리아에게 재차 청혼하게 된다. 1830년 4월 6일 푸시킨은 드디어 결혼 허락을 받게 되는데, 나탈리아 집안을 잘 아는 한 지인의 말에 따르면 나탈리아가 "워낙 약혼자에 빠져서" 어머니의 반대를 극복했던 것이라고 한다. 당시 니콜라이 황제의 비밀 감시를 받고 있던 푸시킨은 일거수일투족을 황제에게 보고해야만 했다. 황제와 푸시킨의 서신교환을 담당했던 알렉산드르 벤켄도르프에게 보낸 1830년 4월 16일 자 편지에서 푸시킨은 결혼 계획에 대해 밝히고 있는데, "곤차로바 부인(나탈리아의 어머니-필자)이 황제에게 평이 좋지 못해 불행을 당할 수도 있는 사람에게 딸을 시집보내기를 두려워하고 있다"라고 덧붙이면서 편지 끝에 자신이 집필을 끝낸 비극 〈보리스 고두노프〉의 출판을

푸시킨의 아내 나탈리아 곤차로바

허가해줄 것을 요청하였다. 벤켄도르프는 답신에서 니콜라이 1세가 푸시킨의 결혼 소식에 대해 '호의 있는 만족'을 나타냈다고 하였다.

1830년 5월 6일 약혼이 성사되었지만 지참금 협의로 결혼식이 연기되었다. 수년 뒤 나탈리아는 지인에게 "그들의 결혼식이 약혼자와 장모의 다툼으로 계속해서 고비를 맞았다"라고 이야기했다. 그리고 그해 푸시킨의 숙부가 죽으면서 결혼식은 또다시 연기되었으며 푸시킨은 영지 상속 문제로 볼지노에 갔다가 콜레라 때문에 3개월을 그곳에서 머물게 된다. 하지만 역설적이게도 이 기간이 푸시킨의 인생 중에서 가장 왕성한 창작 시기였다.

예카테리나 여제가 비밀 결혼했던 교회에서 결혼식을 올린 푸시킨

결혼식은 1831년 2월 18일(신력 3월 2일) 모스크바의 볼쇼에 보즈네세니에 교회에서 진행되었다. 결혼반지를 교환할 때 푸시킨의 반지가 바닥에 떨어졌고 나중에는 푸시킨의 양초가 꺼지기도 했다. 푸시킨은 창백해지면서 "모든 것이 나쁜 징조"라고 말했다고 전한다.

푸시킨과 나탈리아가 결혼한 교회
일설에 의하면 이곳에서 예카테리나 여제가 1774년 총신(寵臣) 그리고리 포촘킨과 비밀 결혼식을 올렸다고 전한다. 포촘킨은 교회 재건을 위해 상당한 액수를 기부하였다고 한다.

하지만 푸시킨은 결혼식 후 "나는 결혼했고 행복하다. 단 하나의 바람은 내 인생에서 아무것도 변하지 않는 것이다. 이보다 더 좋을 수는 없다"라고 친구 플레트뇨프에게 편지를 보냈다. 신혼부부는 아르바트 거리에 신접살림을 차렸지만, 장모가 가정생활에 자꾸 간섭하는 것이 싫었던 푸시킨은 1831년 5월 중순에 황제 마을(차르스코예 셀로)로 이사를 갔다. 몇 개월간 신혼부부는 조용히 살았고 가까운 친구들과 친척들하고만 교류하였다. 잘 알려져 있다시피, 푸시킨의 아내는 푸시킨 작품의 정서(正書)를 도왔으며 나탈리아가 정서한 〈예카테리나 2세의 비밀 수기〉, 〈논쟁 잡지〉(일부), 〈콜롬나의 집〉 복사본들이 보존되어 있다. 7월에는 황제의 가족이 콜레라 때문에 차르스코예 셀로로 피신하였고 나탈리아는 숙부에게 보낸 편지에서 황제부부가 푸시킨의 아내를 산책하다가 만나보고 싶어 한다는 이야기가 들려서 "가장 인적이 없는 곳"을 찾아 산책을 한다고 썼다.

1831년 가을 푸시킨 부부는 페테르부르크로 이사를 했고 푸시킨 아내의 미모는 페테르부르크 상류사회에 대단한 파장을 불러일으켰다. 푸시킨은 처음에 상류사회에서의 아내의 성공을 자랑스러워했다. 상류사회 인사였던 다리야 피켈몬은 푸시킨 아내의 외모를 지적하면서 "지식이 별로 없는 것 같고 상상력도 부족한 것 같다"라고 평했으며 푸시킨에 대해서도 "그녀 앞에서는 시인이 되기를 멈추는 것 같다"라고 적었다. 푸시킨의 아내를 아는 사람들은 나탈리아의 냉담에 가까운 절제성과 말이 없는 성격을 지적하였다. 아마도 이런 점은 나탈리아가 수줍어서 그럴 수도 있고 상류사회에서의 지나친 관심 때문이었을 수도 있다. 나탈리아는 상류사회에 빠르게 적응하는 것 같았지만 진정한 상류사회의 부인이 되지는 못하였다. 친구뿐만 아니라 적도 가진 사람인 '러시아 첫 번째 시인'의 아내였기 때문이리라. 청혼과 결혼 과정에서 불화를 겪었던 푸시킨과 장모 사이도 1832년과 1833년 연년생으로 딸과 아들이 태어나면서 조금 나아지는 듯했다.

사교계의 꽃이 된
푸시킨의 아내 나탈리아

푸시킨의 아내 나탈리아에 대해서 가정과 집안을 돌보지 않고 상류사회의 쾌락만을 좇았다고 생각하는 것이 일반적 견해였다. 그런 평가가 내려진 것은 쇼골레프의 저서 『푸시킨의 결투와 죽음』에서 푸시킨 아내의 삶이 주로 "상류사회의 연애 사건"들로 채워졌다고 지적한 것도 한몫하였다. 그러나 후에 곤차로프가(家)의 문서들과 푸시킨 아내가 친척들에게 보낸 편지들이 알려지면서 나탈리아의 인성에 대한 해석이 변화되었다. 서신들을 연구한 연구자들은 언니와는 달리, 나탈리아는 이런 편지들에서 상류사회에서의 인기나 성공에 대해서는 전혀 언급이 없고 대부분이 집안일이나 아이들, 남편의 출판 활동에 관한 것이었다는 사실을 지적하였다. 당시 여론과는 반대로 나탈리아는 현실적이고 의지가 강한 성격이었다는 것이다. 푸시킨이 잡지 발행을 할 때는 푸시킨이 없을 때 『현대인』 잡지에 관해 그의 위임을 받아 대신 일을 하기도 했다는 사실도 알려지게 되었다.

당시 수도 상트페테르부르크에서의 생활비는 비쌌고 푸시킨이 외무성 근무로 벌어오는 봉급(연봉 5천 루블)으로는 집세와 여름별장 세밖에 충당할 수 없었다. 자녀가 넷이 되면서 가족도 불어나서 다른 귀족들처럼 푸시킨도 커다란 저택에서 살았기 때문이다. 푸시킨은 가끔 카드게임을 하였고 돈을 잃는 일도 잦았으며 상류사회 출입에도 적지 않은 지출이 요구되었다. 푸시킨은 곧 생활비와 여러 자금이 바닥났는데, 1833년 12월 말 니콜라이 1세는 푸시킨에게 시종보 직위를 임명하게 된다. 푸시킨 친구들의 말을 빌리면, 푸시킨은 "몹시 분노했다"라고 한다. 이런 직위는 새파란 사회 초년생에게나 내리는 것인데 푸시킨은 이미 서른이 훌쩍 넘은 나이였기 때문이다.

푸시킨은 1834년 1월 1일 자 일기에 "사흘 전에 시종보로 임명되었다(내 나이에는 물론 맞지 않는 것이다). 궁정에서는 N. N.(푸시킨의 아내 나탈리아 니콜라예브나-필자)이 궁정 무도회에서 춤추기를 바라서겠지"라고 쓴 것이나, 푸시킨의 부모가 지인에게 보낸 편지에 "며느리가 궁정 무도회에서 큰 인기를 끌고" 있으며 며느리가 "너무 많은 시간을 무도회에서 보낸다"라고 푸념을 한 것을 보면 궁정 관료들과 그 부인들만 참석하는 궁정 무도회에 푸시킨 부인을 참석시키기 위해 푸시킨에게 어울리지도 않는 하찮은 직위를 하사했다는 푸시킨의 추측이 맞는 것도 같다. 푸시킨의 아내는 페테르부르크 상류사회와 궁정에 출입하기 시작하면서 자매들인 알렉산드라와 예카테리나까지 수도로 불러들여 사교계에 출입시키고 푸시킨의 집에 함께 살도록 하였다.

1835년 푸시킨의 아내 나탈리아는 프랑스 장교 조르주 단테스를 알게 된다. 그가 푸시킨 부부에게 등장하기 전까지 푸시킨 아내 나탈리아는 비록 니콜라이 1세가 그녀에게 관심이 있다는 사실이 사교계에서 공공연한 비밀이었음에도 불구하고 그 누구의 입에도 오르내리지 않

1830년경 단테스의 초상화

앉으며 어떤 이름도 그녀의 이름과 관련되어 회자되지 않았다. 많은 푸시킨 연구자들의 의견에 따르면 단테스를 만나기 전까지 푸시킨 아내의 행실에 대해 비난할 사람은 없었다는 것이다. 그런데 단테스가 푸시킨 아내 나탈리아를 쫓아다니기 시작하고 그와 푸시킨 아내의 관계에 대한 추측성 소문이 퍼지기 시작한다. 그러나 푸시킨과 단테스가 결투하기 전까지 푸시킨 아내의 행실과 그 역할에 대한 것은 지금까지도 논란의 대상이 되고 있다. 러시아의 여류 시인이자 연구자였던 안나 아흐마토바와 마리나 츠베타예바는 푸시킨의 죽음에 대해 직간접적으로 푸시킨 아내가 책임이 있다고 간주하였다.

1946년에 단테스의 후손이 공개한, 1836년 단테스가 양아버지인 헤케른 공작에게 보낸 편지에 따르면, 단테스는 자신이 푹 빠져 있는 "페테르부르크에서 가장 매력적인 창조물"에 대한 언급이 나온다. 그 부인의 이름은 밝히지 않았는데, 그 여인의 남편은 "엄청나게 질투심이 많으며" 그 여인은 자신을 좋아한다고 썼다. 1951년에 이 편지를 러시아어로 번역한 챠블롭스키는 이 여인이 푸시킨의 아내라고 결론 내렸다.

그러나 다른 연구자인 D. D. 블라가는 비록 푸시킨의 아내가 단테스를 좋아했다고 하더라도 "자신의 의무를 져버리지 않았다"라고 언급하였으며, N. A. 라옙스키도 단테스의 두 번째 편지에 주목하였는데, 푸시킨의 아내 나탈리아에게 "그를 위해 자신의 의무를 져버릴 것을 설득"하였으나 거절당했다는 것이다. 푸시킨의 작품 『예브게니 오네긴』
에서 오네긴을 사랑하지만 "저는 이미 다른 사람에게 몸을 맡긴 입장, 그
분에게 일생을 바칠 것입니다"라고 오네긴을 거절했던 타티야나처럼
말이다. 그러나 단테스와 나탈리아 관계에 대해서는 아직까지도 여러
연구자들 사이에서 설왕설래하지만 정확한 사연은 베일에 가려져 있다.

부인 나탈리아는
과연 푸시킨을 죽음으로 내몬 악처인가?

1835년 가을 나탈리아에 대한 단테스의 추근거림이 더 심해지자 상
류사회에서도 둘 사이에 대한 추문이 돌기 시작했다. 푸시킨의 친구들
에게는 푸시킨과 그 아내에 대한 모욕적인 암시가 적힌 익명의 비방 편
지들이 전달되었다. 그 편지에 대해 알게 된 푸시킨은 결국 단테스에게
결투를 신청하는 편지를 보내게 되고 그 결투신청서는 단테스의 양부
네덜란드 대사 헤케른이 받게 된다. 단테스에게 보내는 신청서를 받게
된 헤케른은 푸시킨에게 결투를 24시간 연기할 것을 요청하고, 나탈리
아의 친정 오빠와 푸시킨 지인들의 중재로 푸시킨은 결투신청을 거두
어들인다. 그날 단테스는 나탈리아의 언니 예카테리나와 결혼하려고
했다며 발표하고 그날 저녁 단테스와 예카테리나의 약혼이 공식적으
로 발표됨으로써 푸시킨과 단테스의 결투 이야기는 없던 일이 되었다.

그러나 단테스가 푸시킨의 동서가 된 다음에도 푸시킨 아내와 단테
스 관계에 대한 추문은 상류사회에서 끊이지 않았으며 단테스가 '사랑
하는 사람(푸시킨의 아내-필자)의 명예를 지키기 위해' 사랑하지도 않는 여인(나

탈리아의 언니-필자)과 결혼하여 자신을 희생하려 한다는 소문까지 퍼지기 시작했다.

단테스와 예카테리나의 결혼은 1837년 1월 10일에 거행되었고 나탈리아도 참석하였으나 피로연에는 참석하지 않았고 푸시킨 부부는 신혼부부를 맞아들이지도 않고 이후 사교계에서도 만나지 않았다. 1월 23일 어느 귀족 무도회에서 단테스는 푸시킨의 아내 나탈리아를 모욕하는 일이 발생한다. 그 다음날 푸시킨은 헤케른에게 비난의 편지를 보낸다면 양아들인 단테스가 결투를 신청할 것이라고 예상하고 그에게 비난의 편지를 발송한다. 결국 1월 27일 쵸르나야 레츠카에서 푸시킨과 단테스의 결투가 성사되고 푸시킨은 중상을 입고 쓰러진다. 집으로 옮겨진 푸시킨은 사경을 헤매면서 몇 번이나 아내 나탈리아를 불러서 그녀는 "이 사건에 잘못이 없으며 그는 항상 그녀를 믿었다"라고 되풀이했다고 전한다. 푸시킨은 결투 후 사흘 뒤인 1월 29일 결국 사망하게 된다.

푸시킨의 죽음으로 나탈리아는 병까지 났을 정도로 심한 충격을 받았으며 푸시킨의 상을 치른 후에도 그가 사망한 금요일에는 "바깥출입을 하지 않고 고인을 추모하며 아무것도 입에 대지 않았다"라고 한다. 나탈리아는 푸시킨이 사망한 후 언니 예카테리나와는 연을 끊고 평생 만나지 않았다고 전한다. 단테스는 푸시킨과의 결투 후에 프랑스로 추방당하지만, 예카테리나와의 사이에서 1남 3녀를 낳았고 고국 프랑스에서는 출세가도를 달려서 나중에 상원의원까지 지낸다.

푸시킨과 단테스가 결투를 벌인 곳에 세워진 기념비

스뱌토고르스키 우스펜스키 수도원에 위치한 푸시킨의 묘

뛰어난 미모의 소유자였던 나탈리아는 푸시킨이 죽은 후에도 수많은 구혼자들이 있었고 니콜라이 1세의 관심까지 받았지만 몇 년을 혼자 지내다가 푸시킨이 죽은 지 7년 후 1844년 란스코이 장군과 재혼하게 된다. 니콜라이 1세가 결혼식에 나탈리아의 아버지 대신 참석하겠다고 제안하였으나 나탈리아는 정중히 거절하였고 결혼식에는 가까운 친척들만 참석하였다. 재혼 후 나탈리아는 푸시킨과의 사이에서 낳은 4명의 자녀 이외에 3명의 아이를 더 낳았고 재혼한 남편 란스코이의 영지에서 평생을 보냈다. 재혼한 남편과의 결혼 생활은 평탄했지만, 나탈리아는 1863년 숨을 거둘 때까지 푸시킨과의 왕래 편지들을 평생 보관했다고 전한다.

푸시킨의 시 〈그루지야 언덕에 밤안개가 피어있네〉(1829), 〈마돈나〉(1830), 〈내 품에 안을 때〉(1830), 〈아니오, 격렬한 쾌락에 떨지 않으려오〉(1830), 〈내 운명은 결정되었다. 나는 결혼한다…〉(1830), 〈때가 왔다. 내 친구여, 때가 왔다! 내 심장이 원한다…〉(1834) 등에 영감을 불어넣은 푸시킨의 뮤즈 나탈리아는 푸시킨의 사랑, 결투, 죽음이라는 말들과 함께 러시아 문학사에 영원히 남아 있다.

푸시킨과 나탈리아가 결혼했던 교회 앞에 세워진 동상.

낭만적 고뇌에 대하여
– 푸시킨 『벨킨 이야기』의 '간행자로부터'에 부쳐

보카치오의 『데카메론』, 아라비아의 설화집 『천일야화』, 푸시킨의 『벨킨 이야기』의 공통점은 무엇일까? 시대도 다르고, 작품이 탄생한 지역도 다르다. 당연히 작가도 다르다. 그렇다면 무엇이 같을까? 일단은 소설이라는 점이 같고, 소설은 소설이되 이야기모음집이라는 점이 같다. 게다가 이들 이야기모음집에는 서문이 붙어 있다는 것이 또 하나의 공통점이다. 어떤 계기로 이런 이야기모음집이 만들어질 수 있

1831년 상트페테르부르크에서 간행된 『벨킨 이야기』

었는지를 밝힌 서문이 작품집의 서두에 위치하고 있는 것이다. 그런데 작품을 읽다 보면 이 부분을 간과하는 경우가 아주 많다. 단순히 이야기 하나하나에 집중하면서 이 부분을 까맣게 잊는 경우가 허다하다.

이처럼 본 이야기의 바깥에 위치하면서 이야기(들)를 감싸는 구조를 소설에서는 액자구조라고 한다. 액자의 구조와 그 의미가 소설 텍스트에서 상당히 중요함에도 불구하고, 마치 액자는 빼고 그림만 관찰하는 관객들처럼, 흔히 간과하기 쉬운 부분이다. 그래서 푸시킨의 『벨킨 이야기』(1830

년의 액자, '간행자로부터'를 조명해보는 것은 흥미로운 일이다.

『벨킨 이야기』의 맨 앞에 놓인 '간행자로부터'에는 『벨킨 이야기』를 구성하는 5편의 단편들인 〈그 한 발〉, 〈눈보라〉, 〈장의사〉, 〈역참지기〉, 〈가짜 농군의 딸〉의 저자가 이반 페트로비치 벨킨이라는 점을 밝히면서 벨킨의 삶을 간략히 소개하고는 마지막에는 간행자 A. P.의 이니셜이 붙는 짤막한 글이 첨부되어 있다. 이반 페트로비치 벨킨이 쓴 이야기를 출간하려고 하는데, 그의 전기(傳記)를 알 길이 없어 벨킨의 친구에게 그의 삶에 대한 정보를 얻어 독자에게 소개한다는 간행자의 말 다음에 친구로부터 얻은 벨킨의 인생 소사(小史)를 싣고는 정보를 주신 벨킨의 친구에게 감사의 말을 전하는 간행자의 말로 구성되어 있는 것이다.

다시 한번 정리해보면, 형식은 〈간행자로부터=간행자의 말+벨킨의 인생 여정+간행자의 말〉이 된다. 내용을 뜯어보면, 한마디로 『벨킨 이야기』의 저자는 벨킨이며, 간행자는 A. P.라는 것이다. 물론 간행자 A. P.는 알렉산드르 푸시킨(Aleksandr Pushkin)의 이니셜이다. 그런데 왜 푸시킨은 자신을 간행자로 삼고, 벨킨이라는 가상의 인물을 설정하여 저자로 삼았으며, 왜 이런 복잡한 구조를 만들었을까?

학계에서는 이에 대해 크게 세 가지 입장에서 접근한다. 하나는 『벨킨 이야기』가 푸시킨의 최초의 소설이라는 것이다. 이미 시 분야에서는 최고의 위치를 차지하고 있었던 푸시킨이 소설 쓰기에 도전했다는 것은 자신에게는 대단한 모험이었을 것이다. 혹시 모를 실패의 위험에서 한 발을 빼기 위해 가상의 저자를 설정했다는 설(說)이다. 두 번째는 검열을 피하기 위해서였다는 것이다. 당시 푸시킨은 요주의 인물이었다. 러시아 최초의 귀족 봉기였던 데카브리스트 반란(1825년)을 진압하면서 황제에 오른 니콜라이 1세에게 푸시킨은 불온한 세력, 데카브리스트들(1825년 12월14일 니콜라이 1세 즉위식 날에 봉기한 귀족 장교들을 일컫는 말로 '12월 당원'이라 불린다)

과 결탁한 인물이었다. 그래서 푸시킨은 6년 동안 러시아 남부로 유형을 갔다. 유형에서 돌아온 푸시킨은 마음 놓고 작품을 출간하기 어려웠다. 황제의 눈치를 살피지 않을 수 없었기 때문이다. 그런데 푸시킨은 작품을 팔아서 생계를 유지해야만 했다. 작품이 출간되지 않으면, 그는 아내의 사치를 충당하기 어려울 뿐만 아니라 기본적인 생활조차 할 수 없는 처지였다. 그래서 자신은 쏙 빠지고 가짜 저자를 만들었다는 것이다. 순전히 책을 찍기 위한 전략이었다는 판단이다. 세 번째는 당시의 대문호 월터 스콧의 영향 때문이라는 이설(異說)이다. 푸시킨은 월터 스콧을 마법사라고 부를 정도로 추종했다고 한다. 그리고 스콧의 소설들이 주로 액자의 구조 위에서 구축되었다고 한다. 다시 말해서 스콧에 대한 존경과 모방의 결과가 '간행자로부터'를 잉태했다는 설명이다.

세 가지 설명은 다들 그 나름의 설득력이 있다. 우리가 푸시킨이 아닌 이상 추정만 할 뿐, 정확한 이유는 물론 알 수가 없다. 그럼에도 위험 회피설, 모방설, 책 찍기설 등은 조금씩 설득의 영역을 차지하고 있다. 그러나 필자는 약간 다르게 보고 싶다. 다시 '간행자로부터'로 돌아가 살펴보자.

저자인 벨킨의 생애를 독자들에게 소개하고 싶은데, 그의 약력을 알 길이 없어 고민하던 간행자(푸시킨)는 벨킨의 가장 가까운 친척이자 상속녀로부터 벨킨의 친구를 소개받고 그에게 연락을 취해 벨킨의 약력이 적힌 편지를 수령한다. 그러고는 그 편지를 그대로 옮겨놓는다. 그런데 그대로 싣기 전에 "여하한 첨삭, 수정이나 주석 없이 이 회신을 고결한 의사 표시와 감읍할 만한 우정의 고귀한 기념물로서, 동시에 지극히 충분한 전기적 정보로서 게재하는 바입니다"를 덧붙인다. 주석 없이 수령한 편지의 내용을 그대로 게재하겠다는 선언 후에 편지를 선보인다. 하지만 읽다 보면 황당한 경우를 만나게 된다. 간행자의 주석이 두 개나 있는 것이다. "쓸데없다고 여겨 우리가 게재하지 않은 일화가 편지의 이 부분에 씌어 있습니다. 그러나 독자들에게 확언하는바, 그 일화는 이반 페트로비치 벨킨에 대한 기억을 해칠 만한 어떤 것도 포함하고 있지 않았습니다. - 간행자의 주"라는 부분이 그것이다(다른 하나는 인용하지 않겠다. 간행자의 주석이 어떤 내용을 담고 있는가가 중요한 것이 아니기 때문이다).

이것은 어떻게 된 것인가? '간행자로부터'가 무슨 수백 페이지짜리 글도 아니고, 만약 길다면 앞에서 한 이야기를 잊어먹었다고 변명이라도 하겠지만 말이다. 그런데 고작 서너 쪽짜리 글에서 그것도 바로 앞 페이지에서 한 말을 정면으로 뒤집기를 시도한 것이다. 그것도 당대의 대문호 푸시킨이 말이다. 바로 여기에 포인트가 있다.

우선 기억할 것은 '간행자로부터'도 푸시킨이 쓴 것이라는 사실이다. 다시 말해서 자신이 창작한 글이라는 것이다. 그리고 '간행자로부터'에서 간행자가 바로 푸시킨이라는 것이다. 그러니까 자신이 만든 글에서 자기 스스로가 자신의 말을 뒤집고 있는 것이다. 왜 그랬을까? 그것은 낭만주의라는 큰 틀에서 접근해야 비로소 그 이유가 드러난다. 낭만주의 시대에 들어서서야 작가는 창조자의 위치를 차지한다. 신이 세상을 창조하듯이, 작가는 자신의 예술세계를 창조하는 것 말이다. 그 전 시대에 작가는 창조자가 아니라 낭송자에 가깝다. 옛날이야기를 상황에 맞게 읊조리는 음유시인이 작가라는 이름의 다른 모습이었다. 그러나 낭만주의 시대가 도래하면서 작가는 작품을 만들어내는 존재, 자신만의 세계를 그려낼 수 있는 존재로 인식되기 시작한다. 그래서 푸시킨은 스스로를 '예언자', '창조자'라고 말한다.

저자는 영어로 author이다. 그리고 author의 어원은 라틴어 auktor이다. auktor는 로마 시대에 장군을 의미하는데, 그냥 장군이 아니라, 제국의 영토를 넓힌 장군만을 가리키는 말이었다. 시저가 대표적인 auktor이다. 이것이 인식의 부분에 접목되면서 저자의 개념이 생겨났다. 따라서 author란 인식의 지평을 새롭게 확대하는 사람이라는 뜻을 가지고 있다. 바로 이 개념이 자리 잡은 시대가 낭만주의이고, 푸시킨이 엄밀한 의미에서 러시아 최초의 author가 되겠다.

푸시킨은 자신만의 영토를 창조할 수 있는 영예를 가졌다. 그러나 창조자는 둘일 수 없다. 신이 존재하는 한 창조자로서 인간은 한계를 지닐 수밖에 없다. 창조자는 창조자이되 한계를 가진 창조자인 것이다. 다시 말해서 자신이 만들어낸 창조의 허구성을 인식할 수밖에 없는 창조자, 이것이 낭만주의 시대가 빚어낸 작가의 모습이었다. 이렇듯 창조와 한계, 창조와 허구 사이의 갈등을 '낭만적 아이러니(Romantic Irony)'라고 부른다. '간행자로부터'를 창조하고 그 창조물 안에서 자신의 논리를 뒤집는 글쓰기를 밀어 넣은 푸시킨의 모습은 그 자체로 시대의 단면을 담아내고 있는 것이다.

루이 알튀세르(1918~1990)가 제시한 개념 중에 '주체호명'이 있다. 주체는 시대에 의해 호명된다는 것이다. 자신이 주체를 만들어가는 것이 아니라 시대적 상황에 의해 불리는/호명되는 것이라는 말이다. 결국 인간은 시대 안에 머문다는 뜻이다. 그래서 자신의 창조물을 뒤집는 푸시킨의 반전(反轉)은 낭만주의의 호명에 대한 반응으로 읽힐 수 있다. 과연 우리 자신은 '누구/무엇'에 의해 호명되고 있는지 스스로에게 답해볼 차례다.

푸시킨의 시 〈사랑했어요, 당신을〉과 '돈주앙 리스트'

푸시킨은 '서구적인 것과 러시아적인 것의 절묘한 조화'를 통한 고유의 러시아적인 것을 탄생시켰으며, 푸시킨의 작품 속에서 '표트르 대제가 고안한 유럽과 러시아의 만남이 성공적으로 이루어졌다'라는 평가를 받는다. 이로써 푸시킨은 러시아인의 정체성 고민에 대한 새로운 대안을 마련했다. 푸시킨은 러시아인들에게 언제나 '시인 푸시킨'이며, 그는 '시인 이상의 시인', '대(大)시인'으로 불린다.

시인으로서 푸시킨은 어린 시절부터 '특별난 기억력'으로 많은 일화를 남겼는데, 한 번 듣거나 읽은 내용은 평생 기억했다고 한다. 당시 가장 유명했던 시인 주콥스키와의 일화는 푸시킨의 특별한 기억력을 언급할 때 자주 소개된다. 주콥스키는 푸시킨이 다니던 황제 마을의 리체이(귀족 기숙학교)로 가끔 푸시킨을 방문하여 그에게 신작시를 읽어주곤 하였다. 푸시킨은 주콥스키의 시를 듣는 즉시 웃으면서 바로 되풀이해 낭독하였다고 한다. 만약 푸시킨이 잘 기억하지 못하면 주콥스키는 그 시구가 좋지 않은 것으로 판단하고 곧바로 수정했다고 전한다. 푸시킨은 연상 능력도 뛰어났는데, 유사, 대조, 환유 등에 따른 연상 작용이 뛰어났으며 논리적으로 병행시키는 능력도 탁월했다.

푸시킨은 12세에 리체이에 입학할 당시, 프랑스 문학과 프랑스어로 번역된 거의 모든 주요 세계 문학작품들을 읽었고 외워서 알고 있었다. 푸시킨은 이후에 운문소설인 『예브게니 오네긴』을 7년 4개월 17일 동안 집필하였는데, 통일성과 형식미가 완벽하다는 평을 받았다. 푸시킨은 단 한 번도 해외에 가본 적이 없었음에도 불구하고 세계사의 모든 시기와 세계 각국을 속속들이 알고 있었으며 개인적으로는 프랑스와 중국을 여행하고 싶어 했지만 바람을 이루지는 못하였다.

푸시킨은 외모는 잘생긴 편이 아니었지만 뛰어난 언변과 매력으로 많은 연인을 둔 것으로도 유명하다. 푸시킨이 지인 우샤코바 부인에게 준 앨범에는 '돈주앙 리스트'가 적혀 있었는데, 37명의 여인이 이니셜과 실명으로 적혀 있었다. 그 앨범에는 돈주앙 리스트 외에 삽화가 한 장 그려져 있는데, 그 그림에는 사제 복장을 한 푸시킨, 그 옆의 악마, 그리고 "쓸데없이 나를 유혹하지 마라"라고 쓴 메모가 적혀 있다. 푸시킨은 베라 뱌젬스카야 공작부인에게 쓴 편지들 중 하나에 "결혼한 부인(푸시킨의 부인 나탈리아-필자)이 130번째 사랑이었다"라고 고백할 정도로 많은 연인을 두었다.

푸시킨이 우샤코바 부인에게 준 앨범에 그려진 삽화

안나 올레니나(1808~1888)
남편은 안드로다. 1829년 푸시킨이 청혼했으나 거절당하였으며, 푸시킨의 '연애시' 중 가장 유명한 시 〈사랑했어요, 당신을〉이 헌정되었다.

푸시킨의 시 〈사랑했어요, 당신을〉(1829년 작시, 1830년 발표)은 러시아어로 〈Я вас любил 〉(나는 당신을 사랑했어요-주어-목적어-동사)이다. 보통 러시아어의 어순이 〈Я любил вас〉(나는 사랑했어요 당신을-주어-동사-목적어)라는 것을 상기하면 나와 당신 사이에 심지어 사랑했다는 말조차 끼어드는 것이 싫어서 나와 당신을 연달아 놓은 사랑꾼 푸시킨을 느낄 수 있다. 한국어 어감을 살려 필자가 번역한 시를 감상해보자.

〈사랑했어요, 당신을〉

사랑했어요. 당신을.
어쩌면 사랑은 아직 내 마음속에서 사그라지지 않았을지도 모르죠.
하지만 그 사랑이 당신을 더 이상 괴롭히진 않을 거예요.
당신을 슬프게 하고 싶진 않으니까요.
사랑했어요. 당신을. 말없이, 희망도 없이.
때론 소심함으로 때론 질투로 괴로웠어요.
사랑했어요. 당신을.
당신이 다른 이들에게도 나한테서처럼 사랑받길 바랄 정도로,
그토록 진정으로, 그토록 여리게.

이 시는 한국에 잘 알려진 〈삶이 그대를 속일지라도〉보다 러시아인이 가장 사랑하는 푸시킨의 시이며, "당신이 다른 사람에게도 나한테서처럼 그렇게 사랑받길 바랄 정도로 사랑했다"는 시구처럼 사심 없이 그 누구보다 자신이 가장 사랑했노라 고백하고 있다.

사랑은 타이밍
─『예브게니 오네긴』(1823~1830)

푸시킨의 『예브게니 오네긴』은 러시아 최초의 운문소설로, 1820년대 귀족, 농노 등 러시아인의 생활을 생생히 표현한 '백과사전'으로 일컬어진다. 이 작품은 19세기 러시아 최초의 장편소설로, 고전주의와 낭만주의가 교차되는 특징을 가진다. 푸시킨은 이 작품에서 독자들에게 사랑과 우정에 대한 의미를 되새기게 한다.

『예브게니 오네긴』은 주인공의 이름이 작품 제목이 되었으며 8개의 장으로 구성되었는데, 각 장은 40~60개의 연이 포함되어 있다. 이 연들은 일정한 압운을 밟는 14개의 시행으로 이루어져 있는데, 약강 4보격을 고수하여, 이후 '오네긴 연'이란 명칭을 얻었다. 푸시킨은 서구문학의 소네트 형식을 자신의 소설에 맞는 형식으로 재창조하여 완벽한 형식미와 독창성을 갖추었으며 러시아 문학사에서 독보적인 연 형식을 만들어냈다.

자신의 영지 볼지노에서 푸시킨은 『예브게니 오네긴』을 비롯하여, 『벨킨 이야기』, 『작은 비극들』 ─ 〈인색한 기사〉, 〈모차르크와 살리에리〉, 〈석상 손님〉, 〈전염병 시기의 파티〉, 〈고류히노 마을의 이야기〉 등 ─ 을 완성하며 왕성한 창작활동을 하였으며, 볼지노의 가을을 "가을은 정말 멋져. 비도, 눈도, 그리고 무릎까지 오는 진창까지 모두가 말야!"라고 고백할 정도로 좋아했다.

소설의 주인공 오네긴은 "런던 댄디처럼 차려입고 (…) 프랑스어를 나무랄 데 없이 구사하고 날아갈 듯 추는 마주르카에 인사하는 맵시는 한없이 매끄럽고", "경제학에 조예가 깊으며", 농노제를 반대하는 인텔리겐치아이지만, 생산적이거나 건설적인 일을 하지 않고 '삶에 아무런 열정이나 의욕이 없으며, 삶은 무미건조한 것'이라고 생각하는 '잉여인간'의 전형이다.

오네긴은 숙부가 유산으로 남긴 영지로 가서 생활하며 이웃 지주 렌스키를 만나 우정을 나누고 순수한 영혼의 타티야나를 만난다. 하지만 사랑을 고백하는 타티야나를 거절하고, 사소한 오해로 결투를 하여 렌스키를 죽이고 떠나는 비극적 인물이다. 후에 장군의 아내가 된 타티야나를 페테르부르크의 사교계에서 만나 뒤늦게 사랑을 고백하지만, 타티야나는 남편에게 충실할 것이라며 그의 사랑을 거부한다. 도스토옙스키가 '러시아 구원의 여인상'이라고 했던 타티야나가 오네긴에게 사랑을 고백하는 편지와, 그 사랑을 냉혹하게 거절하는 오네긴의 훈계, 그리고 나중에 사랑을 고백하는 오네긴에게 했던 타티야나의 마지막 말은 명문으로 꼽히는데 옮기면 다음과 같다.

〈타티야나의 편지〉

당신에게 편지를 씁니다 – 무엇을 더하겠습니까?
제가 무엇을 더 말씀드릴 수 있을까요?
지금 당신 뜻에 따라

경멸로써 저를 벌하실 수 있다는 것은 잘 알고 있습니다.
그러나 당신은 저의 불행한 운명에 대해
조금이라도 동정하는 마음을 갖고,
저를 버리지는 않으시겠죠.(…)
그것은 하늘나라에서 이미 운명 지어진 일.
하늘의 뜻이에요. 저는 당신의 것입니다.
지금까지의 저의 모든 인생은
당신을 틀림없이 만나기 위한 저당에 불과했죠.(…)
저의 운명은 이제부터 당신께 맡겨졌어요.(…)
저의 가슴의 희망을 소생시켜 주시든지,
그렇지 않으면 마땅한 꾸짖음으로
이 괴로운 꿈을 깨게 해주세요!

〈오네긴의 답변〉

결혼은 우리 둘 다에게 고통이 될 것입니다.
내가 아무리 당신을 사랑하고 있어도, 그 사랑은 익숙해지자마자 식어버리
릴 것이고, 그러면 당신은 울게 될 것이고, 당신의 눈물은 나의 마음을 움
직이기보다는 분노를 일으키게 할 뿐, 그러니 생각해보아요, 어떤 장미꽃
을 휴멘이 우리에게 선사할 것인가?(…)
당신은 다시 사랑에 빠지겠지요. 하지만 자신을 억제하는 법을 배우세요.
모든 사람이 나처럼 당신을 이해하지는 못하죠. 서투름은 재앙을 가져오
는 법입니다.

〈타티야나의 마지막 인사〉

저는 결혼했습니다. 당신께 간청하건대, "제발 저를 그냥 내버려두세요."
당신 마음속에는 긍지도 있고, 순수한 명예도 있음을 알고 있습니다.

저는 아직 당신을 사랑하고 있습니다.
(숨길 필요가 뭐가 있겠습니까?)
그러나 저는 이미 다른 사람에게 몸을 맡긴 입장,
그분에게 일생을 바칠 것입니다.

고리키는 푸시킨을 두고 "모든 시작의 시작이다"라고 말했고, 곤차로프는 "러시아의 모든 예술가들이 예술을 넓히고 깊게 할 수 있었던 것은 푸시킨이 뿌린 씨앗과 싹 덕분이다"라고 극찬했다. 또한 도스토옙스키는 "전 인류의 통합을 위한 능력과 인류애를 지닌 그의 문학을 통해 러시아 문학은 세계문학의 한 자리를 차지했다"라고 말했으며, 고골은 "푸시킨은 200년을 앞서 태어난 러시아인이다. 러시아인들은 200년이 지난 후에야 푸시킨과 같이 생각하고 느낄 수 있게 되어 진정으로 그를 이해하게 될 것이다"라고 평가했다.

메레시콥스키가 "러시아가 있다는 것을, 또 있으리라는 것을 확신하려면 푸시킨을 상기하라"라고 하였듯이 역시나 푸시킨은 '러시아의 모든 것'이다.

오스토젠카 거리 투르게네프 박물관

투르게네프 어머니 저택 박물관, 일명 '무무'의 집

추종과 비겁은 가장 나쁜 악덕입니다.

– 투르게네프의 〈 아샤 〉 중에서

투르게네프 어머니 저택 박물관

이반 투르게네프 박물관이 있는 저택은 1812년 나폴레옹과의 전쟁 때 발생한 모스크바 화재 이후 건축되었다. 이곳은 1840년에서 1850년까지 투르게네프 어머니가 거주하였으며 투르게네프의 단편 〈무무〉의 소재가 되었던 사건이 발생하였던 곳이기도 하다.

이 저택에 투르게네프 박물관을 지으려는 구상은 1990년대 초에 있었지만 정작 박물관은 2009년 10월 9일에서야 개관하였다. 이 저택-박물관에는 투르게네프의 평생 연인 폴리나 비아르도의 악보, 투르게네프가 벨린스키, 네크라소프, 악사코프 형제 등에게 보낸 편지 원본, 투르게네프의 데스마스크와 손자국 등이 전시되어 있다. 저택 마당 한편에는 커다란 떡갈나무가 자리하고 있는데, 투르게네프가 유소년기를 보냈던 오룔의 영지에서 가져온 묘목이 자란 것이다. 박물관은 2015년 9월 개보수를 위해 폐관되었다가 투르게네프 200주년 기념으로 2018년 11월 10일에 재개관하였다.

투르게네프 박물관 뜰에 있는 투르게네프 동상.

투르게네프 박물관 벽에 붙어 있는 벽화.

투르게네프의 고향 오룔의 영지에서
묘목을 가져다 심은 떡갈나무.

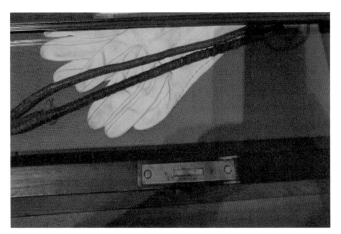

박물관 내부에 전시된 투르게네프의 장갑과 채찍.

투르게네프 사후 손과 얼굴을 본 뜬 모형과 지팡이.

투르게네프의 어머니 바르바라는 1840년 9월 16일 자, 아들에게 보낸 편지에서 "내게 아름답고 아담한 모스크바 집이 생겼단다… 이 집의 공기는 온화하고 따뜻하며 맑고 평안하구나…"라고 썼다. 당시 베를린에 머물렀던 투르게네프가 이 집을 처음 방문한 것은 1841년 5월이었는데 그 후로는 페테르부르크에서 오룔의 영지 '스파스코예-루토비노보'로 갈 때 자주 들르곤 했다. 작가는 1844년부터 1845년에 이 저택에서 봄을 두 번 나기도 했다. 이 저택에는 응접실, 식당으로도 사용되었던 손님 접대용 방과 바르바라의 침실과 개인 방, 정원으로 창문이 나 있는 투르게네프의 방 등이 있었다.

1850년 11월에 어머니 바르바라가 저세상으로 떠나자 투르게네프는 두 달을 이 집에 머물면서 상속 문제 등을 정리하였다. 1851년 이후로 투르게네프는 이 집을 더 이상 찾지 않았다. 그 후 이 집에는 투르게네프의 먼 친척이 살기도 하고 투르게네프의 사촌 바라틴스키 집안이 거주하기도 했다.

이 집에서 살다가 생을 마감한 투르게네프 어머니 바르바라 페트로브나 투르게네바(1787~1850)의 처녀 적의 성은 루토비노바였다. 투르게네프의 오룔 영지 '스파스코예-루토비노보'에 루토비노바가 들어가는 것도 그 영지가 투르게네프 아버지가 아닌 어머니의 소유였다는 사실을 말해준다. 투르게네프 어머니의 삶이 궁금해진다.

〈무무〉 속 여지주와 『첫사랑』 주인공 어머니의 원형
- 투르게네프 어머니

**투르게네프의 어머니
바르바라 페트로브나**

투르게네프 어머니 바르바라의 형상은 작품 〈무무〉에서뿐만 아니라 『첫사랑』과 『사냥꾼의 수기』 중 〈푸닌과 바부린〉에서도 엿볼 수 있다. 바르바라는 1787년에 태어나는데 유복자였다. 8살 때까지는 친척 집에서 지냈고 어머니가 재혼한 후에는 계부의 집에서 매질까지 당하며 온갖 수모를 겪었다고 한다. 바르바라가 16살 때 어머니가 돌아가시자 숙부 이반 루토비노프가 사는 스파스코에-루토비노보로 도망쳤고 숙부는 바르바라를 교육시켰는데 숙부의 성격도 만만치 않았다고 전한다. 지참금도 없이 노처녀로 늙어가던 바르바라는 1813년 숙부가 죽자 막대한 유산을 상속받게 된다. 28세 바르바라는 농노 5천 명을 거느리고 오룔 지방과 그 주변 지방들의 마을을 소유한 막대한 자산가가 된 것이다.

노처녀에 미녀는 아니었지만 지참금 많은 신부였던 바르바라는 자신보다 6살 아래였던 22살의 몰락한 가문 출신 중위를 사랑하게 되어 결혼하였다. 반면, 잘 알려져 있다시피, 가난했지만 미남이었던 투르게네프의 아버지는 연상이었던 바르바라의 재력을 보고 결혼했다. 바르바라는 커다랗고 빛나는 눈을 빼고는 얼굴에 예쁜 구석을 찾아보기 힘든 추녀였고 넓은 턱과 큰 콧구멍을 가진 데다 천연두로 얽은 자국까지 있었다고 한다. 투르게네프 어머니의 성격은 남자 성격에 가까워서 말타기를 좋아하고 엽총으로 총 연습을 즐겼으며 남자들과 어울려 당구를 치곤 했다.

1816년 1월 14일에 오룔의 스파스코에 영지에서 결혼식이 열렸고, 결혼 후 아들 셋을 연년생으로 낳았다. 1821년 투르게네프 아버지는 대령으로 퇴역한다. 이후 투르게네프 가족은 세 아들을 데리고 유럽을 다니며 살다가 1827년 자녀 교육을 위해 모스크바에 정착한다. 이 시기에 『첫사랑』에서 묘사된 아버지의 외도로 인해 심각한 가정불화를 겪게 된다. 아버지가 『첫사랑』의 여주인공 지나이다의 원형인 옆집 공작의 딸 샤홉스카야와 사랑에 빠진 것이다. 결국 그 사건으로 투르게네프 가족은 상트페테르부르크로 이사하게 된다.

투르게네프는 굉장한 미남으로 여성들에게 인기가 많았던 아버지를 "여자 마음을 낚는 위대한 낚시꾼"으로 불렀다. 『첫사랑』에서는 아버지와 작가의 부자(父子) 관계를 짐작하게 하는 서술이 나온다. 작품 속 주인공 블라디미르는 "아버지의 나에 대한 태도는 이상했다. 그리고 우리들 사이의 관계도 기묘했다. 아버지는 나의 교육에 대해서 거의 간섭하지 않는 대신 나를 모욕한 적은

투르게네프의 아버지
세르게이 투르게네프(1793~1834)

투르게네프 어머니의 침실(왼쪽)과 거실(오른쪽).

한 번도 없었다. 아버지는 나의 자유를 존중해주셨다. (⋯) 나중에 아버지의 성격을 분석해보고, 아버지는 나에게나 가정생활에도 별 관심이 없었다는 결론에 도달하게 되었다. 아버지는 다른 것을 사랑했으며 그 즐거움에 열중해 있었던 것이다"라고 고백한다.

투르게네프의 어머니는 세 아들, 즉 니콜라이, 이반, 병약했던 세르게이(16세에 사망한다) 외에 혼외자로 딸을 하나 두었는데 이름은 바르바라 보그다노비치-루토비노바였다. 딸 바르바라는 투르게네프의 집에서 수

양딸처럼 자랐는데 후에 작가 투르게네프에 대한 귀중한 정보를 담은 '수기'를 남겼다. 투르게네프의 어머니는 주치의였던 안드레이 베르스와의 사이에서 딸을 낳은 것이었다. 안드레이 베르스는 후에 궁정 의사까지 지낸 인물로 당시 기혼이었고 딸이 셋 있었는데 그중 둘째 소피야는 후에 레프 톨스토이의 아내가 되었다. 투르게네프 어머니는 아들들보다 딸을 아주 귀여워했으며 옷차림 등에도 더 신경을 써주었다고 한다.

1834년 투르게네프의 아버지는 갑작스레 사망한다. 당시 투르게네프 어머니는 해외에 머물고 있었는데 주치의 안드레이 베르스와의 사이에 임신한 아이를 낳기 위해서였고, 안드레이 베르스도 함께였다. 투르게네프 어머니는 남편의 장례식에 참석하러 러시아로 귀국하지는 않았다가 6개월이 지나서야 돌아오게 된다. 셋째 아들이 죽었기 때문이었다. 페테르부르크 스몰렌스코예 묘지에 묻혔던 투르게네프 아버지의 묘에는 묘비도 묘석도 세우지 않았는데, "아버지의 묘에는 아무것도 필요 없으며", "낭비일 뿐이다"라는 어머니의 반대 때문이었다. 결국 투르게네프 아버지의 묘는 후에 유실되고 말았다.

작가 투르게네프의 세 여인
– 어머니, 폴리나 비아르도, 혼외 여식 폴리네트

투르게네프 어머니는 남편 사후 더 전횡을 부렸으며 성격도 제멋대로 변해갔다. 해외여행을 비롯해서 곳곳을 여행했지만, 모스크바와 영지에 머물 때는 꽃을 가꾸는 일에 심취했다. 해외에 머물고 있는 작가 투르게네프에게 진귀한 꽃씨를 보내달라고 할 정도였다.

일찍 죽은 셋째 아들 외에 큰아들 니콜라이와 둘째 아들 작가 이반 투르게네프는 여자 문제로 어머니의 속을 꽤나 썩였다. 큰아들 니콜라이는 젊은 시절에 창녀들에게 빠져 지내다가 지참금 하나 없는 궁중 시녀 안나 슈바르츠에게 장가를 들어 어머니의 노여움을 샀고 상속에서도 제외를 당했다. 그는 군인이었지만 출세와는 거리가 멀어 결국 일찍 퇴역하고 만다. 투르게네프 어머니는 나중에 큰아들을 용서하고 모스크바 자기 집 근처에 허름한 집 한 채를 사서 아들네를 들이지만 집에는 왕래하지 못하게 하였고 아들 내외를 보지 않았다고 한다.

투르게네프의 어머니는 작은아들 이반 투르게네프에 대해 "소설을 쓴답시고 허송세월을 보내며 해외에 머물면서 여가수(프랑스 여가수 폴리나 비아르도-필자) 뒤꽁무니만 따라다닌다"라고 못마땅해하였다. 어머니는 돈으로 두 아들을 좌지우지하려 하였지만 두 아들은 그녀의 손에서 벗어나려고만 발버둥 쳤다. 투르게네프 어머니는 해외에 머물 때도 집안 경제는 꽉 틀어쥐고 있어서 작가 투르게네프도 어머니의 눈치를 상당히 봐야 했으며 "어머니 곁에서는 아무도 자유롭게 숨 쉴 수 없으며" 어머니는 "모든 사람을 괴롭히는 자신의 권력만을 믿는다"라고 한탄하곤 했다고 한다.

어머니의 성격은 실제로 전제적이고 난폭했으며 변덕이 심하여 지나치게 감상적이 되었다가도 곧 단호한 성격으로 바뀌곤 했다. 또한 주위 사람들에게 자주 의심을 품어 괴롭히곤 했다. 투르게네프는 어린 시절 회초리를 맞지 않고 보낸 날이 없을 정도로 엄하게 자랐으며 어린 시절에 대해 "밝은 기억이 거의 없고", 어머니를 "불처럼 무서워했다"

라고 회상할 정도였다.

작가 이반 투르게네프는 대학생 때인 1842년 어머니의 영지에 다니러 갔다가 속옷 재봉사로 고용된 처녀 아브도티야 이바노바에게 반해 잠깐 사랑을 나누었다. 어머니의 반대로 둘은 헤어졌지만 그 처녀는 딸을 낳았고 그 딸은 투르게네프 어머니의 집에서 하녀처럼 자라게 된다. 딸의 존재를 모르던 투르게네프는 1843년 겨울 페테르부르크에서 순회공연을 하던 운명의 여인 폴리나 비아르도를 만나 평생을 그녀의 곁에서 맴돌게 되는 사랑에 빠진다.

1850년 어머니의 병환 때문에 러시아로 귀국한 작가 투르게네프는 이미 8살이 된 자신의 딸의 존재를 알고 그녀를 프랑스로 데려가 '폴리네트'라고 이름 짓고 폴리나 비아르도에게 양육을 맡긴다. 투르게네프는 나중에 상당한 지참금까지 챙겨서 딸을 시집보내지만 딸의 인생은 평탄치 못하게 끝이 나고, 투르게네프 자신은 독신으로 살면서 평생 프랑스 여가수 폴리나 비아르도 곁을 떠돌다가 그녀의 품에서 결국 숨을 거두었다.

투르게네프의 딸

1850년 11월 16일 투르게네프의 어머니는 63세의 나이로 세상을 떠나 돈스코이 수도원에 안장된다. 어머니 사후 두 형제는 상속 문제로 몇 년을 끌다가 1855년 3월에야 귀족 재판소에서 판결을 받았는데 형 니콜라이는 농노(남성) 1,360명과 부속 영지를, 작가 이반 투르게네프는 농노 1,925명과 부속 영지를 상속받았다.

투르게네프의 생애에 가장 큰 영향을 미친 여성은 물론 평생의 연인 폴리나 비아르도였지만, 어머니의 영향 또한 무시 못 할 것이다. 투르게네프의 어머니는 체계적인 교육을 받지 못하였음에도 불구하고 예술에 조예가 깊었으며 바실리 주콥스키, 알렉산드르 푸시킨, 니콜라이 카람진, 이반 드미트리예프 등 당대 최고의 예술가나 작가들과 자주 교류하였다.

작가 투르게네프는 어머니의 형상을 여러 작품에 투영하였고 특히 〈무무〉는 어머니와 안드레이라는 실제 농노 하인을 소재로 집필한 것이었다. 〈무무〉 속 이야기를 들여다볼 차례다.

벙어리 농노와 버려진 강아지의 애잔한 사랑
– 〈무무〉

투르게네프가 1852년 집필한 단편 〈무무〉는 어머니 바르바라 페트로브나의 모스크바 집에서 있었던 실제 사건을 소재로 한 작품으로 익히 알려져 있다. 1854년『현대인』지에 발표된 이 작품 때문에 모스크바의 투르게네프 어머니 저택은 '무무의 집'으로 불리게 되었다. 투르게네프는 1847년『현대인』지 제1호에 농노들의 비참한 생활을 그린 연작『사냥꾼의 수기』를 발표하여 인기를 끌고 있었다. 〈무무〉를 집필하던 당시 투르게네프는 1850년 어머니가 돌아가시고 1852년 농노제 비판과 고골의 죽음을 애도하는 글을 썼다는 죄목으로 고향 영지에서 유배 생활을 하고 있을 때였다.

앞서 언급하였듯이, 〈무무〉에 등장하는 여지주와 농노 하인 게라심은 투르게네프의 어머니와 안드레이라는 실제 농노 하인을 모델로 한 것이다. 작품의 주인공 게라심은 벙어리에 귀머거리로, 195센티의 큰 키에 성실하고 힘센 농노이다. 그의 주인은 무료하게 노년을 보내며 사소한 일로 변덕을 부리는 여지주이다. 여지주는 고향에서 일 잘하고 있던 게라심을 문지기를 시킬 요량으로 모스크바로 불러들인다. 게라심은 영문도 모른 채 모스크바로 불려오지만 맡은 바 외에도 여러 일을 도맡아 하며 고지식하고 묵묵하게 일해 나간다. 그런 게라심이 28세 세

탁부 타티야나에게 연정을 품게 된다. 하지만 여지주는 타티야나를 주정뱅이 제화공 카피톤에게 시집보내 버린다. 결국 타티야나와 주정뱅이 카피톤은 결혼하지만 카피톤은 술로 인해 인생을 망치게 되고 모스크바 저택에 더 이상 머물 수 없게 된다. 게라심은 타티야나와 카피톤이 떠나는 날 그녀를 배웅하러 나갔다가 강물에 빠져 버둥대는 강아지를 발견하게 되고 집으로 데려와 키우게 된다. 벙어리인 게라심은 강아지를 '무무'라고 부르며 "어떤 어머니도 게라심이 강아지를 돌보는 것만큼 그렇게 정성스럽게 자기 자식을 돌보지는 못할" 정도로 온갖 애정을 쏟아 키운다. 하지만 결국 여지주에게 발각되고 여지주의 미움을 산 강아지는 내쫓기게 된다. 게라심은 자신을 다시 찾아온 무무를 보고 너무 기뻐하지만, 여지주에게 또다시 발각이 되고 여지주는 무무를 없애버리라는 무자비한 명령을 내린다.

투르게네프 박물관에 전시된 〈무무〉의 삽화.

게라심은 결국 자신이 직접 무무의 마지막을 함께하리라고 마음먹고 선술집에서 양배추 수프를 시켜 강아지를 먹인 후 강으로 데려가 빠뜨려 죽인다. 그 후 게라심은 모스크바 저택을 떠나 시골로 내려간다. "오늘날까지 게라심은 자기의 외딴 농가에서 외롭게 살고 있다. 그는 전처럼 건강하고 힘세며, 전처럼 네 사람분의 일을 하며, 전처럼 위엄 있고 착실하게" 살아간다. 다만 그는 모스크바에서 돌아온 이후로는 절대로 여자들과 어울리지 않고, 한 마리의 개도 기르지 않는다.

박물관 계단에 있는 강아지 무무의 그림과 동상.

투르게네프 이부(異父) 여동생 바르바라의 회상에 따르면, 작품 속 벙어리 하인 게라심은 자기 손으로 강아지 무무를 강에서 죽인 후 고향으로 떠나지만 실제 농노 안드레이는 "죽을 때까지 마님께 충성했으며, 그녀 외에는 그 누구도 자신의 마님으로 인정하지 않았다"라고 한다.

작품에서 여지주의 행동을 묘사할 때 '갑자기', '갑작스러운' 등의 말이 자주 등장하는데 이는 이유 없이 변덕과 전횡을 부려 농노들의 운명을 좌지우지하는 지주들의 횡포를 나타내는 단어들이다. 농노들의 이름이 하나하나 등장하는 것과는 달리, 여지주의 이름이 등장하지 않은

투르게네프 박물관에 전시된 삽화.
벙어리 농노 게라심이 강아지 무무를 물에 빠뜨리는 장면.

것도 지주의 전횡과 난폭함이 한 개인의 문제가 아니며 특정인의 종잡을 수 없는 성격 탓이 아니라 지배계급 전체의 일반적인 현상이며 전제정치 하의 사회적 모순임을 보여주는 지표가 된다.

작품에서 게라심이 강아지 무무를 죽이는 장면은 매우 인상적인데 그 장면을 인용하면서 이 글을 맺는다.

> … 그는 억센 두 손을 무무의 등에 포갠 채 꼼짝 않고 있었다. … 마침내 게라심은 몸을 쭉 펴고는 어떤 병적인 분노의 표정으로 자기가 가져온 벽돌을 노끈으로 서둘러 묶고, 올가미를 만들어서 무무의 목에 걸고 무무를 물 위로 들어 올렸다. 그는 마지막으로 무무를 바라보았다. … 무무는 무서워하지 않고 신뢰의 눈빛으로 그를 바라보며 작은 꼬리를 살짝 흔들었다. 게라심은 얼굴을 돌리고 나서 실눈을 뜨고는 두 손을 폈다. … 게라심은 물에 떨어지면서 무무가 낸 날카로운 비명 소리도, '철썩' 하고 튀어 오른 둔탁한 물소리도, 다른 아무 소리도 듣지 못했다. 그에게는 가장 소란스러웠던 하루가 아무 소리도 없이 조용하게 지나간 것이다. 마치 가장 고요한 어떤 밤이 우리에게는 전혀 고요하지 않을 수 있듯이.

투르게네프가 묘사하는 섬세한 자연의 소리와 풍경
－『사냥꾼의 수기』

1852년 모스크바에서
출간된 『사냥꾼의 수기』

투르게네프는 〈무무〉가 발표된 1852년에 그간 잡지에 발표되었던 『사냥꾼의 수기』 22편을 모아 단행본으로 출간한다. 이 단편집은 1874년 자신의 4번째 전집을 출간하면서 3편('체르토프하노프의 최후', '살아 있는 송장', '문을 두드린다')을 추가해 25편으로 완성되어 전집에 추가된다. 많은 이들이 투르게네프의 대표작으로 꼽는 『사냥꾼의 수기』는 오룔현(縣) 부근을 돌아다니며 사냥에 대부분의 시간을 보내는 화자가 사냥 경험담이나 사냥에서 마주했던 인물들과의 에피소드를 이야기하는 액자구조이다.

그러나 작품 제목이 '사냥꾼의 수기'임에도 불구하고 25편 가운데 화자가 실제 사냥을 하는 장면을 묘사하고 있는 작품은 〈내 이웃 라질로프〉, 〈체르토프하노프와 네도퓨스킨〉, 〈크라시바야 메차의 카시얀〉뿐이다. 작품 대부분은 "사냥에서 돌아오는 길이었다"나 "멧새사냥을 가던 길이었다"에서처럼 사냥 행위 그 자체는 생략되고 사냥을 떠나거나 돌아오는 길부터 묘사된다. 게다가 〈체르토프하노프의 최후〉에서는 아예 화자가 등장하지도 않는다. 그래서 토마스 호싱턴은 "『사냥꾼의 수기』의 화자(표트르 페트로비치)는 수수께끼 같은 인물이다. 왜냐하면 그가 사냥하는 것은 뜸부기나 멧새가 아니라 바로 인간의 영혼이기 때문이다"라고 지적하였다. 많은 비평가들이 투르게네프의 『사냥꾼의 수기』를 '농노 영혼의 수집'이라고 부르는 이유이다. 투르게네프는 이 단편집에서 러시아 농노들에 한층 가까이 접근해 그들의 영혼을 들여다볼 수 있도록 독자들에게 펼쳐 보이고 있다.

〈호리와 칼리니치〉
– 두 농민의 비교

낭만주의풍의 습작기를 지나 사실주의로의 방향선회를 알리는 작품이자 작가로서의 위상을 분명하게 안겨주었던 『사냥꾼의 수기』는 투르게네프 작품세계에서 그리고 러시아 19세기 문학에 두 가지 측면에서 의미 있는 내용을 담고 있다. 하나는 인간에 대한 이해이다. 이야기 모음집인 『사냥꾼의 수기』 첫 번째 작품은 〈호리와 칼리니치〉로서 두 농민 호리와 칼리니치를 비교한 것은 꽤나 흥미롭다. 호리는 "꽤 영리한 농부, 적극적이고 실제적인 인간. 정치적 두뇌의 소유자이며 합리주의자. 현실을 잘 이해하고 있고, 집을 짓고, 돈도 저축하고 지주나 그 지방의 세력가하고도 잘 지내고 있었다." 그는 "대가족을 거느리고 있으면서도 화목하게 이끌어나가는 능력"이 있는 사람으로, 인간 사회에 더 가까운 사람이라고 생각할 수 있다. 도도하며 인생을 풍자적으로 바라보지만, 글을 모르고, 성실하나 청결한 편은 아니다. 반면, 칼리니치는 "이상주의적 낭만파"이며, 쉽게 감동하는 공상가의 부류이다. 한때 아내가 있었지만 아내를 무서워하고 있었으며, 자식을 낳지는 못했다. 그는 자연에 더 가까운 인물로 무엇이든 따지는 것을 좋아하지 않고 만사에 맹목적으로 신임해버린다. 글을 읽을 줄 알고, 노래도 부르고 발랄라이카(러시아의 전통 현악기-필자)도 조금 켤 줄 안다. 호리는 지주 폴루티킨을 뱃속까지 꿰뚫어보고 있었지만, 칼리니치는 주인을 숭배하고 있었다. 둘의 관계로 보면 호리는 칼리니치를 귀여워했으며 뒷바라지를 해주었고, 칼리니치는 호리를 사랑하며 존경하고 있었다. 이 두 인물의 성격과 성향은 러시아인의 대표적 두 유형을 말해준다고도 할 수 있다.

〈햄릿과 돈키호테〉
– 행동 결정 장애의 인물과 자신감 과다의 이상주의자

이처럼 현실적-이상적, 실제적-낭만적 대립쌍을 통해 인간유형을 정리하고 이해하고자 한 투르게네프의 태도는 이후 〈햄릿과 돈키호테〉로 이어지면서 인간이해의 한 지표를 제공한다. 투르게네프가 말한 햄릿형 인물이란 이렇게 할까 저렇게 할까 고민은 많지만 결국 행동으로 이어지지 못하는 지식인을 뜻한다. 한마디로 의식 과잉에 '행동 결정 장애'를 지닌 인물이다. 반면, 돈키호테형 인물이란 자신이 믿는 이상을 좇아 과감하게 돌진하는 인물이다. '자신감 과다 증세'를 지닌 이상주의자이다. 투르게네프 소설에 등장하는 대부분의 남자주인공은 대부분 햄릿형 인물이다. 여주인공의 사랑 고백 앞에 고민만 할 뿐 행동을

〈호리와 칼리니치〉의 삽화

결정하지 못하고 회피하고는 나중에 후회하는 인물의 양상이 일관되게 반복된다.

〈에필로그. 숲과 광야여〉
– 투르게네프 자연 묘사의 전형

『사냥꾼의 수기』에서 살핀 두 번째 부분은 자연에 대한 묘사와 자연이 갖는 의미이다. 『사냥꾼의 수기』의 마지막 작품은 〈에필로그. 숲과 광야여〉이다. 이 작품에서 화자–사냥꾼은 숲으로 나가 러시아의 숲과 광야를 바라보며 러시아 자연의 모습과 사계절의 변화를 그려낸다. 따라서『사냥꾼의 수기』는 인간의 유형에서 출발하여 그러한 인간 유형의 행동과 심리를 묘사한 다음 끝에는 자연으로 돌아가는 구조를 갖고 있다. 이렇듯 자연의 모습에 하나의 개별적인 장을 부여하고 자연의 모습을 끝에 위치시킴으로써 투르게네프는 자연이 단순히 인간에게 딸린 부차적인 공간이 아니라 인간의 삶을 끌어안는 공간, 인간의 삶이 펼쳐지는 공간, 인간의 삶과 함께하는 공간임을 분명히 한다. 그렇기 때문에 자연은 그저 눈에 보이거나 스쳐가는 대상에서 투르게네프의 작품을 거치면서 인간의 심리가 투영된 존재로 승격된다. 투르게네프가 보여준 자연 묘사의 한 장면을 보자. 인용문은 투르게네프의 대표작 중 하나인『아버지와 아들』의 맨 마지막 장면이다.

> 러시아의 어느 멀리 떨어진 시골에 조그마한 묘지가 있다. 러시아의 묘지가 거의 다 그렇듯이, 그 묘지도 어쩐지 서글퍼 보인다. 주위를 에워싸고 있던 도랑은 벌써 오래전에 풀로 뒤덮이고 회색 나무 십자가는 옆으로 기울어져 한때 채색되어 있던 그 지붕 밑에서 썩어가고 있다. 돌비석은 마치 누군가 밑에서 들어 올리기라도 한 것처럼 모두가 조금씩 위치가 비뚤어져 있다. 앙상한 나무 두세 그루가 초라하기 짝이 없는 그늘을 드리우고 양 떼가 제멋대로 무덤 사이를 누비고 다닌다. 그러나 그중 단 하나, 사람의 손에도 시달리지 않고 동물의 발에도 짓밟히지 않은 무덤이 있다. 그저 새들만이 그 위에 앉아서 아침을 노래할 따름이다.

『아버지와 아들』의 주인공 바자로프는 아무것도 믿지 않은 니힐리스트이자 실용주의자이며 자연과학자이자 의사이다. 그러나 이성으로 무장한 냉혈한이었던 바자로프는 여주인공 오딘초바와의 사랑에 상처를 입고 티푸스에 감염되어 죽는다. 의사이자 자연과학자가 병균에 감염되어 죽는 아이러니한 상황, 실용성을 무엇보다 중요시했음에도 어떤 실용적 가치도 산출하지 못한 바자로프의 죽음, 사랑 앞에 허물어진 시대적 가치 등은 묘지의 묘사에서 보듯이 서글퍼 보인다. 그러나 단순한 헛됨이나 서글픔이 아니다. 그것은 짓밟히지 않은 순수한 가치이기도 한다. 미래의 어느 한순간 바자로프의 이상은 현실로 나타날 것이며, 아침을 밝힐 노래가 될 것이다. 물론 지금은 아무것도 모르는 새만 함께하고 있지만. 이처럼 투르게네프는 자연을 작품에 적극적으로 활용했다. 그래서 자연 묘사의 또 다른 대가였던 체호프는 자신의 재능이 투르게네프로부터 비롯되었다고 말하기도 했다.

투르게네프가 직접 그린 〈시그롭스키군(郡)의 셰익스피어〉의 삽화

03 도스토옙스키 박물관

도스토옙스키가 어린 시절을 보낸 마린스키 병원 관사에 위치한 박물관

모든 사람은 다른 사람들 앞에서 모든 사람들, 모든 것에 대해 죄인이다.

– 도스토옙스키『카라마조프가의 형제들』중에서

도스토옙스키 박물관으로 가기 위해 도스토옙스카야 전철역에서 내렸다. 도스토옙스카야라는 전철역 이름에 걸맞게 전철역 내부는 도스토옙스키의 초상화와 그의 작품『백치』와『죄와 벌』이 형상화되어 있었다. 모스크바의 전철역 대부분이 1950년대에 건설된 것에 비하면 비교적 얼마 안 된 전철역이지만 아름다웠다. 도스토옙스키 박물관은 전철역에서 약 300미터 거리에 위치해 있었다.

도스토옙스키 박물관으로 가는 도스토옙스카야 전철역의 모습.
왼쪽부터 도스토옙스키 초상,『백치』그림,『죄와 벌』그림 순서이다.

프롬나드 인 러시아

도스토옙스키 박물관 외관

표도르 도스토옙스키 박물관은 과거 마린스키 병원이 있었던 자리에 위치해 있는데 1928년 박물관이 개관하였고 1940년에 러시아 국립문학박물관 목록에 포함되었다. 2018년부터 박물관에는 고가구와 도스토옙스키의 가족사진, 그리고 도스토옙스키 가족 소장품 등이 전시되고 있다.

도스토옙스키 박물관 정문

도스토옙스키의 어린 시절은 '노바야 보제돔카새로운 구호소라는 뜻이다' 거리에서 흘러갔다. 거리 이름은 1771년 콜레라가 창궐해서 폐쇄된 '구호소(보제돔-Божедом)' 이름에서 유래했다. 17~18세기에는 빈민, 부랑아, 자살자 등을 위한 공동묘지를 구호소라고 불렀기 때문이다. 시체들이 많을 때는 매장까지 3~6개월을 기다리기도 했다고 한다.

1803년 구호소 빈 공간에 마린스키 병원을 세우기 위한 계획이 수립되었다. 파벨 1세(재위 1796~1801년)의 부인이었던 마리야 표도로브나의 생각이었는데, 남편 파벨 1세가 사망하자 자선활동에 전념했던 마리야 황녀는 병원 건축을 위해 개인 투자자들을 찾아 나섰고 1806년에 빈민

마린스키 병원 전경.

을 위한 병원이 개원하게 되었다. 병
원 이름은 마리야에서 따온 '마린스
키 병원'이 되었다.

1821년 작가 도스토옙스키의 아
버지 미하일 도스토옙스키는 여성외
래환자과의 약사직을 얻게 되어 이
병원의 오른쪽 곁채에 관사를 받게
되었고 가족이 이사하였다. 작가 도
스토옙스키는 바로 그해 10월에 태
어난다. 그 후 도스토옙스키 가족은
1837년 상트페테르부르크로 이사하

도스토옙스키 아버지
미하일 도스토옙스키(1823년)

기까지 16년을 이 병원 부속 관사에서 거주한다.

도스토옙스키 가족은 이 집 거실에서 자주 러시아 로망스와 민요를
부르며 자그마한 가족 콘서트를 열기도 했고, 가족 낭독회를 가지기도
했다. 도스토옙스키의 아버지는 알렉산드르 푸시킨, 니콜라이 카람진,
월터 스콧 등의 작품을 소리 내어 낭독하는 것을 좋아했다.

도스토옙스키 박물관 거실 풍경.

도스토옙스키 가족의 자녀들이 공부했던 책들.

마린스키 병원 앞 도스토옙스키 동상.
마린스키 병원 앞에 있는 도스토옙스키 동상을 보려면 박물관을 나와서 뒤로 돌아 병원으로 들어가야하는 수고를 해야 하지만 꼭 감상하라고 권하고 싶다. 두 손을 모은 도스토옙스키의 동상이 인간에 대한그의 연민을 전해주는 것 같다.

1936년에는 모스크바 시내 츠베트노이 불바르에 있던 도스토옙스키동상이 병원 마당으로 옮겨졌으며, 1979년 병원은 대대적인 보수공사를 하였고 내부도 19세기 초 인테리어로 복원되었다.

도스토옙스키 박물관이 개관한 것은 1928년 11월 11일이었는데 작가 탄생 107주년을 기념한 것이었다. 소장품들은 주로 도스토옙스키의 두 번째 부인 안나 그리고리예브나의 수집품들이 주를 이루었으며 작가 도스토옙스키의 동생 안드레이 도스토옙스키의 회상록이 박물관 내부를 구성하는 데 많은 역할을 하였다. 그렇게 해서 1940년에 박물관은 재건되었다.

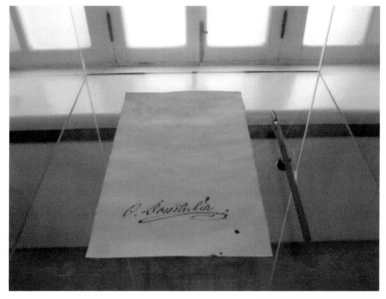

도스토옙스키의 펜과 친필서명.

『죄와 벌』
– 라스콜리니코프와 그 분신들

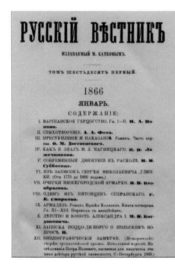

『죄와 벌』제1부가 발표된
『러시아통보』, 1866년 1월호

도스토옙스키의 대표작으로 꼽히는 『죄와 벌』은 1865~1866년에 집필하여 1866년 『러시아통보』(№ 1, 2, 4, 6~8, 11, 12)에 발표되었고 1867년 단행본으로 출간되었다. 잡지에 발표된 후 바로 단행본으로 출간되었다는 말은 그만큼 독자들의 인기가 대단했다는 반증일 것이고 또 늘 돈에 시달렸던 도스토옙스키의 자금 사정이 매우 급했다는 것도 말해준다.

이 작품에 대한 구상은 오래전, 유형시기(1849~1854)로 거슬러 올라가지만, 이 작품의 주제들 중 하나인 '범인(凡人) : 비(非)범인'에 대한 생각은 이탈리아 체류 시기인 1863년에 구체화된다.

1865년은 도스토옙스키에게 아주 힘든 시기였다. 1864년 첫 번째

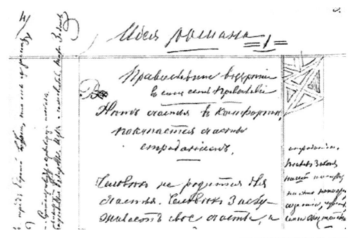

도스토옙스키의 『죄와 벌』 메모

**도스토옙스키의 첫 번째 부인
마리야 이사예바(1824~1864)**

도스토옙스키는 시베리아 유형 중에 아들 하나를 둔 유부녀였던 마리야 이사예바를 만나 사랑에 빠졌고, 알코올중독자였던 그녀의 남편이 죽자 1857년 결혼하였다. 마리야는 폐결핵으로 1864년 사망하였는데, 결혼 생활 7년 중 말년엔 성격 차이와 병으로 거의 함께하지 못했던 것으로 알려져 있다.

부인 마리야가 폐결핵으로 사망하였고, 경제적으로는 형 미하일이 사망 후 2만 5천 루블의 빚을 졌고, 형과 함께 발간했던 『시대』지의 마지막 여섯 권을 인쇄하는 비용으로 1만 8천 루블이 추가로 들었으며, 『시대』지의 실패 이후 완전히 파산한 상태였기 때문이다. 게다가 인정 많던 도스토옙스키는 형의 빚을 떠안고 형수와 조카들을 부양하기로 서약까지 하였다. 결국 채권자들은 그를 감옥으로 보내겠다고 협박하는 상황이 빚어지기도 했다. 그러자 그 틈을 노려 서적상 스텔롭스키는 3,000루블을 주고는 도스토옙스키의 3권 분량의 작품집 출판권을 가져갔고 도스토옙스키는 1866년 11월 1일까지 새 소설을 쓰겠다고 약속했다. 만약 12월 1일까지 원고를 출판업자에게 넘겨주지 않으면, 이미 나온 작품들은 물론 앞으로 나올 모든 작품에 대해서도 독점권을 주기로 하였다.

이 당시 도스토옙스키의 상황은 1865년 5월에 브랑겔 남작에게 쓴 편지에 잘 드러난다. 도스토옙스키는 "갑자기 나는 혼자 남게 되었고, 상황은 끔찍하게 변해버렸습니다. 나의 삶 전체는 두 동강이 나버렸습니다… 오, 친구여! 빚을 갚고 다시 자유로워질 수만 있다면, 기꺼이 다시 기나긴 유형 생활로 돌아가겠습니다. 이제 나는 몽둥이에 두들겨 맞지 않으려면 정신없이 작품을 써나가야만 합니다… 그런데 한편으로는 나의 진짜 삶이 비로소 시작되는구나 하는 생각도 듭니다. 우습지요? 고양이처럼 끈질긴 생활력 말입니다"라고 썼다. 끔찍한 절망과 그 틈새를 뚫고 불타오르는 처절한 창작욕, 1865년 5월 도스토옙스키가 마주했던 역설적 상황이었다.

이후 작가는 단돈 174루블을 쥐고 해외로 도주하지만, 1865년 7월 말 비스바덴에 도착한 지 닷새 만에 가진 돈을 모두 도박으로 탕진하고 투르게네프에게 돈을 빌려달라고 해서 50루블을 전해 받기도 했다. 그 당시 애인이었던 아폴리나리야 수슬로바(1840~1918) 역시 8월 초에 돈 한 푼 없이 비스바덴에 왔는데 그들의 호텔 생활은 곧 끝나게 되고 그녀는 떠나버린다.

수슬로바는 도스토옙스키의 첫 번째 부인(1864년에 사망)이 죽기 전인 1861년에 만나 1866년까지 도스토옙스키와 연인 관계였다. 수슬로바는 대학생 때(21세) 작가로 유명세를 떨치기 시작한 도스토옙스키(40세)의 강의를 청강하면서 알게 되어 사랑에 빠졌고 함께 유럽을 여행했다. 도스토옙스키는 시베리아 유형 시절 만났던 첫 부인이 폐결핵으로 사망하자 수슬로바에게 청혼했지만 거절당하였다. 도스토옙스키는 1년 후인 1867년 『도박자』 집필 때 속기사로 고용했던 안나 스니트키나와 재혼한다.

아폴리나리야 수슬로바(1880~1887)
도스토옙스키와 연인 관계였으나 그의 청혼을 거절하고, 후에 바실리 로자노프(1856~1919)와 결혼했다. 유망한 학자였던 24세 로자노프와 41세의 수슬로바의 결혼은 당대에 너무 파격적이어서 학계뿐만 아니라 세상을 떠들썩하게 했다.

수슬로바는 『도박자』의 폴리나, 『백치』의 나스타시야 필립포브나 등 도스토옙스키의 여러 여성 캐릭터의 원형으로 간주된다. 도스토옙스키는 "아폴리나리야는 대단한 이기주의자였다. 그녀 안의 이기주의와 자기애가 너무 컸다"라고 회상하며 그녀와의 사랑을 '사랑-증오'로 정의하였다.

이후 도스토옙스키는 호텔방에서 나오지 않고 아침부터 저녁까지 글만 썼다. 작가는 1865년 6월 8일 자 크라옙스키에게 쓴 편지에서 "이번 소설의 제목은 '술주정뱅이들'인데, 요즘 한창 떠들썩한 문제인 음주에 관한 것입니다"라고 말했다. 언급하였듯이, 라스콜니코프의 고

안나 스니트키나(1846~1918)
도스토옙스키의 두 번째 아내이자 충실한 조력자로서 결혼 후 도스토옙스키 작품의 편집과 출간을 담당하였다. 도스토옙스키는 죽을 때 아내에게 '사랑한다'라는 마지막 말을 남겼다.

1859년의 도스토옙스키

백 형식으로 구상되었던 『죄와 벌』은 유형 시절부터 시작되었는데, 작가가 사회적 도덕률을 초월한 '강한 성격의 소유자들'을 처음으로 만나 '그의 가치 규범을 되새기기' 시작한 것이 그곳에서였기 때문이다. 그리고 도스토옙스키는 독일의 비스바덴, 코펜하겐에서 페테르부르크로 향하는 선박에서, 그리고 페테르부르크에서 소설의 얼개 짜기를 시작한다.

『죄와 벌』은 '인쇄 전지 대여섯 장' 분량의 단편소설로 기획되었지만, 나중에 마르멜라도프의 이야기(《술주정뱅이들》)는 라스콜리니코프를 주인공으로 하는 소설에 포함되게 된다. '이론으로 무장한 살인자'를 그리겠다는 구상은 '죄와 그 원인들'에 관한 부분과 '범죄가 범죄자의 영혼에 미치는 영향'이라는 부분으로 나뉘게 된다. 그렇게 해서 소설의 총 6부 중에서 1부는 범죄 자체에, 나머지 5부는 범죄자가 그로부터 벗어나려는 과정에 할애된다.

이 작품에서 주인공 라스콜리니코프는 소설의 40개 장면 가운데 37개의 장면에 등장하는데 그 빈도수로 보나 작품 속 비중으로 보나 그를 주인공으로 인정하는 데는 이견이 없겠지만, 그 외에 작품 속에 등장하는 라스콜리니코프의 여러 분신들을 살펴보는 것도 매우 흥미롭다. 라스콜리니코프와 그의 분신들은 모두 사람과 사회로부터의 소외를 경험한다는 측면에서 공통점이 있기 때문이다.

『죄와 벌』에 삽입된 라스콜리니코프의 초상

라스콜리니코프는 "상당한 미남자로서 시원스러운 검은 눈동자, 머리는 밤색, 키는 약간 크고, 몸매는 여윈 편이나 날씬하게 생긴 청년"인데, 라즈민이 말하는 바에 따르면, "공부만은 몸을 돌보지 않고 열심히 하였으므로 그 방면에서는 존경을 받았으나 아무도 좋아하지는 않았다. 몹시 가난하면서도 어딘가 모르게 거만한 데가 있었고 비사교적이어서 무엇인가 마음에 숨겨놓은 것이 있는 것처럼 보였다." 라즈민은 라스콜리니코프의 "내부에는 두 개의 정반대의 성격이 교대로 들락날락하는 느낌"이라고 그의 성격을 표현한다. 라스콜리니코프는 전당포 노파를 살해한 후, 길거리에서 만난 모녀가 그를 불쌍히 여겨 준 은화 20코페이카를 "별안간 손을 치켜들고 그것을 강물에 던져버리곤 방향을 바꾸어 귀로에 접어들었다. 그는 이 순간, 자기가 가위를 들고 모든 물체에서 자기를 떼어버리기라도 한 것 같은 기분이 들었다"라고 말하는데 범죄를 저질러 사람들로부터 소외를 처음으로 느낀 장면이기도 하다. 라스콜리니코프는 "정말 내가 노파를 죽인 것일까? 난 나 자신을 죽인 것이지 노파를 죽인 것은 아니야! 그때 난 단번에 나 자신을 죽여버린 거요. 영원히!…. 그 노파를 죽인 것은 악마였소. 난 악마였어…"라고 고백했듯이 노파를 죽임으로써 스스로도 영원한 소외-죽음을 택한 것이었다. 라스콜리니코프가 살인으로 인해 사람들로부터 소외되었다면, 작품 속 그의 다른 분신들은 다양한 이유-술, 돈, 정욕, 자기애 등-로 스스로 소외를 선택하거나 다른 이들로부터 소외당하게 된다.

우선 라스콜리니코프가 첫째 날에 만난 마르멜라도프는 술로 인해 사회와 가족으로부터 소외된 사람이다. 마르멜라도프는 50세가 넘은 중키에 골격이 튼튼한 남자로 희끗희끗 센 머리에 크게 벗겨진 대머리다. 얼굴색은 항상 음주를 즐긴 탓으로 노랗다기보다 푸른 기마저 돌고 있는데, 붉은 기가 도는 눈알은 광채를 띠고 있다. 그가 입은 옷은 목면 조끼 속에서 와이셔츠가 삐쭉 나와 있는데 때투성이에 흠뻑 젖어 있었다. 9등관이었던 그는 구조조정으로 실직당하고 술에 빠져서 딸 소냐를 매춘으로 내몬 아버지이기도 하다. 그는 "가난은 죄가 아니라고 합니다만…. ⑴ 찢어지게 가난한 적빈이, 적빈은 죄가 됩니다. ⑴ 찢어지게 가난하면 인간 사회에서는 몽둥이로 쫓아내는 것이 아니라 훨씬 더 모욕을 주려고 빗자루로 쓸어버리는 겁니다"라고 말한다. 선술집에서 만나 그의 넋두리를 듣고 있던 라스콜리니코프는 특별한 대안이 없는 한 자신의 30년 후 모습을 그에게서 보게 된다. 마르멜라도프는 결국 술 때문에 길거리에서 마차에 치여 죽음으로써 영구히 사회로부터 소외당한다.

선술집에 마주 앉은 라스콜리니코프와 마르멜라도프

전당포 노파 알료나

라스콜리니코프가 살해한 60세 정도의 전당포 노파 알료나는 돈으로 인해 사회 그리고 하나뿐인 여동생 리자베타로부터 스스로를 소외시킨 인물이다. 그녀의 가장 큰 특징은 "머리에 아무것도 쓰지 않았다"는 것인데, 정교회에서 보통 교회에 갈 때 머리에 꼭 무엇인가를 써야 하는 것을 상기해보면 그녀의 부정(不淨)함이 드러난다. 그녀는 동생 리자베타에게 가재도구와 의자를 빼놓고는 한 푼도 물려주지 않을 것이고, 돈은 모조리 N현의 어떤 수도원에 영구 공양비 명목으로 기부할 것이라고 입버릇처럼 말하고 다녀 단 하나의 혈육인 이복동생으로부터도 스스로를 소외시킨 채 돈만을 의지하고 돈을 모으며 살아가다 라스콜리니코프에게 살해당한다.

라스콜리니코프의 여동생 두냐에게 청혼한 루진은 45세 정도에 "얼굴도 꽤 잘생기고 호인형"이며, 재산도 꽤 있지만, 지극히 개인주의적이고 이기적인 사람이다. 루진의 논리는 남을 돕기보다는 "우선 무엇보다도 먼저 자기를 사랑하라"는 말로 압축된다. 왜냐하면 이 세상의 모든 것

루진

은 개인의 이기적 이해에 기초하기 때문이다. "자기만을 사랑하면 자기의 일도 잘 진척되고, 자기의 외투도 손상시키지 않고 입을 수 있다"라고 주장하는 루진은 "경제적 진리야말로 사회의 정연한 사적 사업이지요. 사회의 기반을 튼튼하게 하며, 사회복지사업도 한결 나아지게 되는 겁니다. (…) 그래서 저는 전적으로 저 자신만을 위해서만 일하고 있습니다만, 그렇게만 하더라도 결국은 만인을 위해 일하는 결과가 되는 것입니다. 나아가서는 그것이 이웃 사람에게 외투를 두 조각으로 쪼개어 나누어주는 것보다도 나은 결과를 맺게 되는 것입니다. (…)"라며 공리주의 입장을 설파하는 제2의 라스콜리니코프일 뿐이다. 그의 논리에 따르면, "'보다 고상한'이라든가 '보다 관대한' 같은 것은 무의미하고 무가치한 일"이다. "인류에게 유익한 것은 모두 고상한 것"이며 "알수 있는 것이란 오직 하나, 유익이란 말뿐"이라고 주장한다. 루진은 행실이 단정하고 가난하면서도 뛰어나게 아름답고 품위와 교양도 갖춘 젊은 여인인 동시에 온갖 고생을 겪은 소심한 여인으로서, 언제나 자기 앞에서 고분고분하게 굴고 자기를 위대한 사내로 우러러보고 한평생 생명의 은인처럼 받들어줄 그런 여인을 꿈꾸었고 두나에게 청혼하지만 결국 결혼계획은 실패로 돌아간다. 지나친 자기애와 이기심으로 주위 사람들은 물론 약혼녀에게까지도 소외당하게 된 것이다.

『죄와 벌』에서 가장 비열하고 악독한 사람은 스비드리가일로프일 것이다. 사기도박꾼이었던 그는 빚 때문에 감옥에 갔을 때 자신보다 다섯 살 연상이었던 여인 마르파의 은화 3만 루블 덕분에 감옥에서 풀려나 그녀와 결혼한다. 7년 동안의 결혼 생활 끝에 마르파가 급사하는데 스비드리가일로프가 죽인 것으로 추정된다. 스비드리가일로프의 악행은

스비드리가일로프

이뿐만이 아니다. 과거 레스리히라는 고리대금도 하고 장사도 하는 외국 여자의 벙어리에 귀머거리인 질녀 (15~16세)가 목을 맸는데 스비드리가일로프에게 능욕당해 자살한 것으로 소문이 났다. 하인 피르카도 스비드리가일로프에게 심한 학대를 받아 죽은 것으로 암시된다. 50세의 나이에도 불구하고 스비드리가일로프는 16세의 소녀와 약혼을 하며 그가 '극락'이라고 표현한 그 약혼관계를 악용하여 그녀와 그 집안을 희롱하지만 결국 그는 마르파의 유령에 시달리다가 두냐가 그를 거절하자 자살을 택한다. 스비드리가일로프는 라스콜리니코프에게 "난 어딘지 당신에게는 나를 닮은 데가 있는 것 같이 자꾸 생각된단 말입니다"라고 말한다. 작품에서는 그 둘을 "한 굴속의 너구리"라고 표현하기도 한다. 스비드리가일로프는 라스콜리니코프가 최악으로 치달을 때의 모습을 형상화한 것으로 그들은 범죄와 악함 때문에 사람들로부터 소외된 인물들이다.

라스콜리니코프는 여동생 두냐에게 "자살하거나 블라디미르 가도(유형지로 향하는 길-필자)를 가는 길밖에 없다"라고 고백하였듯이 결국 살인죄로 8년을 선고 받고 제2급 유형수가 되어 시베리아로 떠난다.

그러나 유형지에서도 라스콜리니코프는 "죄수들 간에는 심연"이 놓여 있는 것을 느끼며 "자기와 그들은 마치 이민족 같은 느낌이 들었다"라고 소외감을 토로한다. 그와 그들은 불신과 적의로 서로를 대했으며, 라스콜리니코프 자신은 모두가 싫어하는 존재가 되었고, 누구 한 사람 그를 가까이하려는 자가 없다는 것을 깨닫는다. 그러나 유형수들은 소냐를 좋아했으며, "그들은 그녀의 걸음걸이까지 좋아한다"는 것에 '왜 그럴까' 하는 의문을 갖게 된다. 그 해답은 사랑이었다. 라스콜리니코프가 꾼 꿈에서 보듯이 "지능과 의지를 갖춘 정령"인 미생물이 인간들을 전염시키자, 사람들은 "이유 없는 증오 때문에 서로 죽였다." 그리고 몇 사람의 선민(選民)만이 살아남는다.

라스콜리니코프와 그의 분신들은 살인, 범죄, 자기애, 술, 돈, 정욕 등으로 인해 스스로를 소외시키거나 또는 사람들로부터 소외당하게 되는데, 이런 인간들 간의 소외를 극복하는 방법은 기독교적 '사랑'뿐이라고 도스토옙스키는 말하고 있다. 그것은 소냐와 라스콜리니코프의 갱생을 서술하는 장면에서 잘 드러난다. "새 생활에의 완전한 갱생의 서광이 빛나고 있었다. 두 사람을 부활케 한 것은 사랑이었고, 두 사람의 마음은 서로 상대편 마음의, 결코 마르지 않는 생명의 샘이 되었던 것이다. 그의 머리맡에는 성경이 놓여 있었다. (…) 그 성경은 소냐의 것이었는데, 그녀가 그에게 나사로의 부활에 대한 부분을 읽어주었던 바로 그 책이었다."

러시아 농민에 대한 도스토옙스키의 사랑
– 〈농부 마레이〉

도스토옙스키가 태어난 마린스키 병원에서 도스토옙스키 가족은 16년을 살게 되는데, 이 병원 관사에서 도스토옙스키 외에 남동생 2명과, 여동생 3명이 더 태어나게 된다. 도스토옙스키에게는 위로 한 살 터울의 형 미하일이 있었으니 7남매를 둔 대가족이었다. 도스토옙스키의 아버지는 마린스키 병원에서 근무하면서 구두쇠라고 불릴 정도의 타고난 근검절약으로 1831년에 툴라현(縣)에 농노 100여 명이 딸린 영지를 구입한다. 이 영지에는 농노 마을이 2개 포함되어 있었고, 도스토옙스키는 1832년 처음으로 이 영지를 방문한 이후 페테르부르크로 유학가기 전까지 이 영지에서 여름을 보낸다.

도스토옙스키의 아버지는 다혈질에 신경질적이고 11살 연하였던 아내에 대해 의처증과 의심이 심했다고 전해지는데, 도스토옙스키의 우울하고 내성적이며 신경질적이고 과묵한 성격이 아버지로부터 기인했다는 분석도 있다. 반면, 어머니는 교양과 품위를 지닌 신실한 신앙심을 가진 인물로 온화한 성격이었고 자식들에게 온 정성을 다 쏟았으며 작가 도스토옙스키와 자녀들이 어렸을 때부터 성경으로 직접 글을 가르쳤다고 한다. 도스토옙스키의 신앙심과 기독교 정신은 어머니의 영

도스토옙스키의 『작가일기』

향이었다고 볼 수 있다. 도스토옙스키의 어머니는 작가가 열여섯 살에 폐결핵으로 사망하였고 아버지는 1839년 도스토옙스키가 19살 때 농노들에 의해 처참하게 살해당한다. 영지를 둘러보러 마차를 타고 나갔다가 난도질당한 채 마차에 실려 돌아온 것이었다. 툴라현 영지는 도스토옙스키가 어린 시절 여름을 보낸 휴식처이기도 하고 아버지가 살해당한 끔찍한 곳이기도 하다.

1876년 도스토옙스키의 『작가일기』 2월 판에 처음 실린 〈농부 마레이〉는 작가가 어렸을 때인 1832년 4월 처음으로 툴라현의 아버지 영지를 방문했을 때 그 영지에서 여름에 겪었던 일을 배경으로 한다. 그리

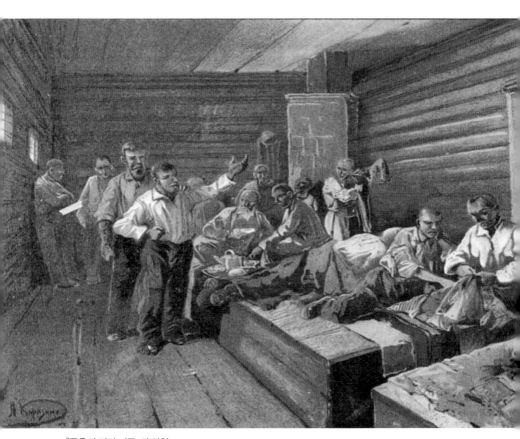

『죽음의 집의 기록』의 삽화

고 또 다른 일화는 도스토옙스키가 페트라솁스키 사건으로 강제노동역을 선고 받고 유형을 떠나 1850년 수용소에 수감되었을 때의 일로, 『죽음의 집의 기록』에 묘사된 이야기다. 29살 때 수용소에서 부활절 시기에 마주하게 된 인물 군상들과 9살 때 농촌 마을에서 위급한 시기에 만난 농부 마레이를 대비시킨 것이다.

〈농무 마레이〉의 첫 문장은 "내 생각에, 나의 이러한 모든 <u>신앙고백</u>을 읽는 것이 무척 따분한 일이겠기에 여기서 한 가지 <u>일화</u>를 소개하고자 한다. 하지만 꼭 일화라고도 할 수 없고 단지 먼 옛날의 <u>추억담</u>이랄 수 있는데, 왠지 모르게 지금 여기서, <u>민중에 대한 내 이야기의 결론으로 말하고 싶은 것</u>이다. <u>당시에 나는 아홉 살이었다. … 아니, 오히려 내가 스물아홉 살 때의 이야기부터 시작하는 게 더 좋을 것 같다</u>"(밑줄-필자)이다. 이 첫 문장에 이 작품의 주제, 문학적 방법과 공감의 극대화, 주제와 스토리 라인의 구체화 전략이 모두 드러난다.

필자가 밑줄 친 '1) 신앙고백, 2) 일화, 3) 추억담, 4) 민중에 대한 내 이야기의 결론으로 말하고 싶은 것이다, 5) 당시에 나는 아홉 살 … 더 좋을 것 같다'를 중심으로 〈농무 마레이〉를 살펴보자. 우선 밑줄 친 '신앙고백(professions de fois)'이란 말에서 보듯이 〈농부 마레이〉의 주제는 신앙의 고백이다. 이 작품에서 도스토옙스키가 말하고 싶은 것은 결국 자신의 신앙고백인 것이다. 두 번째는 '일화'라는 말에서 보듯이 신앙고백을 하는데 일화를 소개한다며, 문학적 방법을 설명하고 있다. 보통 신앙고백은 문학적 서술이 아니라 종교적 서술이거나 철학적 서술이다. 따라서 신앙고백을 문학작품화하기 위해서는 신앙고백에 대한 산문적 서술이 아니라 형상화 작업이 요구된다. 그래서 신앙고백(신과 나와의 이야기)을 이미지를 통해 전달하고자 도스토옙스키는 일화라는 형식을 끌어들였다. 그리고 세 번째로 그 일화가 '추억담'이라고 덧붙인다. 작가가 아무리 상상력의 극대치를 보여준다 하더라

〈농부 마레이〉의 삽화

도, 그리고 문학작품이 상상력의 발현이라 하더라도 그것은 독자의 공감대 위에서만 긍정적 기능이 수행된다. 따라서 상상력의 소산을 있을 법한 이야기, 그럴 듯한 이야기로 바꾸어야 하는데, 이를 위해서 누구나 공감할 수 있는 일, 즉 자신의 경험과 추억을 활용하는 것은 문학 창작의 기본적 조건 중 하나인 것이다. 그리고 네 번째로 신앙고백이라는 주체를 구체화시켜서 말하고 싶은 것은 '민중에 대한 이야기'라고 말한다. 도스토옙스키의 신앙의 기반에 무엇이 놓여 있는지를 확인할 수 있는 대목이다. 그리고 다섯 번째로 '당시에 나는 아홉 살이었다… 아니, 오히려 내가 스물아홉 살 때의 이야기부터 시작하는 게 더 좋을 것 같다'라고 말하면서 이중의 기억을 회상하고 있다. 도스토옙스키가 작품에서 말하는 스토리 라인을 정리하면 다음과 같다.

· 부활제 둘째 날 수용소의 하루: 무질서한 수용자들의 묘사.
· 폴란드인 M-츠키의 언급: 이놈의 망나니들은 증오의 대상.
· 자리로 돌아와 과거를 회상함(29세의 수용소에서 9살의 어린 시절을 추억).
· 숲속에서 늑대가 출현하는 환청을 들음: 농부 마레이에게서 위안을 얻음.
· 러시아 민중들은 농부 마레이처럼 여성스러움(어머니=대지의 상징)과
  그리스도의 따뜻함을 소유함.
· 폴란드인 M-츠키가 불쌍해 보임.

위의 스토리 라인에서 보면 도스토옙스키는 부활제 둘째 날 수용소에서 벌어진 무질서한 모습을 보고, 망나니 같은 폴란드인 M-츠키에게서 증오심을 느끼게 되지만, 어린 시절 숲속에서 만난 엄마 같은 농부 마레이를 떠올리며 그들에 대한 증오심이 연민으로 바뀌게 된 것이다. 도스토옙스키에게 있어서 러시아 민중에 대한 이야기가 곧 신앙고

백이 된 것이다. 즉 마레이의 모습을 통해 러시아 민중과 신앙의 올바른 모습을 말하고 있다.

원래는 이렇듯 대지의 상징이자 그리스도의 구현체로서의 러시아 민중들이 왜 작품 첫머리에서는 무질서하고 망나니같이 막 돼먹은 모습으로 그려져서 '증오의 대상'이 되었을까? 그것의 원인을 도스토옙스키는 수용소 때문이라고 생각한다. 도스토옙스키에게 수용소는 결국 죽음의 집이다. 민중성이 사라진 죽은 집이며 민중성을 사라지게 만드는 파괴의 집인 것이다. 어린 시절의 일화를 말하는 이 작품이 현실 비판적으로 읽히는 이유이기도 하다.

그래서 이 작품은 작은 단편이지만 도스토옙스키의 사상의 두 틀, 기독교사상과 러시아 민중에의 사랑을 말할 때 꼭 언급되며 작가의 창작 인생에서 중요한 자리를 차지한다.

하모브니키 톨스토이 박물관

톨스토이가 『부활』, 『이반 일리치의 죽음』, 『크로이처 소나타』를
집필한 모스크바 저택

집착과 우의와 사랑을 전혀 가지고 있지 않았으나 운명이 접근시켜 준 사
람을 사랑했고, 그러한 사람들과 화목하게 지내고 있다.

— 『전쟁과 평화』 중 플라톤 카라타예프에 대하여

모스크바에는 톨스토이의 박물관이 두 개 있다. 하나는 실제로 톨스
토이 가족이 1882년부터 1901년까지 겨울을 보낸(여름에는 야스나야 폴랴나에서
지냈다) 하모브니키 지역에 위치한 저택 박물관이고, 다른 하나는 프레치
스텐카 거리에 위치한 톨스토이국립박물관이다.

1913년 하모브니키 톨스토이 저택 풍경

현재의 하모브니키 톨스토이 박물관 전경.

프롬나드 인 러시아

톨스토이 박물관 정문에서 보이는 톨스토이와 아내 소피아 브로마이드.
마치 부부가 들어오는 방문객들을 웃으며 맞이하는 것 같다.

　톨스토이 가족이 실제 거주했던 하모브니키 지역 저택-박물관에는 톨스토이의 아내 소피야의 손길이 닿은 수제 카펫과 침대 커버, 도자기 세트, 아이들 장난감 등이 보관되어 있다. 또한 톨스토이가 예순 살에 배웠던 자전거 등이 전시되어 있고, 톨스토이가 부상까지 당해가며 직접 사냥했던 곰의 가죽도 거실에 깔려 있다. 저택의 창문에서 보면 아름다운 작은 정원이 방문객들의 눈길을 붙잡는데, 보리수나무, 재스민 등 여러 가지 식물들이 자라나 있고, 벤치가 어우러져 산책하는 즐거움을 선사한다. 톨스토이는 자녀들이 뛰어놀 수 있도록 작은 언덕을 만들어놓았었는데 그 언덕도 아직 그대로이다. 톨스토이는 이 저택의 서재

일리야 레핀이 그린
책을 든 **톨스토이의 초상화**

니콜라이 게가 그린
집필 중인 **톨스토이의 초상화**

에서 니콜라이 게와 일리야 레핀에게 자신의 초상화를 위한 포즈를 취
하였고 그 초상화들은 지금까지도 톨스토이의 내면을 잘 드러내주는
것으로 정평이 나 있다.

이 저택에서 톨스토이는 『이반 일리치의 죽음』, 『크로이처 소나타』,
『부활』, 〈어둠의 권력〉, 〈산송장〉 등을 집필하였다. 1911년 톨스토이
가 사망하자 저택은 모스크바 시청에 판매되었다가 1921년 레닌의 명
령으로 국유화되어 저택-박물관이 개관하였다. 이 저택-박물관에는
2018년 기준으로 톨스토이 가족 소유였던 6천여 개의 소장품이 전시
되어 있다.

톨스토이가 직접 사냥한 곰 가죽이 깔려 있는 거실.
톨스토이는 이 곰 사냥으로 얻은 흉터가 평생
지워지지 않고 남게 되었다고 한다.

톨스토이가 환갑에 배운 자전거.

톨스토이의 모피 외투.

톨스토이 부부의 침대.

저택이 위치한 지역 이름 '하모브니키'는 원래 '함(хам)'이란 말에서 나왔는데, '천 짜는 사람들'을 부르는 말이었다. 1624년 미하일 로마노프 황제의 명령으로 만들어진 하모브나야 마을에 그 기원을 두고 있다. 황제는 모스크바에 아마 천이 부족하자 모스크바에 마을을 짓고 트베리로부터 천 짜는 사람들을 데려다 이주시킬 것을 명령했다. 지금은 '레프 톨스토이' 거리로 이름이 바뀌었지만 예전 명칭을 그대로 살려 여전히 '하모브니키 톨스토이 저택-박물관'이라 불리고 있다.

저택은 원래 1800년에서 1805년 이반 메세르스키 공후의 명령으로 지어졌으나 1812년 나폴레옹과의 조국전쟁 때 심하게 손상되었다. 프랑스군이 하모브니키를 거쳐 후퇴하면서 귀족 저택들을 불태웠기 때문이었다. 프랑스 군의 겨울 주둔지였기에 그나마 본채는 건드리지 않고 남겨둔 덕에 저택의 본모습은 보존할 수 있었다. 그 후 저택은 톨스토이와 잘 아는 사이였던 올수피예프가(家)의 소유로 넘어갔다가 톨스토이가 사들였다.

1882년 톨스토이가 구입할 당시에는 전기와 상하수도 시설이 들어오지 않았었고 저택 주변에는 견직물 공장과 노동자 기숙사, 맥주 공장 등이 있었다. 톨스토이는 작품 집필을 위해 고문서 보관소를 다니고, 모스크바 출판사와 자주 접촉해야 했기 때문에 모스크바에 저택을 구

1899년 모스크바 저택 테라스에 서 있는 톨스토이

입하는 문제를 고민하였고 자녀들의 대학 교육도 저택 구매에 영향을 준 것으로 알려졌다.

톨스토이 가족은 1901년까지 이 저택에서 거주하였고, 그 후 톨스토이가 죽기(1910년)까지 때때로 머물기 위해 들르곤 했는데 톨스토이는 이 집에서 앞서 언급한 『부활』, 『이반 일리치의 죽음』을 비롯해서 약 100여 편의 작품을 집필하였다.

1887년 저택 현관에서 톨스토이 가족

톨스토이는 저택 주변 공장들에 대해 다음과 같이 썼다. "나는 공장들로 둘러싸인 곳에 산다. (…) 매일 아침 5시면 첫 번째 호각 소리가 나는데 두 번째, 세 번째…. 계속 호각 소리가 이어진다. 이 호각 소리는 여자들, 아이들, 노인들의 작업이 시작되었다는 것을 의미한다. 8시에 또 호각 소리가 나는데 30분 쉬는 시간이다. 12시에는 점심시간을 알리는 호각 소리가 들린다. 8시에는 작업 종료 호각 소리가 난다. 이상한 우연인데, 우리 집 주변의 맥주 공장을 제외하고 세 공장이 모두 무도회에 필요한 제품을 생산하는 곳이다." 19세기 말 빈민노동자들이 일했던 공장에서 생산했던 제품들이 귀족들을 위한 무도회에 쓰일 제품이었다는 것도 아이러니하지만 그런 공장이 톨스토이 집 주변에만 세 곳이나 있었을 정도로 모스크바에 많았다는 사실도 흥미롭다.

톨스토이 저택 뒤뜰에 있는 놀이 언덕.
톨스토이가 아이들을 위해 만들어 주었다고 한다. 이곳에는 여러 종류의 꽃과 나무들이 풍성하게 자라고 있어 계절의 변화를 다양하게 느낄 수 있다. 또한 언덕 위에는 조그마한 벤치가 있어 앉아서 주변을 감상할 수 있다.

죽음에 대한 12장의 사색
– 『이반 일리치의 죽음』

호스피스 운동의 선구자이자, 인간 죽음에 대한 연구에 일생을 바친 엘리자베스 퀴블러 로스(Elizabeth Kubler-Ross, 1926~2004)는 죽음의 단계를 〈부정-분노-협상-우울-수용〉으로 설명하였다. 자신이 죽게 된다는 사실을 알았을 때 인간은 대부분 처음엔 부정하다가 분노에 이르게 되고 그 사실과 협상하다가 그다음에는 우울함에 빠졌다가 결국 수용하게 된다는 것이다. 엘리자베스 퀴블러 로스는 미국 시사 주간지 『타임』이 선정한 '20

1895년 상트페테르부르크에서 출판된
『이반 일리치의 죽음』 표지

세기 100대 사상가' 중 한 명으로 선정되기도 했으며, 그녀가 집필한 저서 『죽음과 죽어감(On Death and Dying)』, 『생의 수레바퀴(The Wheel of Life)』, 『인생 수업(Life Lessons)』은 사람들에게 많은 울림을 주고 있다.

톨스토이가 예술가로서의 천재성을 그대로 드러낸 『이반 일리치의 죽음』은 이반 일리치가 죽어가는 과정이 묘사되는데 그 과정이 엘리자베스 퀴블러 로스가 설명한 단계들과 너무나 유사하다. 죽음을 평생 연구한 학자의 결론을 톨스토이는 이반 일리치가 죽음을 부정하고 억울해하다가 죽음을 수용하고 타인에게 연민을 보이며 숨을 거두는 과정을 통해 이 책 한 권으로 보여주고 있는 것이다.

『이반 일리치의 죽음』은 모파상이 "나의 작품 100편이 모두 쓸데없는 것이라는 것을 이 작품을 보고서 알았다"라고 고백했을 정도로 톨스토이의 중·단편 소설 중 가장 뛰어난 작품이라는 평가를 받는다. 모파상의 극찬 외에도 나보코프는 "이 단편은 톨스토이의 가장 선명하고 가장 완벽하고 가장 복잡한 작품이다"라고 말했고, 러시아의 비평가 스타소프는 "어느 민족에게도, 세상 어디에도 그와 같은 천재적 작품은 없다. 이 70쪽과 비교하면 모든 것은 작고, 하찮고, 약하고, 생기 없다"라고 언급했으며, 차이콥스키는 "『이반 일리치의 죽음』을 읽었다. 과거에 존재했던 모든 작가-예술가들 중에서 가장 위대한 것은 바로 톨스토이라는 사실을 전보다 더욱 나는 확신한다. 그 작품 하나로, 유럽이 인류에 선사한 모든 위대한 것을 러시아인 앞에 내놓을 때 러시아인이 부끄러워하며 고개를 숙이지 않아도 되기에 충분하다"라고 말하였다.

『이반 일리치의 죽음』의 시대적 배경은 1882년 제정러시아 시대이다. 톨스토이는 출세지향주의와 물질만능주의로 물들어 인간성이 말살되고 위선으로 가득 찬 러시아 상류층 사교계 문화를 여실히 보여주고 있다. 이 책은 전체 12개 장으로 구성되는데 그중에서 1장은 이반 일리치의 부고와 죽음 조망, 2~3장은 이반의 삶, 4~12장은 이반 일리치가 죽음에 이르는 과정을 다루고 있다. 죽음에 이르는 과정을 9개 장에 걸쳐 다루고 있어서 삶보다는 죽음에 많은 의미를 부여하고 있다.

작품은 주인공 이반 일리치의 부고로부터 시작된다. 이반 일리치는 45세로 죽음을 맞이한 상트페테르부르크의 중간급 치안 판사이다. 그는 관리의 둘째 아들로 태어나 법률학교에 들어가 판사가 된 인물로 아내 프라스코비야 표도로브나 고로비나와의 사이에 딸 하나, 아들 하나를 두었다. 이반 일리치는 최상류사회로의 진출을 꿈꾸며 앞으로만 내달려온 삶을 45세에 마감한 것이다. 그가 집안 인테리어를 하면서 "머리가 조금 둔한 것 같은 벽지 직공에게 직접 가르쳐줄 작정으로 사다리를 올라가다가 실수로 발을 헛디디어 '쿵' 하고 아래로 떨어진" 후 발병한 것도 의미하는 바가 크다. 인생의 사다리에서는 계속 오르기만 했던 그가 어느 날 이유 없이 떨어지고 만 것이다. 이반 일리치는 '키제베터의 논리학'에서처럼, "시저는 사람이다. 사람은 죽는다. 따라서 시저도 죽는다. 그러나 자기 자신은 시저가 아니므로 인간이 아니며 항상 다른 사람들과는 전혀 다른 특별한 존재"라고 여겼는데, 죽음은 예고 없이 갑작스레 그를 찾아온 것이다.

이반 일리치의 부고를 접한 친구들의 반응과, 이반 일리치가 죽음으로 가는 과정 속에서 겪게 되는 주변 사람들과 가족들의 위선적, 또는 진실한 관계를 조망하는 것에 이 책은 많은 페이지를 할애한다. 이반 일리치의 죽음을 알게 된 친구들의 반응은 제각각이다. 슈바르츠는 죽은 이반 일리치의 집을 방문해 이반의 아내에게 위로의 말을 건네지만 머릿속으로는 그 날 밤에 있을 카드놀이만 생각하고 있다. 표트르 이바노비치는 생전에 이반 일리치와 친했으나, 그의 부고를 신문으로 접하고 조의를 표하러 그의 집을 방문하지만 진심으로 그의 죽음을 추도하는 마음은 없다. 이반 일리치 아내와 어색한 대화를 이어가는 와중에도 낮은 의자와 고장 난 의자 스프링에 신경을 쓰는 장면은 너무나 유명하다. 결국 살아 있는 사람들에게 중요한 것은 생을 이미 떠나 '저곳'으로 간 남의 죽음보다 지금 '여기' 미망인과 마주 앉은 자리에서 나를 귀찮게 하고 어쭙잖게 만드는 하찮은 의자 스프링인 것이다. 또한 부고를 들은 동료 판사들은 "자신이 아니라 그가 죽어서 참 다행이라는 생각을 하며" 이반 일리치의 죽음으로 인해 자신의 승진은 어떻게 될지, 연봉이 어느 정도 올라갈지 등등, 이반의 죽음이 본인에게 미치는 이익과 상관관계를 따지는 데 여념이 없다.

이런 위선적 관계는 17년 결혼 생활을 함께한 고인의 아내라고 별반 다르지 않다. 이반 일리치의 아내 프라스코비야 표도로브나는 남편이 점점 극심해지는 고통 때문에 괴로워하는 모습을 보면서, 이반 일리치 자신에게 병의 책임을 물으며 오히려 아픈 남편 때문에 자신이 더 힘들고 괴롭다고 생각한다. 아내는 이반 일리치가 죽자 사람들 앞에서는 눈물짓고 슬퍼하지만 마음 가운데는 남편의 연금을 세세하게 따지고 정부로부터 조금이라도 더 많은 보조금을 받고자 백방으로 알아본다.

이 작품에서 이반 일리치에게 가장 큰 연민과 사랑을 보내는 이는 아들과 하인 게라심이다. 게라심은 이반 일리치가 곧 죽을 것이라는 것을 알고, 마지막 순간까지 그의 고통을 덜어주려고 친절과 사랑으로 돌보아주고 어린 아들은 아버지의 고통과 다가오는 죽음을 진정으로 슬퍼하기 때문이다. 요리사이자 이반 일리치의 용변 담당이 된 게라심은 "하나님의 생각이시므로 어떻게 할 도리가 없지요. 누구나 한번은 모두 저승으로 가야 하니까요"라든가, "누구나 인간은 죽는 법입니다. 그렇다고 해서 도와주지 않을 수는 없지요"라며 이반 일리치의 까탈스러운 수발을 마다하지 않는다. 아들은 그가 죽음을 맞이하자, "그의 손을 붙잡고 입술에 대더니 '와아!' 하고 울기 시작했다."

이반 일리치가 "신이여, 당신은 왜 이런 일을 하셨단 말입니까? 왜 나를 이 세상에 태어나게 하셨습니까? 나를 이렇게도 괴롭게 하는 것은 무엇 때문입니까"라며 자신과 신을 원망하다가 마지막에 "모두가 불쌍하다, 괴롭히지 않아야지. 그들을 구해주자. 그리고 자기도 이런 고통으로부터 벗어나고 싶다. 참으로 기분이 좋다"라고 고백하는 것은 '분노'에서 '수용'으로 가는 죽음의 과정에 다름 아니다. 결국 죽음 앞에서 인간이 할 수 있는 일은 자신과 주위 사람들을 용서하고 사랑하는 것이라고 톨스토이는 말하고 싶었던 것이다.

당신은 이 세상에선 나를 농락하고 저세상에 가서는
나를 미끼로 구원받고 싶은 거죠?

— 네흘류도프의 청혼을 거절하는 카추샤의 외침

카추샤는 과연 희생과 구원의 아이콘인가
— 『부활』

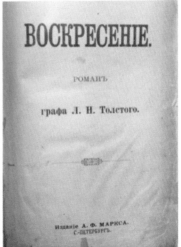

1900년에 상트페테르부르크에서 발간된 『부활』

『부활』은 "몇십만의 인간이 한 곳에 모여 자그마한 땅을 불모지로 만들려고 갖은 애를 썼어도, 그 땅에 아무것도 자라지 못하게 온통 돌을 깔아버렸어도, 그곳에 싹트는 풀을 모두 뽑아 없앴어도, 검은 석탄과 석유로 그슬려놓았어도, 나무를 베어 쓰러뜨리고 동물과 새들을 모두 쫓아냈어도, 봄은 역시 이곳 도시에도 찾아들었다"라고 시작된다. 봄의 묘사로부터 시작한 것인데, '부활'이라는 주제에 봄보다 어울리는 계절은 없을 것이다.

톨스토이는 1877년 『안나 카레니나』 이후 절필하였는데, 1883년 투르게네프가 임종을 앞둔 병상에서 "예술 세계로 돌아오라"라고 호소했을 정도였다. 그 후 9년 만에 1886년 『이반 일리치의 죽음』과 〈어둠의 힘〉을 발표하고, 1899년 『부활』을 출간하게 된다. 잘 알려져 있다시피, 1901년 이 작품 속에서 정교회를 비판했다는 이유로 톨스토이는 종무성(宗務省)에서 파문을 당하였다. 그러나 로맹 롤랑이 "이 작품을 통해서 다른 어떤 작품보다도 톨스토이의 영혼에 곧바로 도달하는 맑은 눈동자를 볼 수 있다"라고 말하였듯이 톨스토이의 사상과 세계관을 이해하는 핵심적 작품이다.

톨스토이가 이 작품의 소재를 얻은 일화는 1887년으로 거슬러 올라간다. 그해 여름 톨스토이는 야스나야 폴랴나 영지에서 친척인 법률가 A. F. 코니를 만났는데, 그에게서 상트페테르부르크 재판소 검사 시절에 목격했던 '여죄수 로잘리야 오니'에 관한 이야기를 듣게 된다. 로잘리야 오니는 어느 별장지기의 딸이었는데, 아버지가 죽자 그 별장의 여주인에게 맡겨져 양녀 겸 하녀로 자라게 된다. 16세가 된 로잘리야는 대학을 갓 나온 여주인의 친척 청년과 사랑에 빠져 임신을 하게 되지만 청년에게 버림받고 여주인의 집에서도 쫓겨나게 된다. 혼자 아이를 낳은 로잘리야는 아기를 양육원에 보내고 매춘부가 되어 생계를 이어간다. 그러다가 한 손님에게서 1백 루블을 훔치게 되고 그 길로 체포되어 재판을 받게 된다. 그 재판에 우연히 배심원으로 참석하게 된 로잘리야의 첫사랑 청년은 매춘부가 되어 범죄를 저지른 로잘리야에게 충격을 받아 그녀를 구원하려고 결혼을 결심한다. 그러나 결혼식 바로 전에 발진 티푸스에 걸려 로잘리야는 죽게 되고 결국 결혼식은 치러지지 못하였다.

톨스토이는 이 이야기에 너무나 충격을 받았다. 자신도 고모 집에 있을 때 하녀를 유혹했다가 버린 적이 있었고 그 하녀의 인생을 망쳤던 과거가 떠올랐기 때문이었으리라. 코니에게 이 소재로 글을 써보라고 권하지만 그가 작품을 쓰지 않자, 톨스토이는 직접 이 이야기를 소설로 쓰게 된다. 1889년 집필을 시작해서 여러 차례 개작되는 진통을 겪었다. 결국 1899년 러시아에서 탄압을 받던 두호보르(러시아 구교도 일파-필자) 신도들의 해외 이주를 위한 자금을 마련하고자 『부활』을 출판사에 넘기고 그 인세로 자금을 마련하게 된다.

태생부터 비참한
'구출된 아이' 카추샤

톨스토이가 『부활』에서 그려내고 있는 카추샤의 인생은 시작부터 비참하다. 지주 집에서 하녀 일을 하던 카추샤의 어머니는 남편이 없는데도 해마다 아이를 낳아서 아이에게 세례만 받게 하고는 젖을 주지 않아

굶어 죽게 내버려두었다. 그렇게 다섯 아이가 죽었는데, 카추샤는 여섯 번째로 태어난 아이였다. 카추샤의 어머니가 일했던 집의 주인은 결혼하지 않은 채 나이가 들어버린 두 자매였다. 그중 한 명의 여주인이 우연히 축사에 갔다가 버려진 아이를 발견하고 불쌍히 여겨 데려다가 세례를 주고 대모(代母)가 되어준다. 그렇게 해서 축사에 버려졌던 카추샤는 처음에는 '스파숀나야(구출된 아이)'라고 불리면서 그 집에서 자라게 된다. 카추샤의 어머니는 카추샤가 세 살 때 죽는다.

카추샤를 대하는 두 여주인의 태도는 정반대였다. 한 여지주는 카추샤를 데려온 여인으로 마음씨가 상냥하여 카추샤를 양녀로 삼을 생각에 좋은 옷도 입히고 책 읽기와 글쓰기를 가르쳤다. 또 다른 여주인은 엄격한 성격의 소유자로 카추샤를 부지런하고 일 잘하는 몸종으로 키우려고 엄하게 다루었으며 야단도 자주 하고 매질도 서슴지 않았다. 이렇게 해서 카추샤는 반은 몸종, 반은 양녀인 어중간한 존재로 자라게 된다.

그래서 이름은 카테리나였지만, 그 이름의 비칭인 카티카도 아니고 애칭인 카테니카도 아닌 형태의 '카추샤'로 불리게 된 것이다. 카추샤는 집안 청소를 하고 빨래를 하기도 했고 여주인들과 함께 어울려 그녀들에게 책을 읽어주기도 했다. 카추샤가 혼기에 들자 혼담이 오가기도 했지만 "지주 집의 편안한 생활에 젖어버려서 품팔이 노동자나 하인들과 살기는 힘들 것"이라고 여겨지게 된다.

이 여주인들이 카추샤의 생명을 구하였지만 그 여주인들 때문에 그의 조카이자 대학생이었던 네흘류도프를 만나 인생을 망친 것도 사실이다. 카추샤가 16세 때, 여주인의 조카이자 대학생이며 부유한 젊은 공작이었던 네흘류도프가 고모 집에 들르게 되었는데, 그를 처음 보고는 사모의 감정을 품게 된다. 2년 후 네흘류도프는 전쟁터로 출발하기 전 다시 고모 집을 찾았는데 출발하기 전날 밤 카추샤를 유혹하게 되고 다음 날 100루블을 주고는 떠나간다. 카추샤는 5개월 후 임신한 사실을 알게 되지만 여주인들은 임신한 카추샤를 내쫓아 버린다.

레오니드 파스테르나크(작가 파스테르나크의 아버지)가 그린 『부활』의 삽화

카추샤는 임신한 몸으로 경찰서장의 집에 하녀로 들어간다. 쉰 살이 넘은 늙은 서장이 계속 치근대자 카추샤는 그를 거칠게 대하고 결국 내 쫓기는 신세가 되어 산파의 집에서 해산을 한다. 카추샤는 낳은 사내애를 양육원으로 보냈으나 아이는 그곳에서 곧 죽어버린다. 그 후 카추샤는 산림지기의 집에서 일하게 되지만 그 아내와 다투어 급료도 못 받고 쫓겨난다. 이모네 집에서 잠시 생활하다가 카추샤는 하녀 자리를 찾아 떠나지만, 그 집에서도 중학교 6학년생 아들이 카추샤를 치근대자 주인 여자가 그녀를 해고하게 된다. 결국 직업소개소에서 만난 "손에 보석 반지와 팔찌를 낀 부인"을 찾아간 카추샤는 늙은 작가를 만나 25루블을 받고 정부(情婦) 역할을 하게 된다. 노작가가 얻어준 방에서 살게 된 카추샤는 같은 건물에 사는 점원을 좋아하게 되어 작은 방으로 거처를 옮기지만 점원은 결혼까지 약속하고는 다른 도시로 떠나버린다.

두 번의 배신을 겪고
'뿌리 깊은 죄악의 생활'로

카추샤는 남자의 배신에 치를 떨며 다시 이모 집으로 돌아와서 생활하다가 뚱쟁이 할멈을 만나 윤락녀가 되기로 결심하는데, "보잘것없는 하녀 신분으로 귀찮게 구는 주인 남자들의 강요를 받으며 남몰래 하는 정사의 상대가 될 것인가, 아니면 생활이 보장되고 아무도 상관하지 않으며 법률로 인정된 여건하에서 돈도 벌 수 있는 간음 생활을 매일 할 것인가 하는 두 가지 중에서 하나를 선택하지 않으면 안 되었다." 결국 후자를 선택하면서 "자기를 유혹한 첫 남자와 점원에게, 자신에게 아푼 감정을 남긴 모든 사람에게 앙갚음해 주리라 생각했던 것이다."

뚜쟁이 할멈은 '키타예바'라는 유명한 유곽으로 데리고 갔고, 카추샤에게는 "뿌리 깊은 죄악의 생활이 시작되었다." 카추샤는 그곳에서 7년을 생활하고 스물여섯 살에 살인범으로 몰려 6개월을 교도소에서 보낸 후 첫사랑 네흘류도프를 만나게 되는 법정으로 끌려 나오게 된다.

레오니드 파스테르나크(작가 파스테르나크의 아버지)가 그린 『부활』의 삽화
재판장으로 끌려나온 카추샤.

젊은 나이에 파란만장 인생 여정을 거쳐 법정에까지 서게 된 카추샤와는 반대로, 배심원으로 참석한 네흘류도프는 그 당시 공작 영애 미시 코르차기나와 결혼 예정이면서 군 귀족회장의 부인 마리야 바실리예브나와는 연인 관계인 상태였다. 네흘류도프는 아버지로부터 200제샤티나 유산을 받았는데, 1제샤티나가 1,092헥타르(1 헥타르는 3,025평)란 사실을 확인하면 엄청난 땅을 상속받은 것이었다. 그는 허버트 스펜서의 열광적인 숭배자이자 헨리 조지에게서도 영향을 받은 인텔리였다. 톨스토이는 이 작품에서 토지 사유권 문제도 조명하였는데, 초고에 등장하지 않았던 네흘류도프 누이 부부를 나중에 추가한 이유가 누이 부부의 탐욕을 대비시켜서 토지 사유의 죄악성을 부각시키려 한 것이었다.

카추샤를 법정에서 본 첫인상은 다음과 같았다. "흰 스카프로 감싼 머리 밑으로는 일부러 멋을 부린 듯 곱슬거리며 말려 올라간 검은 머리털이 내보였다. 유난히 창백한 그녀의 얼굴은 오랫동안 실내에만 갇혀 있어 햇빛을 못 본 사람들이 그렇듯이 움 속의 감자 싹을 연상시켰다." 그녀는 조그맣고 통통한 손, 토실토실한 목덜미를 가졌으며, 한쪽이 사팔눈이었는데, 그 눈은 "새까맣게 빛이 나고 약간 부은 듯했으나 놀랄 만큼 생기가 있어 인상이 깊어 보였다."

네흘류도프는 카추샤를 알아보지만 카추샤는 그를 알아보지 못한다. 카추샤를 보고 충격을 받은 네흘류도프가 내린 결론은 "용서를 빌고, 필요하다면 결혼을 하자"였다. 그러나 카추샤의 기억 속에서 네흘류도프는 완전히 지워져 있었는데, 그것은 그가 "전장에서 돌아오는 길에 고모네 집에 들르지 않고 그냥 지나쳐 간 날의 그 캄캄한 어둠 속에 네흘류도프와 함께한 지나간 날의 모든 추억을 완전히 매장해버렸기" 때문이었다. 그날 밤 카추샤는 기차에 뛰어들려고 했지만 배 속의 아이가 꿈틀거려 그럴 수가 없었다.

카추샤가 연루된 사건의 전말은 이렇다. 마브리타니야 여관에서 제2급 상인 페라폰트 예멜리야노비치 스멜리코프가 급사한 사건이 발생한다. 처음에는 알코올성 음료의 과음으로 인한 심장 파열로 사인이 규정되어 3일 후 매장하였는데, 4일째 되는 날에 스멜리코프의 고향 사람이며 동업자인 티모힌이 나타나서 독살이라고 의심을 하게 된다. 결국 그의 주변 인물들인 시몬 카르틴킨, 예브피미야 보치코바, 카추샤가 범인으로 지목되고 재판을 받게 된 것이다. 톨스토이는 이 사건이 조명되는 과정을 통해 러시아 재판 제도와 그 과정의 부조리함과 폭력성을 신랄하게 보여주고 있다.

재판은 카추샤에게 점점 불리하게 돌아가지만, 재판장은 빨리 재판을 끝내고 정부(情婦)인 스위스 여자에게 가고 싶은 마음뿐이다. 배심원들은 모두들 피곤했기 때문에 답신서에 '독약은 주었으나 살해할 의도는 없었다'라는 단서를 덧붙인 것에 관심을 두지도 않았다. 책에는 라블레의 『가르강튀아와 팡타그뤼엘』에서 "어느 법률가가 재판을 청탁받고는 온갖 법률 조문의 예를 지적하면서 무의미하기만 한 라틴어 법률서를 이십여 페이지나 낭독한 다음에 소송자들에게 주사위를 던지게 해서 짝수가 나오면 원고가 이기고 홀수가 나오면 피고가 옳다고 했다"는 경우와 이 재판이 조금도 다르지 않았다고 서술하고 있다.

이 세상은
'욕정에 사로잡힌 남자들의 집합체'

"세상 모든 남자들, 즉 늙은이건 젊은이건 중학생이건 장군이건 교양 있는 자이건 무식한 자이건 모두 예외 없이 그들의 최대 행복은 매력 있는 여자와 성행위를 하는 데 있으며", "자기를 원하지 않는 남자를 그녀는 이제껏 본 적도 없었고 알지도 못했던" 카추샤는 "이 세상이 온통 그녀를 바라보며 거짓말과 폭력, 돈, 교활함 등의 갖은 수단으로 그녀를 소유하기 위해서 버둥거리는, 욕정에 사로잡힌 남자들의 집합체"라고 보았다. 그런 카추샤에게 네휼류도프가 "말로써가 아니라 실제 행동으로 속죄하고 싶소, 당신과 결혼할 생각이오"라고 밝히자 "당신은 이 세상에선 나를 농락하고 저세상에 가서는 나를 미끼로 구원받고 싶은 거죠?"라며 독설을 퍼붓는다.

네휼류도프의 온갖 노력에도 카추샤를 위한 청원은 원로원에서 결국 기각되고 네휼류도프는 정치범 감옥으로 카추샤를 이감시켜 준다. 정치범 감옥이 일반 감옥보다 더 낫기 때문이었다. 그곳에서 시몬손이란 정치범은 카추샤에게 사랑을 느끼게 되고 결국 카추샤는 네휼류도프의 구혼을 뿌리치고 시몬손을 따라 시베리아행을 결정한다. 네휼류도프는 카추샤가 자신을 사랑해서 그런 결정을 내린 것이라고 생각하지만 과연 카추샤의 진심은 어땠을까 하는 의문이 든다. 결국 카추샤는 자신을 속죄 도구로 삼고 스스로를 희생하려는 네휼류도프와의 삶보다는 자신을 있는 그대로 진정 사랑해주고 자신이 사랑할 수 있는 시몬손을 선택한 것은 아닐까. 아무리 나락으로 떨어진 인간이라도 누군가의 도구가 되고 싶은 사람은 없기 때문이다.

05 프레치스텐카 톨스토이국립박물관

톨스토이와 그 작품들에 대한 강의가 열리는 곳

뜨겁게 사랑할 수 있는 자만이 깊은 슬픔을 느낄 수 있다. 그러나 사랑에
대한 열렬한 요구가 슬픔을 극복하고 상처를 아물게 한다. 인간은 절대
슬픔으로 죽지 않는 존재다.

— 톨스토이 『유년 시절』 중에서

프레치스텐카의 **톨스토이국립박물관.**

『전쟁과 평화』와 관련된 물품들이 있는 전시실.

톨스토이의 자필 메모.

프레치스텐카 톨스토이국립박물관은 1911년 톨스토이협회 회원 블라디미르 본츠-브루예비치의 발의로 톨스토이를 기념하여 설립되었다. 이곳에는 톨스토이와 그 가족, 친구와 친지 등의 여러 소장품이 전시되어 있으며, 톨스토이와 그의 작품에 대한 다양한 강좌가 열리고 있어서 연구 센터의 역할도 겸하고 있다. 필자가 2019년 방문했을 때는 박물관 안의 각 실들이 '아스타포보 역의 일주일(톨스토이의 마지막 나날들)', '세바스토폴 이야기', '안나 카레니나' 등 주제별로 분류되어 전시품들이 전시되어 있었다.

프레치스텐카의 톨스토이국립 박물관에는 『안나 카레니나』의 정서(正書)를 도와준 부인 소피야에게 톨스토이가 선물한 보석 반지가 전시되어 있으며 '안나 카레니나'와 관련된 여러 소장품들을 볼 수 있다.

하늘색 보석함에 담긴 보석 반지.
톨스토이가 『안나 카레니나』의 정서를
도와준 것을 감사하며 아내 소피야에게 선물했다.

박물관 뒤편에 있는 톨스토이 동상.
허리띠에 두 손을 끼고 머리를 기울이고 있는 톨스토이의 모습이 왠지 친근하게 느껴진다.

안나 카레니나의 법칙

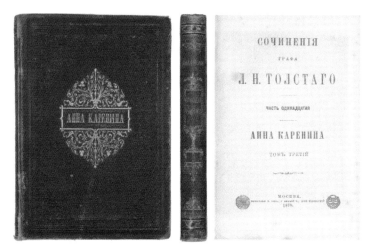

『안나 카레니나』 1878년 판본.

　톨스토이가 1873년에 집필을 시작하여 1877년에 완성한『안나 카레
니나』의 첫 문장은 "행복한 가정은 모두 엇비슷하고 불행한 가정은 이
유가 제각기 다르다"이다. 이 문장은 재레드 다이아몬드가 '안나 카레
니나의 법칙'으로 명명해서 더 유명해졌다. 재레드 다이아몬드는『총,
균, 쇠』 제9장 '선택된 가축화와 안나 카레니나의 법칙'에서 "가축화할
수 있는 동물은 모두 엇비슷하고 가축화할 수 없는 동물은 가축화할 수
없는 이유가 제각기 다르다"라고 변형시켜 인용하였다.

재레드 다이아몬드는 이 장에서 결혼생활이 행복해지려면 수많은 요소들이 성공적이어야 한다는 것을 톨스토이가 말하려 했다고 설명한다. 즉 서로 성적 매력을 느껴야 하고, 돈, 자녀 교육, 종교, 인척 등의 중요한 문제들에 대해 합의할 수 있어야 하며, 이 중요한 요소들 중에서 어느 한 가지라도 어긋난다면 나머지 요소들이 모두 성립하더라도 그 결혼은 실패할 수밖에 없다고 단정한다. 재레드 다이아몬드는 '안나 카레니나의 법칙'을 인류사에 확대 적용해서 가축화에 적합해 보이는 수많은 대형 야생 포유류가 가축화되지 못한 이유를 설명하였다. 그는 모든 야생동물은 한 번쯤 가축이 될 기회가 있었지만 마지막 단계까지 가서 마침내 가축이 된 동물은 극소수에 불과하다면서 "부르심을 받은 사람은 많지만 뽑히는 사람은 적다"라는 〈마태복음〉 22장 14절로 『총, 균, 쇠』 9장의 논의를 마무리한다.

과연 중요한 요소들 중 한 가지만 어긋나도
그 결혼은 실패할 수밖에 없는가?

그런데 그가 앞에서 간단히 언급한 '안나 카레니나의 법칙'에 대한 설명에 의문이 든다. 과연 재레드 다이아몬드가 설명한 것처럼 톨스토이는 자신의 첫 문장을 통해 결혼생활이란 중요한 요소들 중 한 가지만 어긋나도 파탄 날 수밖에 없다고 말하고 싶었던 것일까? 재레드 다이아몬드가 설명한 '안나 카레니나의 법칙'은 과연 결혼생활의 성공과 실패에 적용될 수 있는 것인가? 실상 내가 아는 대다수의 부부들은 결혼생활에 있어서 중요한 요소들 중 한 가지만 어긋나도 결혼을 파탄 내는 것이 아니라, 중요한 요소들 중 한 가지만 맞아도 그 결혼을 유지하고 있는 경우가 많았기 때문이다.

그렇다면 톨스토이가 『안나 카레니나』에서 "행복한 가정은 모두 엇비슷하고 불행한 가정은 이유가 제각기 다르다"라고 말한 것은, 말 그대로 '불행한 가정은 이유가 제각기 다르다'로 해석해야지 재레드 다이아몬드가 확대 해석한 것처럼 결혼생활의 중요 요소들 중 한 가지만 어긋나도 결혼생활이 유지될 수 없다고 단정해서는 안 되는 것이 아닌가? 게다가 『안나 카레니나』에 등장하는 대부분의 가정들은 행복하지 않아도 결혼생활을 유지한다. 파국으로 끝난 경우는 안나와 카레닌 부부뿐이다. 프랑스인 가정교사와 바람을 피워 최악의 위기를 맞았던 안나의 오빠 스치바 부부는 안나의 중재로 최악의 결말을 피하고 가정생활을 유지한다. 또한 브론스키와 안나가 드나드는 사교계의 백작부인, 공작부인, 남작부인들과 그들의 정부(情夫)들인 장교와 귀족들도 모두 로맨스와는 별개로 가정생활을 유지한다.

그러면 안나와 카레닌이 남들처럼 결혼생활을 유지할 수 없었던 이유는 과연 무엇이었으며 정말로 결혼생활의 중요한 요소들 중 '한 가지'가 어긋나서 결혼이 파국을 맞은 것인지 살펴볼 필요가 있다.

레프 톨스토이는 모스크바와 상트페테르부르크 열차 개통(1855년)에서 이 작품의 모티브를 얻었다고 하는데, 안나의 로맨스는 모스크바 기차역에서 브론스키와 만남으로 시작되고 모스크바 기차역에서 자살함으로써 끝이 난다. 또 다른 집필 배경이 된 것은 톨스토이의 영지가 있던 툴라 지역에서 남편이 바람을 피워 그 때문에 아내가 철도에 뛰어들어 자살한 사건이 발생한 것이었다. 톨스토이는 『전쟁과 평화』를 통해 그 명성이 절정에 달했던 1870년부터 이 작품을 구상하며, "상류사회 출신으로서, 결혼은 했지만 파멸하는 여인의 형상이 떠올랐다. 나의 임무는 이 여인을 죄인으로 만드는 것이 아니라 동정적으로…"라고 언급하였다.

쇼윈도 부부가 된
카레닌과 안나의 결혼생활

VRONSKY PLEADING WITH ANNA.
Original Drawing by E. Boyd Smith.

사교계에서 마주한 안나와 브론스키.

20살 연상의 고위 관료인 남편 카레닌과 여덟 살 아들 세료자와 함께 화려한 귀족 생활을 누리고 있던 안나는 오빠 부부를 화해시키기 위해 모스크바에 도착하지만, 그로 인해 오히려 자신이 불륜에 빠져들게 되는 역설적 상황으로 떨어지게 된다. 안나의 오빠 스치바는 아이들의 가정교사와 불륜을 저지르고도, "다자녀의 어머니이자 자기보다 한 살밖에 젊지 않은 아내에게만 빠져 있지 않았다고 해서 이제 새삼스럽게 그것을 후회할 수는 없었다. 그는 다만 아내의 눈을 좀 더 재치 있게 속이지 못한 것을 후회하고 있었다." 그 후로도 숱하게 염문을 뿌린 스치바나, 정부(情夫)들을 둔 다른 귀족부인들과 달리 안나는 브론스키에 대한 자신의 감정을 남편과 사교계에 숨기지 못했다.

　바로 그 부분이 필자가 생각하는 안나와 카레닌 부부의 결혼이 파경을 맞은 첫 번째 이유이다. 안나는 상류층 사교계에서 브론스키에 대한 자신의 감정을 솔직히 표출한 것이다. 브론스키를 만난 안나의 첫 느낌은 "따뜻하다는, 따뜻하다 못해 타는 듯이 뜨겁다"는 것이었고, 브론스키 또한 안나의 "생생한 표정"과 "강하게 빛나는 잿빛 눈", "미소를 띤 붉은 입술"에 끌리게 된다. 둘 다 첫눈에 서로에게 성적 매력을 느낀 것이다. 거짓과 위선, 가장(假裝)으로 점철된 귀족사회, 사교계, 그리고 정략결혼으로 출발한 결혼생활에서 '성적 매력'을 느껴 유발된 '감정'이나 '사랑'이란 애초부터 어불성설이다. 그런 감정은 안나가 기반하고 있는 삶과는 전혀 어울리지 않는 것이며 그런 감정에 사로잡히더라도 그 감정을 솔직히 드러낸다는 것은 더군다나 안나가 속한 상류사회 그 기반 자체를 흔드는 끔찍한 범죄로까지 간주될 수 있다. 왜냐하면 그 당시 귀족이라면 거의 대부분이 '사랑과 연애'에 기초한 결혼을 한 것이 아니라 '정략결혼'을 한 상황이고 모두가 성적 매력과는 무관한 애정 없는 결혼생활을 하고 있는데 한 부인이 '육욕'에 사로잡혀 '사랑' 찾아 가정을 깨려 든다면 누가 그것을 인정하겠는가.

살인 행위로 비유된
안나와 브론스키의 정사

그리고 그런 육욕에 기반한 사랑이란 결혼생활에서 '금욕'을 강조했던 톨스토이가 금기시한 욕정일 뿐이다. 육체관계에 대한 톨스토이의 부정적 태도는 안나와 브론스키의 정사 후 서술된 브론스키의 감정 묘사를 통해서도 드러난다. 브론스키는 정사 후에 안나에게서 "살인자가 자기가 죽인 시체"를 보는 것과 같은 감정을 느끼게 되며, "그가 죽인 시체야말로 그들의 사랑이었고, 그들 사랑의 첫 단계였다"라고 서술된다. "살인자는 자기가 죽인 시체에 대하여 이루 말할 수 없는 공포를 느끼면서도 그 시체를 감추기 위해서는 난도질해야 하며, 또한 살인 행위에 의해서 얻은 것을 끝까지 이용하지 않으면 안 된다"는 심정으로 브론스키는 안나에게 키스를 퍼붓는다. 사랑의 완성이자, 생명을 잉태하는 행위일 수 있는 육체적 결합이 생명을 소멸시키는 '살인 행위'로 비유된 것이다.

필자가 생각하는 파경의 두 번째 이유는 안나의 감정을 눈치챈 후 카레닌이 한 행동이다. 카레닌은 아내에게 충고할 생각을 하는데, 그의 충고는 "첫째로 여론과 예의 관념의 의식을 설명하고, 둘째로 결혼의 의미를 종교적으로 설명하며, 셋째로 필요하다면 아들에게 불행이 닥쳐올지도 모른다는 점을 지적하는 것"이었다. 아내의 감정을 다독이고 겉으로라도 자신의 사랑을 확인시켜 안나의 마음을 되돌리려는 제스처를 우선적으로 취해야 할 때에 '충고'부터 할 생각인 것이다. 안나는 "자기는 어떻게 되든 상관없지만, 사교계에서 눈치를 챘기 때문에 마음에 걸린다, 이 말씀이군"이라고 생각한다. 그런 그의 충고로 인해 남편에게 중요한 것은 항상 '체면과 지위'뿐이라고 생각하던 안나의 마음을 되돌릴 수 있는 기회를 결정적으로 놓치게 되고 안나의 마음속에는 남편에 대한 혐오감이 증가하고 브론스키에 대한 사랑이 더 커지는 결과를 낳았을 뿐이다.

안나의 결혼이 파경에 이른 세 번째 이유는 안나가 자신과 브론스키의 관계를 남편에게 공공연히 고백한 것이다. 브론스키와의 관계에서 아이를 임신한 안나는 브론스키가 출전한 경마장에서 돌아오는 길에서 남편에게 "난 그분을 사랑하고 있어요. 난 그분의 애인이에요"라는 고백을 한다. 여느 부인들처럼 정부와의 관계를 숨기지 못하고 대놓고 고백을 한 것이다. 이 고백으로 브론스키와의 관계가 기정사실화되어 버리고 남편과의 가장(假裝)된 가정생활은 돌이킬 수 없는 길로 들어서게 된다.

안나의 외도에 카레닌이 생각하는 경우의 수
– 이혼, 결투, 비밀 유지

그런데 필자는 그 고백에 대한 카레닌의 반응 또한 파국의 또 다른 이유를 제공한다고 생각한다. 안나의 말을 들은 남편 카레닌은 "어째서 그에게 이런 일이 생겼는지, 왜 그런 관계를 남들처럼 감추지 못하고 밝혀버렸는지" 괴로워하면서 가능한 모든 경우의 수를 고려해보기 시작한다. 그가 먼저 생각한 것은 당시 남자들 사이에서 유행하던 결투다. 그러나 카레닌은 "죄를 지은 아내와의 관계를 결정하기 위해 사람을 살해한다는 것이 어떤 의미가 있는가?"라고 자문하면서 그와 같은 일은 "헛된 명예를 얻으려고 하는 것"이라고 단정한다. 그러나 아내에게 "표면상의 체면만을 요구하고 결투를 신청하지 않았던" 카레닌의 선택은 나중에 카레닌 자신에게도 큰 회한으로 남는다. 그다음으로 생각한 방법은 이혼이다. 당시 러시아의 이혼법상으로 이혼이 가능한 경우는 '남편이나 아내의 육체적인 결함'이나, '5년 이상 행방불명일 때', '남편이나 아내의 간통에 대한 죄증(罪證)의 제시'가 있을 때이다. 간통에 대한 증거는 직접적인 방법, 주로 증인들로부터 얻어진 것이 아니면 안되었다. 아니면 쌍방의 합의에 의한 간통 증명이었다. 그러나 그 방법은 "소란을 최소한도로 그치게 하는 것"이 성취되지 않을 뿐만 아니라 "이혼을 하게 되면, 아니 이혼 수속을 하기만 해도 아내는 남편과의 관계를 끊고 애인과 결합될 것이 분명"했기 때문에 포기한다. 세 번째 방법은 별거이다. 그러나 이것도 이혼과 마찬가지로 "아내를 브론스키의 포옹 속으로 내던져버리는 격"이어서 또한 거부한다. 그가 내린 결론은 "사건을 세상에 비밀로 부쳐둔 채 그들의 관계를 끊도록 온갖 수단을 다 강구하고 아내를 벌하기 위해 지금과 마찬가지로 그의 곁에 그대로 붙잡아두는 것"이었다. 그는 "시간이 지나면 모든 것이 훌륭하게 처리되고 관계도 이전으로 되돌아가겠지"라고 결론 내린다. 안나는 브론스키와의 사랑을 위해 자신의 과거와 미래, 아들까지도 버릴 준비가 되어 있는데 남편 카레닌은 그녀가 갈구한 사랑과 열정 대신에 '충고'를 하고 '체면'을 내세운 것이다.

　나중에 안나가 브론스키의 아이를 낳다가 죽을 고비를 맞자, 카레닌은 안나를 위해 아들까지도 포기하는 이혼을 생각하며, "저 사람은 그 사내하고 어울리겠지. 그리하여 1, 2년쯤 지나면 사내한테 버림을 받든

안나와 아들 세료자의 만남.

지 아니면 자기 스스로 다시 다른 사람과 새로운 관계를 맺겠지"라고 생각한다. 그 당시 교회법은 이혼을 하더라도 여자는 전남편이 죽을 때까지 재혼을 할 수 없었기 때문에 안나는 카레닌이 이혼을 해준다고 하더라도 브론스키와 합법적으로 재혼할 수는 없기에 그의 정부(情婦)밖에는 될 수가 없다는 것을 카레닌은 알고 있었던 것이다. 게다가 브론스키는 "가정생활을 도무지 몰랐으며", "결혼이라는 것은 그에게는 단 한 번도 가능한 일로 생각된 적이 없었다." 또한 그는 안나와의 관계가 공공연하게 드러나게 되자 안나와 자신의 아이를 데리고 러시아를 떠나 이탈리아에 머물면서 "꽃의 아름다움에 끌려 그만 그것을 따서 쓸모없게 만들어놓고는 시든 꽃에서 이전의 아름다움을 찾지 못하고 있는 사람과 같은 심정으로 그녀를 바라보게" 되는 그런 태도를 취한다.

"죽을 때까지도 그런 지겹고 비천한 방법"으로 죽은 안나

그런데도 브론스키는 안나가 낳은 자신의 딸에게 카레닌이란 성 대신에 자신의 성을 주기 위해서라며 안나에게 카레닌과 이혼할 것을 계속 요구한다. 결국 안나는 브론스키와의 불안한 관계 속에서 괴로워하다가 죽음을 떠올리며 "그렇게 하면 그이를 처벌하게 되고 모든 사람으로부터, 아니 나 자신으로부터도 벗어나게 되는 거야"라고 결심하고 기차 바퀴 아래로 뛰어들게 된다. 그 후 안나의 죽음은 안나와 전혀 상관없는 인물인 레빈의 이부(異父)형 세르게이와 안나를 미워했던 브론스키의 어머니에 의해 언급되는데, 브론스키의 어머니는 "그 여자는 죽을 때까지도 그런 지겹고 비천한 방법을 골라서 죽었다"라고 혐오스럽게 말한다.

고리키는 톨스토이가 "여성에게 뿌리 깊은 적대감을 지니고 있어, 언제나 여성을 학대하고자 한다"라고 말했는데, 그래서인지 작품 속에서 파멸한 사람은 안나뿐이다. 모두가 거짓과 허위로 가득 찬 결혼생활을 유지하는데 안나는 '육욕'에 휩싸여서 '사랑'을 고백하고 가정을 깨

안나 카레니나.

뜨린 결과이다. 카레닌이 안나에게 쓴 편지에서, "가정이란 일시적인 기분이나 자유의지, 혹은 부부 가운데 한 사람이 지은 죄에 의해서 파괴될 수는 없다"라고 밝혔듯이, 결국 톨스토이는 '불행한 가정도 유지되어야만 하며 그 이유는 제각각이다'라고 말하고 싶었던 것은 아닐는지.

톨스토이의 『안나 카레니나』에서 보듯이, 결혼생활이란 재레드 다이아몬드가 성공적인 결혼생활의 중요한 요소로 제시했던, 성적 매력, 돈, 자녀, 종교, 사회적 지위, 인척 등 중에서 어느 한 가지만 맞아도 유지되며, 오히려 한 가지 이유가 아니라 여러 가지 이유들이 맞물려야 결혼이 파탄에 이른다는 것을 알 수 있다. 그런 점은 현실에서도 마찬가지라고 생각된다. 그래서 "행복에 필요한 중요한 요소들 중에서 어느 한 가지라도 어긋난다면 그 나머지 요소들이 모두 성립하더라도 그 결혼은 실패할 수밖에 없다"라고 단정한 '안나 카레니나의 법칙'에 대한 재레드 다이아몬드의 설명에 다시금 의구심이 든다.

사랑과 질투에 대한 헌시
-『크로이처 소나타』

　톨스토이가 모스크바 저택에서 1886년에서 1889년에 집필한『크로이처 소나타』는 파격적 내용 때문에 잡지나 단행본으로 출간이 금지되었다. 그러자 톨스토이의 아내 소피야가 직접 알렉산드르 3세를 개인적으로 알현하여 출판 허가를 받아냈고, 황제는 마지못해 톨스토이 전집 13권 안에 포함시켜 출판하는 것을 허가하였다. 그렇게 해서『크로이처 소나타』는 1890년에 비로소 세상 빛을 보게 된다. 또한 검열 소식은 오히려 독자들의 관심을 증폭시켜서 필사로 여러 경로를 통해 일반 독자들에게 보급되었다. 1890년 미국에서는 우체국에서『크로이처 소나타』가 게재된 신문 배포를 금지하게 된다. 그러나 체호프는 한 편지에서 "매독, 보육원, 성생활에 대한 여성들의 혐오 등에 대한 톨스토이의 판단은 논쟁적일 뿐만 아니라, 자신의 긴 인생 동안 전문가가 쓴 2~3권의 책도 읽지 않은 무식한 사람을 간단히 해방시켜 준다"라고 이 작품을 높이 평가하였다.

　톨스토이가 이 작품의 제목을 '크로이처 소나타'라고 한 데는,『안나 카레니나』를 집필할 때인 1876년(당시 톨스토이 나이 48세-필자)에 바이올리니스트 I. M. 나고르노프, T. A. 쿠즈민스카야 등이 야스나야 폴랴나를 찾아온 적이 있었는데, 나고르노프의 연주 중에서도 특히 '크로이처 소나

『크로이처 소나타』.

타'에 열광하였다던 사실도 영향이 있을 것이다.

또한 1887년 4월에는 톨스토이의 영지 야스나야 폴랴나를 찾아온 배우 V. N. 안드레예프-부를락으로부터 기차 안에서 어떤 사람에게 들은 아내의 부정 이야기를 전해 듣게 되었고, 이는 『크로이처 소나타』의 모티브가 되었다고 한다.

그 당시 톨스토이와 아내 소피야와의 관계는 좋지 못한 상태였는데, 톨스토이는 1888년 6월에 농노 아브도치야에게 오두막까지 지어주고 이중생활을 하였기 때문이었다. 그리고 아내 소피야와는 저작권 문제로 다툼이 잦았는데, 1890년에 『크로이처 소나타』가 톨스토이 13권짜리 전집에 포함되어 출간되고, 톨스토이는 이후 모든 작품에 대한 저작권을 사회에 환원하겠다고 아내 소피야에게 선언하게 된다. 결국 1891년 톨스토이가 1881년 이후 집필한 저작들에 대해 저작권을 포기하겠다고 공개적으로 발표하려 하자 소피야는 자살 시도까지 해가며 반대하게 된다.

이런 배경을 안고 있는 『크로이처 소나타』는 기차를 타고 가면서 여러 명의 화자들이 이야기를 나누는 형식으로 이루어져 있다. 화자들의 대화나 여러 독백에는 톨스토이의 애정관이나 결혼관 등을 엿볼 수 있는 많은 요소들이 등장한다. "예쁘지도 젊지도 않고 남성복에 가까우리만큼 투박한 코트에 모자를 쓰고 담배를 피우는 여자", 마흔 살가량의 남자, 아내를 죽인 포즈드니셰프의 대화는 남성과 여성의 심리를 꿰뚫고 있어서 21세기 현대의 어느 기차 칸의 대화라고 해도 전혀 어색하지 않다.

주인공 포즈드니셰프는 귀족 집안에서 태어나 우수한 성적으로 대학을 졸업하고 귀족모임 대표까지 지낸 사람으로, 방탕한 생활 중에도 '결혼해서 고결하고 순결한 가정생활을 꾸리겠다는 목적을 잊은 적이 단 한 순간도 없었다'고 말하였지만, 아내와 바이올리스트와의 사이를 의심해서 결국 아내를 죽인 남자이다.

"수치심이라고는 전혀 찾아볼 수 없는 상류층의 삶은 사창가와 다를 바 없다"는 포즈드니셰프의 말은 톨스토이가 당대 상류층을 바라보던 시선을 그대로 느끼게 해준다. 그는 상류층과 사창가에 대해, "삶의 목표라든지 삶을 이루고 있는 구성물이 서로 다르다면 그 차이는 반드시 겉모습에 반영되기 마련이고 겉모습도 서로 달라야 합니다. 하지만 우리의 멸시를 받고 있는 저 불행한 여자들과 상류층 사교계의 여자들은 향수며, 어깨, 팔, 가슴을 드러낸 모양이며 등짝을 훤히 드러내고 몸에

딱 들러붙는 옷을 입은 모습이며 보석처럼 비싸고 반작이는 것들에 집착하는 모습을 보면 영락없이 똑같습니다"라고 말한다.

포즈드니셰프는 약혼을 한 후 아내에게 일기장을 보여주며 진실한 결혼 생활을 꿈꾸고 결혼 후에는 한 여자에게만 충실하겠다고 결심한다. 그러나 결혼생활은 "상대방을 통해 가능한 한 더 많은 만족감을 얻으려는 완벽하게 이기적인 남남"이 되어가는 아내와 자신 사이에 깊은 골이 패어 있다는 사실을 확인하게 되는 과정이 되어버리고 "내가 덫에 걸렸구나. 내가 기대했던 게 아니구나. 결혼이란 행복하기는커녕 아주 힘든 것이로구나" 하고 생각하게 된다.

그리고 그는 사랑에 대해서도 "사랑은 불결하다는 데 핵심이 있다. 사랑은 무언가 이상적이고 고상한 것이라고 설명되고 있다. 하지만 현실에서의 사랑은 입에 담기에도 생각하기에도 혐오스럽고 지저분하다. 인간은 혐오스럽고 지저분한 걸 아름답고 고상한 것인 양 꾸며댄 것이다"라고 결론 내린다. 그는 "히스테리 여성이 생겨난 것은 결혼해서이다. 결혼하지 않았거나 남자 경험이 없는 여자들에게는 히스테리가 없다"라고 말하며, 결혼한 남성과 여성이 이 지옥에서 벗어나는 길은 "여성은 스스로 불구가 되는 것(임신 능력을 없애고 남자들의 유희의 대상이 되는 것)과, 자연의 법칙을 아무 거리낌 없이 천박하게 대놓고 위반하는 것(임신도 하고 아이도 기르고 남성의 유희의 대상도 되는 것)"이고, "남성은 다른 여자들이랑 놀아나거나, 아내와 헤어지거나, 자살을 하거나, 아니면 아내를 죽이는 것 외에는 선택의 여지가 없다"라고 단언한다.

결국 질투로 포즈드니셰프는 아내를 죽인 후에야 "피멍이 들어 엉망이 된 아내의 얼굴을 보자 전 처음으로 저 자신이고 제가 주장했던 권리고 자존심이고 모든 것이 잊혔습니다. 그리고 처음으로 아내가 인간답게 보였습니다. 그동안 저를 능멸했던 그 모든 것, 제가 느꼈던 그 모든 질투심이 한없이 보잘것없는 것처럼 여겨졌습니다"라고 고백하며, "관 속에 아내가 누워 있는 모습을 보고 나서야 제가 무슨 일을 저질렀는지 모두 깨닫게 된 겁니다. 제가 아내를 죽였다는 사실도, 제가 살아 움직이던 따뜻한 체온을 간직하고 있던 아내를 움직이지도 못하게 밀랍처럼 창백하게 싸늘하게 만들어버렸다는 사실도, 절대로 그 어디에서도 그 무엇으로도 되돌릴 수 없다는 사실도 모두 깨달았습니다. 겪어보지 않은 사람은 모를 겁니다…", "용서하십시오…"라고 끝을 맺는다.

작품 속에 등장하는 사랑과 결혼에 대한 이런 극단적 혐오는 "결혼을 하지 말아야 하며, 만약 결혼을 했다면 부부생활을 중단해야 한다"라고 강조했던 톨스토이의 결혼관을 반영한 것이라 여겨진다. 톨스토이는 18세도 되기 전에 형에게 이끌려 사창가에서 동정을 버린 후 그날 밤 내내 울었다고 한다. 사랑하는 여인과의 행복하고 신비로운 결합으로서의 성관계가 아닌 매춘부와의 첫 경험은 청년 톨스토이에게 너무나 큰 충격이었을 것이다. 톨스토이가 감당할 수 없는 젊은 시절의 성욕에 이끌리면서도 그것을 부정하고 거부해야 할 죄악으로 여기게 된 것도 첫 경험의 영향이 지대했을 것이다.

톨스토이는 『크로이처 소나타』에서 사랑과 결혼의 허위와 위선을 강조하고 금욕주의를 설파하였고, 본인도 이를 실천하려 노력하지만, 정작 현실은 본능에 이끌리어 이 작품을 쓰는 동안 톨스토이 나이 환갑, 아내 소피야가 마흔 넷에 막둥이 아들을 임신하는 아이러니를 낳는다. 소피야와 48년을 함께한 톨스토이의 결혼 생활이 '사랑하는 모든 것을 가졌다'고 자부했던 신혼 때와는 사뭇 달랐다는 것도 익히 알려져 있는 사실이다.

'무제온' 예술 공원과 트레티야코프 갤러리 현대관

거리 조각 공원과 러시아 현대미술의 보고(寶庫)

슬픔으로 마음이 무거운 사람, 노래로 살아가는 사람, 그런 사람들은 이리 오십시오. 질투 때문에 살인하는 사람, 자기 목에 올가미를 거는 사람, 나는 당신들을 파멸한 세기의 자식들이라고 부릅니다. 진부한 사상가들, 몽상가들, 딸자식을 귀여워하는 아버지들, 정직한 소시민들, 전통을 따르는 사람들, 당신들은 모두 내게 오십시오….

— 유리 올레샤 『질투』 중에서

'무제온' 예술 공원 입구.

열린 하늘 아래서 예술 작품도 감상하고 강바람도 쐬고 싶을 때 찾아 갈 수 있는 곳은 모스크바 강변 쪽에 위치한 예술 공원이다. 러시아에서 가장 큰 조각 공원으로 약 800여 점의 조각 작품들이 전시되어 있다. 무제온 공원에는 스탈린, 고리키 등을 비롯해서 1930~1950년대 지도자들의 동상도 전시되어 있으며 사회주의 노동 영웅들의 흉상들과 사회주의 리얼리즘 시대의 동상들도 늘어서 있다. 공원의 조각상들은 가로수 길과 잔디 위에 세워져 있으며 가까이 가서 사진촬영을 하거나 만지는 것이 허용되기에 편하게 관람할 수 있다. 길 건너편에는 여러 놀이기구가 있는 '고리키 공원'이 위치하는데 두 공원은 2015년에 합쳐져서 무제온 예술 공원은 고리키 공원의 중요한 일부가 되었다.

무제온 조각 공원 내부.

무제온 조각공원 산책로.

무제온 조각 공원 안의 레르몬토프(1814~1841) 동상.

한국인에게도 잘 알려진 안나 게르만의 노래
'나 홀로 길을 가네'는 레르몬토프의 시에 곡을 붙인 것이다.

이 공원의 강변 쪽 길을 따라서는 화가들의 그림들이 전시, 판매되고 있는 야외 매장들이 즐비하게 늘어서 있으며, 트레티야코프 갤러리의 현대관이 위치해 있는 곳이기도 하다. 트레티야코프 갤러리 현대관은 건축가 유리 세베르댜예프와 니콜라이 수코얀의 설계로 건축되었으며 첫 전시회 개관은 1986년에 이루어졌다. 이 현대관에는 20세기와 21세기 러시아 예술 경향들의 작품들이 전시되어 있는데 러시아 아방가르드 예술, 사회주의 리얼리즘 작품들, 언더그라운드와 최신 경향의 작품들을 만나볼 수 있다.

2018년 기준으로 20세기와 21세기 예술 작품 약 5,000점 이상을 보유하고 있다. 특히 카지미르 말레비치, 바실리 칸딘스키, 마르크 샤갈, 파벨 필로노프, 류보피 포포바 등의 1900~1920년대 러시아 아방가르드 예술을 대표하는 많은 작품들을 감상할 수 있다. 또한 러시아 문화성이 수집하고 예술가들과 그 자손들이 헌납한 덕분에 1990년대 현대

트레티야코프 갤러리 현대관.

회화 작품들도 많이 보유하고 있다. 또한 2000년대 초에 안드레이 예로폐예프가 수집한 '차리치노' 박물관의 현대 예술 분과 수집품들이 이 박물관으로 이전되면서 더 풍성해졌다.

2019년 러시아를 방문해서 트레티야코프 갤러리 현대관을 찾았을 때는 '레핀전(2019년 3월부터 8월까지)'을 하고 있었다. 페테르부르크의 '루스키 박물관'과 여러 박물관들에 흩어져 있던 레핀의 거의 모든 작품들이 전시되어 한 곳에서 그의 작품들을 감상할 수 있는 행운을 만끽했다. 〈볼가강의 배 끄는 인부들〉, 〈잠자리〉, 〈이반 뇌제와 그 아들 이반〉, 〈터키 술탄에게 편지를 쓰는 자포로지에 카자크인들〉, 〈무소륵스키의 초상〉, 〈기다리지 않았다〉, 〈톨스토이의 초상〉 등 그의 대작들을 한 곳에서 본다는 것은 또 다른 감동이었다.

트레티야코프 갤러리 현대관의 '레핀전'.

트레티야코프 갤러리 현대관 내부 계단.

레핀의 부정(父情)
― 〈잠자리〉

I. 레핀, 〈잠자리〉, 1884.

트레티야코프 갤러리 현대관에서 열린 '레핀전'에서 눈에 띄게 강조된 그림은 그의 딸 베라를 그린 〈잠자리〉였다. 전시장 옆 상점들에서도 그 복사본들이 판매되고 있었고, 퍼즐로도 만들어져 판매대 위에 전시되어 있었으며 에코 가방 등 여러 파생 상품들로 변화되어 관람객들이 주머니를 열게 만들었기 때문이다. 레핀의 수많은 대작들 가운데 왜 이 작품인가 하는 생각이 들지 않을 수 없었다.

우크라이나의 하리코프주(州)의 작은 도시 추구예프 출신이었던 일리야 레핀은 군인 아버지 밑에서 자랐다. 레핀의 아버지는 군인이었음에도 불구하고 그림을 그리고 싶다고 아들이 희망 하자 레핀이 아주 어린 시절부터 그림을 그릴 수 있도록 백방으로 도와주었다. 처음에는 그 지방 화가로부터 초상화 미술의 기본을 배웠고 추구예프에서 유명해지자 레핀은 고향을 떠나 상트페테르부르크 미술학교에 입학하였고 그 후 예술아카데미에 들어가서 그의 평생의 스승인 이반 크람스코이(1837~1887)를 만나게 된다.

1870년대 초에 레핀이 그린 〈볼가강의 배 끄는 인부들〉은 모두에게 유명세를 탔으며 그 후 레핀은 작가, 화가, 혁명가, 자포로지에 카자크인들, 역사적 사건의 참가자들을 그렸다. 이 과정에서 초상화는 그의 예술 세계에서 특별한 위치를 차지하게 되는데, 그는 푸시킨, 톨스토이, 투르게네프, 멘델례예프, 무소륵스키 등 유명인들뿐만 아니라 가족들도 섬세히 그려냈다.

그중에서도 가장 유명한 것이 딸 베라의 초상화 〈잠자리〉이다. 레핀은 페테르부르크에서 멀지 않은 여름 별장에서 1884년 이 작품을 그렸다. 베라는 그 당시 12살이었다.

베라는 아름다운 목소리를 가지고 있었고 그 당시 여느 소녀들처럼 극장 무대에 서고 싶어 했지만 아버지를 닮아서 미술에 재능이 있었다. 베라는 몇몇 사립 극장에서 공연하였지만 그렇게 인기를 끌지는 못하였고 그 후 아버지와 함께 핀란드에서 살게 되었다.

〈잠자리〉에 묘사된 베라는 아직 다가오지 않은 진짜 삶을 기다리고 있는 듯한 소녀의 모습이다. 그림 속 베라는 기다란 횡목에 앉아 중심을 잡으며 다리를 까불고 있는 어린아이일 뿐이다. 아마도 장난을 치느라 횡목 위로 올라갔을 것이고 아버지 레핀이 우연히 목격하고는 붓과 물감, 이젤을 가져와 그 장면을 화폭에 담았을 것이다.

그림의 구성은 매우 단순하다. 배경은 여름 볕이 비치는 하늘이고 그 하늘은 아랫부분의 연둣빛 초원과 맞닿아 있다. 초원이라고 짐작할 수 있는 것은 가늘게 올라온 풀들이 전부이다. 때는 여름이고 여름은 잠자리의 계절이다. 베라가 나무에 앉아 있는 모양새가 잠자리를 연상시킨다. 날다가 잠깐 쉬러 나뭇가지에 앉아 마치 세상을 음미하는 것 같은 잠자리를 닮았다. 그래서 붙여진 이름일 수도 있겠다 싶다.

이 그림을 본 많은 사람들은 베라의 자연스러운 매력에 이끌리게 된다. 너무나 태평하게 앉아 있는 베라는 세상의 어떤 일에도 관심이 없이 그냥 오늘 이 순간을 여유롭게 맞고 있는 모습이다. 소심한 아이라면 남자아이들도 꺼려할 꽤 높은 횡목에 앉아, 긴 양말이 조금 내려간 것도 신경 쓰지 않고 구두가 벗겨질지도 모른다는 염려도 없이 오른 다리를 흔들고 있다. 마치 잠자리가 자신을 잡으러 뻗치는 잠자리채를 두려워하지 않고 나뭇가지에 앉아 있듯이 베라의 모습이 태평스럽기 그지없다. 베라의 성격을 엿볼 수 있는 장면이다.

아버지 레핀은 딸의 모습을 아래에서 위로 쳐다보는 듯이 그려서 딸 베라가 더 확대되어 보이며 베라의 옷과 모자가 같은 톤으로 조화를 이룬다. 레핀의 베라 초상화는 다른 초상화들과는 그 색감이나 붓질, 이미지의 해석 등에서 많이 다르며 인상주의적인 느낌까지 든다. 그래서 보는 사람들에게 무심한 듯하지만 따뜻하고 깊은 인상을 남긴다. 그것이 부정(父情)인가 보다.

트레티야코프 갤러리 현대관에서 만난
샤갈과 피메노프

　모스크바에 있을 때 서늘한 푸른빛이 그리워지면 트레티야코프 갤러리 현대관의 샤갈의 그림들을 보러 갔다. 어느 배우는 인터뷰에서 "무엇이 슬프냐"는 질문에 "모든 지나가는 것들이 슬프다"라고 대답했

샤갈의 〈결혼〉.

는데 그 말이 자꾸 가슴에 남아 떠오르곤 한다. 지나가는 것들도 슬프지만 '모든 것이 결국은 지나가버리고 만다'는 사실이 더 슬픈 것 같다. 그럴 때면 마르크 샤갈의 그림이 더 좋아진다.

샤갈은 1887년 러시아 비텝스크의 유대인 집안에서 태어나 1985년 프랑스 생폴드방스에서 죽었으니 2년이 빠지는 100년을 살았다. 93세로 죽은 피카소(1881~1973)보다도 더 오래 살았다는 얘기다. 아마도 그는 남들보다 무엇을 그리워하며 보낸 시간도 길었을 것이다. 그래서일까? 그의 그림을 보면 왠지 '그리움'이란 단어를 떠올리게 된다. 왠지 모를 아련한 향수 속으로 우리의 마음은 이끌리게 된다. 마음은 현재와 과거, 여기와 저기, 현실과 환상, 낮인지 밤인지 모르는 시간 속 어딘가를 샤갈 그림의 주인공들처럼 둥둥 떠다니게 된다.

그래서인지 그가 고골의 장편소설 『죽은 농노』의 삽화를 동판화로 그렸다는 사실이 낯설지 않다. 그가 그린 인물들의 모습은 고골의 작품 속 인물들처럼 마치 한 부분이 과장된 캐리커처를 보는 듯하기 때문이다. 인물들은 일그러지고 아름답지 않고, 돋보기 속의 대상처럼 과장되었지만, 또한 인정할 수밖에 없는 진실을 느끼게 해준다.

그의 인생은 20세기의 굵직굵직한 사건들로 가득했다. 볼셰비키 혁명을 경험했고, 러시아 내전을 겪었고, 제1, 2차 세계대전의 회오리에 휩쓸려 독일, 프랑스 등을 떠돌다 미국으로 망명을 했다가 결국은 프랑스에 정착했다.

샤갈은 두 번 결혼했다. '영원한 뮤즈'라고 불렀던 벨라 로젠펠트와 1915년에 결혼하여, 1916년에 무남독녀가 된 이다를 낳았다. 1944년

57세 때 벨라가 죽자 한동안 붓을 들지 못했다. 혼자 지내다가 1952년 발렌티나 브로스키와 재혼했다. 그의 나이 65세로 안정도 다시 찾았다.

그는 초현실주의자, 표현주의의 대가였고, 마티스와 더불어 20세기 '색채의 마술사'로 불리기도 했다. '에콜 드 파리'의 대표 화가이자 시인, 음악가, 디자이너, 무대장치가, 스테인드글라스 제작자 등 다양한 영역에서 활발하게 활동했던 그에 대한 수식어는 너무 많아 부담스러울 정도다.

〈결혼〉(1918)은 1500년대의 니콜라스 디프르의 작품 〈황금 문에서의 만남〉(목판에 유채, 39×44)과 구도가 상당히 비슷하다. 황금빛 문 옆에 남녀가 서 있고, 그 위에 천사가 그려져 있는 그림이다. 샤갈은 황금빛 문 대신에 배경으로 불 켜진 창문이 있는 농가를 그렸는데 창문 안에는 피로연을 위한 식탁이 차려져 있다. 나뭇가지 위에서 바이올린을 켜고 있는 사람이 그림자처럼 쓸쓸하다. 그리고 천사를 붉은색으로 표현해서 전체적으로 푸른색을 띤 배경과 대조를 이룬다.

참 차가운 그림이다. 전체적으로 푸른빛과 검정빛이 강조된 것이 서늘한 느낌을 줘서 '결혼'이란 이미지가 주는 따뜻한 환상과는 거리가 멀다. 샤갈이 푸른색과 보라색을 자주 썼던 러시아 화가 브루벨을 좋아했던 것은 우연이 아닌 것 같다. 게다가 붉은빛의 천사라니…, 샤갈이 심적으로 동조했던 1917년 러시아 혁명 후의 결혼을 그렇게 표현한 것일까? 아니면 러시아의 전통 혼례복의 붉은빛을 표현한 것일까? 신랑 신부 머리 위에 천사를 그려 넣음으로써 이 결혼을 하늘의 천사가 맺어준 것으로 합리화시키고 싶었던 것인지도 모른다.

신부 뺨에 그려 넣은 사람은 또 뭔가? 말레비치(1918년부터 샤갈은 고향 비텝스크에서 미술 학교를 세우고 리시츠키와 말레비치를 초빙해서 함께 작업을 하지만 1919년 그들과의 의견 충돌로 학교를 사임하고 모스크바로 떠나게 된다) 그림 속의 인물처럼 간결한 이미지를 왜 하필 신부의 얼굴에 그려 넣었을까? 결혼이란 한 남자의 아내로 낙인 찍히는 것일지도 모른다. 혹 신부의 마음속 다른 누군가를 그렇게 표현한 것일까? 의문투성이 그림이다.

신랑은 신부의 얼굴을 정면으로 바라보는 반면, 신부는 약간 측면으로 얼굴을 돌려 신랑이 아닌 다른 쪽을 바라보고 있다. 신랑을 마주 보지 못하는 수줍은 신부를 나타낸 것일까? 아니면 여자들은 결혼식에 들어가는 순간까지 갈등한다고들 하는데 그런 내면의 혼란을 나타낸 것일까? 마치 '결혼해도 될까?'라고 스스로에게, 혹은 그림을 바라보고 있는 우리들에게 묻는 것 같다. 그런 그녀를 천사는 눈을 감고 입을 다문 채 신랑의 머리와 함께 끌어안고 있다.

샤갈은 지나치게 맑은 눈을 가진 곱슬머리였다. 그는 자신과 벨라를 소재로 많은 그림을 그렸다. 이 그림도 1915년에 이미 결혼한 샤갈 자신과 벨라를 그린 것인지도 모른다. 정호승 시인의 〈결혼에 대해서〉란 시에서처럼, 샤갈이라면 "가끔은 나무를 껴안고 나무가 되는 사람", "가끔은 전깃불을 끄고 촛불 아래서 한 권의 시집을 읽을 줄 아는 사람", "책갈피 속에 노란 은행잎 한 장쯤은 오랫동안 간직하고 있는 사람", "밤이 깊으면 가끔은 사랑해서 미안하다고 속삭일 줄 아는 사람"일 것 같다. 그런 사람이라면 신부가 혼란스러워하지 않고 '결혼해도 괜찮을 것 같다.'

다만 신부는 이 시에서처럼 "사랑한다는 것은 이해한다는 것이며 결혼도 때로는 외로운 것이다"라는 사실을 가슴에 새기면 된다.

피메노프 〈새로운 모스크바〉(1937).

피메노프의
'새로운 모스크바'

　화가가 사람의 뒷모습을 그리는 것은 관람자들로 하여금 그쪽을 함께 바라보게 하기 위해서다. 자연스럽게 앞에 펼쳐진 광경을 강조하면서 관람자들과의 거리를 줄이고 공감대를 형성하려는 의도인 것이다.

　오픈카를 탄 여성이 운전대를 잡고 비가 막 갠 듯한 거리를 향하고 있다. 반질하게 손질한 단발머리와 그 아래 드러난 목덜미의 긴장감, 넓은 깃과 풍성한 소매로 멋을 낸 원피스가 어딘가 좋은 만남을 위해

가고 있는 여인의 기대감을 드러내준다.

유리 피메노프(1903-1977)의 〈새로운 모스크바〉(1937)다. 이 그림은 인상주의의 영향을 강하게 받았던 화가의 화풍이 그대로 드러난다. 촉촉한 거리를 가로지르는 오픈카 너머로 모스크바 트베르스카야 거리의 군중들, 1930년대의 차들과 건물들이 영화 속 한 장면처럼 그려진다. 멀리 보이는 회색빛 건물들을 캔버스의 끝까지 연결시켜 그린 것은 높은 곳을 향하는 인간의 미래 지향성을 드러낸다.

피메노프는 모스크바에서 태어나 그곳에서 평생 살다가 죽었다. 그래서 그의 화폭은 모스크바에 대한 애정을 더 강하게 담아내곤 했다. "나는 서정적이고 우아한 예술을 하고 싶었다"라고 말했던 그를 통해서 1930~1940년대 모스크바의 거리와 풍경, 생활 풍속도가 그대로 우리에게 다가온다.

트베르스카야 거리는 모스크바의 중심 거리로 크렘린에서 트리움팔리나야 플로샤지(개선 광장, 또는 마야콥스키 광장이라고 불림)까지 이어진다. 기록에 따르면 이 거리는 12세기부터 있었다. 14세기부터 모스크바의 크렘린에서 트베리시(市)로 이어졌기 때문에 트베르스카야로 불렸다.

18~19세기에 트베르스카야 거리는 도시의 중심이 되었고 이곳에 당대 최고의 저택, 호텔, 상점들이 들어섰다. 지금은 크렘린 밑으로 흐르는 강이 된 네글린카 강변에 러시아의 유명한 건축가 카자코프는 1782년에 모스크바 현지사이자 장군이었던 체르니셰프의 저택을 지었는데 구소련 시대에 이 건물은 모스크바시 인민대의원 소비에트였으며 지금은 시청 건물이 되었다. 이 거리에는 또 영국클럽(1780)과 유명한 옐리세옙스키 식료품점(1770, 1790년과 1898년에 재건축됨)이 있다.

러시아 제국 시대에는 이 거리를 지나 황제가 수도 페테르부르크에서 모스크바 크렘린으로 들어왔다. 대관식이 열릴 경우에 이 거리를 따라서 황제를 위해 몇 개의 개선 아치들이 세워지기도 했다. 1792년에 체르니세프 장군의 저택 앞에 트베르스카야 광장이 부설되었고 그 광장에 유리 돌고루키(모스크바 시의 창건자) 기념 동상이 있다. 그리고 이 거리에 모스크바 최초의 마차 철도 노선이 부설되었다. 현재까지도 남아 있는 나치오날 호텔이 1901년에 신고전주의 스타일로 건축되었다.

이 거리는 1932년 작가 막심 고리키의 이름을 따서 고리키 거리로 개칭되었다. 스탈린 시대에는 전형적인 스탈린 양식의 건축물들을 세우기 위해 모든 교회들과 많은 건물들이 철거되는 운명을 겪기도 했는데 레르베르그가 설계한 중앙 우체국(1927~1929)도 이 시기 건축물들 중 하나다. 이런 건물들이 위 그림에도 묘사되어 있다.

알렉산드르 푸시킨은 "나 유랑하는 운명의 몸이 되어 슬픈 이별을 해야 할 때 모스크바여, 얼마나 자주 너를 생각했던가! 모스크바… 이 한마디 소리에 러시아인의 가슴은 얼마나 풍요로워졌던가! 그 속에 얼마나 많은 것이 울렸던가!"라고 『예브게니 오네긴』에서 노래했다. 이렇듯 모스크바는 러시아인들에게 어머니의 품속 같이 풍요롭고 고향 같은 존재이다.

표트르 대제에 의해 계획적이고 인위적으로 건설되었던 남성적인 상트페테르부르크(도시 이름도 자음으로 끝나 남성성이다)에 비교하면 모스크바(모음으로 끝나는 여성성)는 자연 발생적이고 친근한 이미지로 러시아인들의 가슴에 다가간다. 그런 모스크바의 여성성을 피메노프는 〈새로운 모스크바〉에서 다시 그려내고 있다.

운전대를 잡은 여인의 두 손이 핸들의 중앙에 위치해 있다. 손의 위치나 꼿꼿한 뒷모습으로 봐서 아마도 운전을 하기 시작한 지 얼마 되지 않은 듯하다. 그래도 왼쪽 유리창엔 카네이션을 한 송이 달아놓았을 정도로 여유로워 보인다. 붉은색이 비라도 맞은 듯 산뜻하다.

카네이션은 원래 지중해 연안에서 자생하던 패랭이과(석죽과)의 다년초인데 기원전 3백 년경부터 재배되었다. 카네이션의 학명은 다이안서스(Dianthus)로 '주피터의 꽃'이란 의미이다. 고대 그리스에서 이 꽃으로 화관을 만들어 제우스 신에게 바쳤다. 기독교에서는 패랭이꽃이 십자가에 달린 그리스도를 보고 성모 마리아가 흘린 눈물에서 피어난 꽃이라 하여 소중히 여겼는데, 이 꽃의 꽃말은 '영원하고 순결한 사랑'이다.

카네이션이란 영명에 대해서는 여러 가지 설이 있다. 라틴어 carnalis에서 유래했다는 설에 따르면 '육색(肉色), 음탕함' 등을 상징한다. 카니발(carnival)과 같은 어원이라는 것이다. 이 꽃이 원래 붉은색을 띠고 있기 때문일 수도 있다. 이와는 달리 카네이션을 옛날에는 '왕관 모양의 꽃'이란 의미의 왕관을 뜻하는 corona에서 유래한 coronation이라고 불렀는데 cornation으로 바뀌었다가 carnation이 되었다는 설도 있다.

요즘 카네이션은 어머니날에 선물하는 꽃으로 알려져 있다. 어머니날과 카네이션 선물의 유래는 미국 웹스터 마을에 살았던 자애롭고 존경 받던 자비스 부인이 죽자 학생들이 그녀를 추념하기 위해 교회로 모였을 때 딸 안나가 자기 집 뜰의 하얀 카네이션을 바친 것이 계기가 되었다. 이 행사가 매년 계속되면서 많은 사람들이 모여들게 되었고 1908년 시애틀에서 처음으로 어머니날이 제정되고, 1914년 미국 의회에서 매년 5월 둘째 일요일을 어머니 날로 공인한 후 세계 각국에 전파되었다. 우리나라에서는 1925년 5월 8일을 어머니날로 제정했다가 1973년 부터는 어버이날로 변경하여 기념하고 있다.

러시아에서 카네이션은 다른 꽃보다 저렴한 데다 붉은빛이 공산당과, 러시아 정신의 상징에 두루 어울리는 색이었기 때문에 널리 애용되었다. 특히 전당대회나 축제일 동안에 카네이션은 흔히 볼 수 있는 꽃이었다.

자동차는 보통 여성으로 상징된다. 화려한 레이싱걸들이 모터쇼를 장식하는 이유도 주 고객층인 남성들의 시선을 사로잡기 위해서다. 20세기 전반까지만 해도 자동차는 남성들의 전유물이었다. 그런데 피메노프는 모스크바의 중심 거리를 가로지르는 자동차에 앉은 여인의 뒷모습을 섬세하게 그려냄으로써 변화된 사회 속에서의 여성의 위치와 역할을 드러내주고 있다.

깔끔하고 당당하게 차려입은 여인의 뒷모습과 그녀를 깨끗하게 맞이하는 모스크바가 멋지게 어우러지며 보는 이들에게 새로운 모스크바의 아름다운 광경을 선사한다.

모스크바 근교를 걷다

Walk around Moscow
Прогулка под Москвой

자연이 쏟아 내는 음악, 자연이 그리고 있는 그림, 사람들이 창조해낸 복사본들보다 훨씬 더 흥미로운 데다 끝까지 다 읽을 수도 없는, 자연이 선사해 준 책. 자연을 제대로 평가하려면 언제나 그 안에 있어야만 한다. 그러면 당신은 그저 손님이나 관찰자로 머물지 않고, 자연에 온몸을 맡길 수 있을 것이다. (…) 자연에 온몸을 맡기는 일은, 자연으로부터 자신을 지키려는 몸짓이라고 할 수도 있다. 하지만 자연의 부산함에 몸을 맡기고 얻는 사심 없는 기쁨은, 다른 것들과 비교도 할 수 없을 만큼 크고 넓다. 모든 살아 있는 것은 자연의 일부다. 그런데 인간만이 자연에 대립한다.

– 유리 나기빈〈청개구리 이야기〉중에서

01 야스나야 폴랴나 톨스토이 박물관

톨스토이의 생가와 무덤이 있는 영지

고향 야스나야 폴랴나가 없다면 러시아도, 러시아에 대한 내 관계도 상상
할 수 없다.

– 레프 톨스토이

톨스토이는 문학계의 성자였다. 많은 작가들이 자기 나름의 이유를
들고 성지를 순례하듯 톨스토이의 영지를 방문하곤 했다. 방문객들은
'백작'이었던 톨스토이의 웅장한 대저택을 내심 기대했을지 모른다. 그
러나 그들을 맞이한 것은 수많은 나무들과 크고 작은 연못이다. 나무들
을 지나고 지나야 톨스토이의 생가로 갈 수 있다. 나무들을 만나고 헤
어지고 또 다른 나무들을 만나고 그들의 이야기를 들어야 톨스토이에
게 이를 수 있는 것이다.

야스나야 폴랴나의 자작나무 길.

야스나야 폴랴냐의 연못.

톨스토이의 저택.

톨스토이의
물푸레나무

　톨스토이의 영지는 '야스나야(밝은) 폴랴나(들)'이다. 직역하면 '밝은 들'이라는 뜻이지만, 박물관 해설사는 '물푸레나무(야센)의 들'로도 해석할 수 있다고 한다. "이 지역에 물푸레나무가 많고, 물푸레나무의 명칭은 '야센'이다. 야센이란 말은 형용사 형태인 '야스니(ясный, 밝은, 선명한)'에서 유래한 것이니 '야스나야 폴랴나'를 물푸레나무의 들이라 해도 무방하다"라고 말한다. 물푸레나무의 형용사형은 '야스네비(ясневый)'지만 말이다.

물푸레나무는 하얀 꽃이 피고 몸통은 회색이다. 전체적으로 밝은 빛이기에 '야센'으로 호명되었다고 전한다. 슬라브계열의 모든 민족에서 이 나무의 명칭은 거의 유사하게 '야센'으로 발음되며 독일어나 영어로도 '잿빛 나무(Rcluc Ash)'로 불린다. 모두 밝음을 이 나무의 특징으로 삼고 있다. 이러한 연유로 야스나야 폴랴나는 물푸레나무(야센)들이 울창한 '밝은 들'이란 이름으로 불리게 되었을 것이다.

야스나야 폴랴나의 물푸레나무

고대 슬라브인들에게 물푸레나무는 숭배의 대상이었고 토템-나무였다. 서(西)슬라브 민족들 중 하나인 폴라브인은 물푸레나무가 독사를 물리쳐준다고 믿었기에 집 주변에 둘러 심었다. 물푸레나무를 신성시했던 것은 슬라브족뿐만 아니라, 스웨덴과 캅카스의 여러 민족들, 인도의 소수민족들도 그러했다. 우리나라에서 물푸레나무는 어린 가지의 껍질을 벗겨 물에 담가보면 파란 물이 우러나기에 '물을 푸르게 하는 나무'란 뜻으로 이름 붙여졌다 한다.

톨스토이는 야스나야 폴랴나에 물푸레나무들을 직접 심기도 했는데, 그가 심은 물푸레나무들 중 세 그루는 아직도 살아서 그 위용을 자랑하고 있다.

사과나무 뜰과
톨스토이 가족

　야스나야 폴랴나에는 이 세 그루의 물푸레나무 외에도 톨스토이가 심었던 나무들이 봄이면 새순을 피우고 여름이면 잎을 드리우고 가을이면 열매를 내놓고 있다. 저택 앞에 펼쳐진 사과나무 뜰이 대표적이다. 야스나야 폴랴나에 처음 사과나무를 들여온 것은 1763년 톨스토이의 외증조부 세르게이 볼콘스키 공작이 이 영지를 사들인 직후였다. 영지의 나무를 베어 갈아엎고 약 3헥타르의 땅에 사과나무를 심었다. 19세기 초 톨스토이의 외조부 니콜라이 볼콘스키는 당시 유행했던 스타일로 공원식 정원을 설계해서 저택을 재정비하고 엄격한 '영국식' 정원을 꾸몄다. 그러다가 사과나무들이 열매를 맺기 시작하자 사과나무를 점점 더 많이 심기 시작했다고 한다. 톨스토이는 처녀작 『유년시대』에서 사과나무와의 얽힌 추억을 "나는 채소나 과일이 익어가던 채소밭이나 과수원 뜰에, 그것들을 먹으러 자주 돌아다녔다. 그리고 이 일은 내게 가장 즐거운 일들 중 하나였다…"라고 고백하고 있다.

　1847년 톨스토이는 야스나야 폴랴나의 영지 1,600헥타르와 330명의 농노 (남성만 센 것이다.), 그리고 주변 마을들을 상속받았다. 하지만 군 복무 중에 방탕한 생활로 진 빚을 갚기 위해 조부의 저택과 상속분의 일부를 팔아서 나중에는 약 1,200헥타르의 영지와 주변 마을 하나만 남게 되었다. 톨스토이는 영지를 경영하면서 숲과 과수원을 더 넓혔으며 조부의 사과나무 뜰을 더 확장시켰다. 사과나무 과수원은 조부 때보다 4배나 늘어났고 40헥타르가 넘었다. 현재 야스나야 폴랴나의 면적은 384헥타르이며 저택 부속 영지가 54헥타르, 건초용 풀밭이 40헥타르, 숲이 242헥타르이며 나머지가 경작지이다.

톨스토이는 장남 세르게이가 태어나자 기념으로 저택 바로 앞에도 사과나무 뜰을 꾸몄다. 장남 세르게이 톨스토이의 수기에 따르면 영지의 정원에는 6,385그루의 다양한 종류의 유실수가 심겨 있었고 사과나무는 7,900그루에 달했다고 한다.

매년 봄이면 톨스토이 가족은 꽃피는 정원들의 특별한 아름다움을 만끽하곤 했다. 톨스토이의 아내 소피야는 그중에서도 사과나무 꽃에 감탄하여 일기에 다음과 같이 기록했다. "사과나무는 특히나 아름답게 꽃을 피웠다. 사과나무가 꽃을 피우면 마법 같고 광기와도 같은 무엇인가가

사과나무 뜰을 걷고 있는 톨스토이와 식솔들

야스나야 폴랴나의 '사과나무 뜰'.

넘실거렸다. 그런 것은 본 적이 없다. 창문 너머로 뜰을 보면, 저 멀리 연
둣빛을 배경 삼아 분홍빛 그림자들을 곳곳에 드리운, 허공에 뜬 하얀 꽃
구름에 매번 감동받는다."

　이 과수원들은 톨스토이 집안에 안정적인 수입원이기도 했다. 수확한
사과의 일부를 톨스토이 가족에게 주는 조건으로 과수원들은 1년에 2천
에서 5천 루블(당시 모스크바 시내의 단독저택이 12,000루블 정도였다)로 임대되었다.

　그래서 톨스토이 가족의 식단에서 사과는 매우 중요한 자리를 차지
했다. 톨스토이의 아내 소피야의 사과 요리 레시피는 요리책에 들어갔
을 정도다. 소피야는 모스크바 의사 안케의 조리법에 따라 사과향이 물
씬 풍기는 투명한 호박색의 사과 잼을 졸이곤 했으며, 사과 파이와 비
스킷을 굽고, 사과와 흑빵을 원료로 푸딩을 만들어 가족과 손님들을 위

해 내놓았다. 오늘날까지 야스나야 폴랴나에는 레프 톨스토이와 그 가족을 기억하는 92그루의 토박이 사과나무들이 아직도 자리를 지키며 탐스러운 사과를 해마다 열매 맺고 있다.

가난한 자들의
나무

2017년 야스나야 폴랴나에서는 '가난한 자들의 나무'가 있던 자리에 나무를 심는 행사가 열렸다. '가난한 자들의 나무'는 야스나야 폴랴나의 가장 유명한 나무들 중 하나였다. 느릅나무였는데, 평생 동안 톨스토이와 함께했다. 이 느릅나무 아래서 톨스토이는 매일 아침 이런저런 청탁을 하러 오거나 구걸하러 오는 사람들을 기다리곤 했다. 그들 대부분은 농부들, 거지들, 병자들, 부탁할 곳을 찾아온 사람들이었다. 그래서 이 느릅나무의 이름이 '가난한 자들의 나무'라고 불리게 되었다. 톨스토이는 나무 아래 벤치에 앉아 자신을 찾은 러시아 문화계 인사들이나 작가들과 대화를 나누곤 했다. 나무에는 조그만 종이 하나 달려 있었는데 식사할 때가 되면 으레 그 종을 울려 사람들을 식탁으로 초대했다. 세월이 흐르자 나무는 너무 자라서 굵어지고 가지가 무성해져서 휘어지고 줄기에 구멍이 났다. 결국 1955년 가장 큰 가지(지름이 40센티미터였다)를 잘라내게 되었는데, 나이테로 가늠해본 수령이 당시 기준으로 120년 정도였다. 1970년 봄이 되자 더 이상 나뭇잎이 달리지 않게 되었다. 결국 나무는 베어지게 된다. 톨스토이보다 60년을 더 산 셈이다.

톨스토이의 영지에는 떡갈나무도 많다. 톨스토이는 『전쟁과 평화』에서 안드레이 볼콘스키와 오래된 떡갈나무의 만남을 묘사한다. 이 일화는 소설의 전환점이 되는 에피소드 중 하나이다. 안드레이는 이후 인생의 새로운 단계로 접어들고 세계관의 변화를 겪게 된다. 그에게 민중과 하나가 되는 새롭고 기쁜 인생이 열린다. 떡갈나무는 안드레이 마음속에 일어나는 근본적인 변화의 상징이 된다. 떡갈나무는 '러시아 대지와 러시아인은 하나다'라는 연대의식을 드러내고자 했던 톨스토이의 생각을 잘 보여준다.

'가난한 자들의 나무'와 톨스토이.

야스나야 폴랴나에서는 해마다 다채로운 행사가 열리곤 한다. 영지에서는 과실수들이 꽃을 피우고 열매를 맺고 그 열매를 수확하고, 늙은 나무들은 베어져 어린 나무들에게 제 자리를 내주고 있다. 톨스토이가 '가난한 자들의 나무' 아래에서 '가난한' 자들을 기다렸듯이, 그의 저택은 박물관처럼 화석화된 채 남아 있지 않고 현재진행형의 삶들을 살아가고 있다. 부닌의 단편 〈안토노프 사과〉에서 사과나무는 과거로 사라져가는 기억처럼 아련한 러시아를 상징했다. 하지만 야스나야 폴랴나의 사과나무와 오래된 나무들은 현재의 어린 나무들과 여전히 같이 숨 쉰다.

여성 과학자 호프 자런은 『랩걸』에서 단풍나무의 '수압승강기' 현상을 소개한다. 다 자란 나무는 밑으로 뻗어 내려간 뿌리를 통해 필요한 수분의 대부분을 공급받는다. 반면, 지표면 가까이 자리 잡은 뿌리는 횡으로 뻗어나가며 그물 같은 짜임을 만들어 나무가 쓰러지는 것을 막는다. 그런데 가로로 퍼져간 뿌리들이 단순히 쓰러짐 방지 기능만을 수행하는 것은 아니다. 지표면에 바싹 붙은 이 뿌리들은 밤이 되면 주변의 건조한 흙으로 수분을 흘려보내는데, 큰 나무들 근처에 사는 작은 나무들은 이렇게 재활용된 물에서 필요한 물의 절반 이상을 얻는다. 깊이 뿌리 내리지 못해 수분을 얻기 힘든 어린 나무들에겐 정말 소중한 자원이 아닐 수 없다.

물푸레나무와 사과나무를 지나 가난한 자들의 느릅나무가 있던 자리에 이르는 길. 그 길에서 야스나야 폴랴나의 오래된 나무들은, 10년마다 프랑스 크기의 숲이 지구에서 사라져가는 지금에도, 횡으로 뻗은 뿌리들을 통해 수분을 흘려보내며 작은 나무들에게 필요한 물을 공급하고 있다.

톨스토이가 남긴 삶과 인생에 대한 답
―『참회록』

　　레프 니콜라예비치 톨스토이는 1828년 9월 9일에 남러시아 툴라 근처의 야스나야 폴랴나에서 태어났다. 명문 백작가의 4남으로 태어나 두 살도 안 되어 어머니를 잃고, 1837년 대학입학을 준비하던 시기에 갑자기 아버지마저 세상을 뜨자 카잔에 살던 숙모의 집으로 이사하게 된다. 1844년 카잔대학교 동양학부에 입학해 수학하다 법학과로 옮겼으나 중퇴하고 1847년 야스나야 폴랴나로 돌아가게 된다. 1851년 카프카즈로 가서 군에 입대했고, 거기서 『유년시대』(1852년), 『소년시대』(1854년), 『청년시대』(1856년)를 집필했다. 이 소설들이 발표되자 곧 작가로서의 명성을 얻게 되었다. 1862년 34세의 나이로 18세의 소피야 베르스와 결혼하였고 결혼 후 10~12년 동안 『전쟁과 평화』(1865~1869년), 『안나 카레니나』(1875~1877년)를 집필하여 대작가의 반열에 오른다.

　　그러나 그 후 사상적 전환기를 겪으면서 1879년 『참회록』(1882년 발표)을 집필하기 시작한다. 1880~1890년대엔 논문과 단편들 〈사람은 무엇으로 사는가〉, 『크로이처 소나타』 등과 특히 『부활』(1899년)을 통해 자신의 사상적, 철학적 원칙들을 표현하였다. 『부활』에서 교회를 모독했다는 이유로 톨스토이는 교회에서 파문을 당하였다. 당시에도 '성인'으로, 또 '대문호'로 추앙받던 톨스토이는 1910년 모든 것을 포기하고 가

출해서 '아스타포보' 간이역에서 폐렴으로 사망하게 된다.

『참회록』(1882년)이 발표되던 1880년대 초반은 톨스토이 본인에게도, 러시아문학 전체를 조망하는 관점에 서더라도 하나의 전환기이자 굴절의 시기였다. 『참회록』의 출간을 전후로 도스토옙스키가 사망(1881년)하고, 투르게네프가 세상을 떠났다(1883년). 그리고 『참회록』을 기점으로 톨스토이는 긴 절필의 시간을 갖는다. 따라서 러시아문학사에서 『참회록』은 세계 최정점에 머물렀던 19세기 러시아 사실주의 문학의 마침표 역할을 하는 셈이며, 예술적 형상화의 힘을 빌리지 않고 자신의 사상을 풀어놓는 톨스토이 예술철학과 인생론의 시작점인 것이다.

톨스토이의 작품 활동은 『유년시대』, 『소년시대』, 『청년시대』로 대표되는, '어린 시절'을 배경으로 한 고백적이고 자전적인 소설들로 시작된다. 이어서 어린 시절을 벗어나 사회의 구성원으로서 자의식을 가지고 행동하는 '청/장년'의 주인공들을 다룬 『전쟁과 평화』와 『안나 카레니나』로 이어진다. 그리고 삶보다는 죽음과의 거리가 가까운 인생의 고비에 서서 톨스토이는 이전의 고민을 다듬고 새기고 드러낸다. 그것이 『참회록』이다. 톨스토이는 자신의 삶과 작품세계를 다시 돌아보며 인생에 대한 답과 결론처럼 『참회록』을 썼다.

평생을 삶과 죽음의 문제, 이성의 문제에 대해 고민했던 톨스토이가 『참회록』에서 내놓는 삶과 이성에 대한 대답은 다음과 같다.

> "눈에 보이는 우리들의 삶은 그 정점과 밑바닥이 우리의 마음의 눈으로 볼 수 없는 원추의 단면처럼 생각된다. 그 원추의 가장 좁은 부분은 내가 처음으로 자기를 의식하였을 때, 내가 세계에 대하여 갖고 있던 관계이

다. 이 원추의 가장 넓은 부분은 내가 현재 세계에 대하여 갖고 있는 최고의 관계이다. 이 원추의 시초,—즉 맨 꼭대기—는 내가 이 세상에 태어났을 때부터 이미 나의 눈에 보이지 않게 되었다. 그리고 그 원추의 밑바닥의 연장도 나의 눈에서 은폐되어 있는 미래의 부분과 같다.

(…)

처음에 나는 상하의 부분이 잘린 원추의 단면이 인생의 전부라고 생각했다. 그러나 내가 참된 삶의 의의를 깨닫게 됨에 따라서, 나의 생명의 토대를 이루고 있는 것은, 지금 생활의 배후(背後), 즉 현재 생활의 밖에 있다는 것을 깨닫게 되었다. 즉 나는 이러한 참된 삶을 깨닫게 되면서부터 눈에는 보이지 않는 나의 과거와 현재가 연결되어 있다는 것을, 즉 오늘은 과거의 누적이라는 것을 한층 더 생생하게 느끼게 되었다.

그리고 그다음에는, 나의 삶의 토대를 이루고 있는 것이, 나의 눈에는 보이지 않는 미래로 확대되어 가고 있는 것을 한층 더 분명히 실감했다. 그리하여 나는 다음과 같은 결론을 내린다.

나의 눈에 보이는 삶, 현재의 이 세상에 있어서의 나의 생명은 내 전체의 생명의 극소 부분에 지나지 않으며, 그 양쪽 끝,—즉 이 세상에 태어나기 전의 생명과 죽은 후의 생명—은 의심할 나위도 없이 존재하는 것이지만, 오직 그것은 내가 현재 눈으로 볼 수만 없을 뿐이다.

(…)

나의 참된 행복을 위해 가장 필요한 것은 지금 여기서 동물적인 자기를 무엇에 종속시켜야 하는 것인가를 아는 일이다. 그리고 이성은 나에게 그것을 가르쳐준다. (…) 이성은 인간을 삶의 유일한 길로 인도해준다. 사방을 둘러싸고 있는 벽이 짬으로부터 점점 밖으로 넓어져가는 원추형의 터널처럼, 멀리 저 피안(彼岸)에 무한한 생명과 무한한 인생의 행복을 계시해주는 저 유일한 길로 인도해준다."

—『참회록』의 〈삶과 죽음〉 중에서

결혼 전의 방탕한 생활과 군대 생활, 살인, 폭력, 간음, 몇 번의 자살 시도까지 경험했던 대작가 톨스토이가 내린 결론은 '삶은 계속된다'였다. 그러면 어떤 모습으로 계속되는 것일까? 현재 생명력의 '좌우/앞뒤'에는 죽음이 자리한다. 그리하여 죽음을 과장할 필요도 없고, 죽음을 거부할 필요도 없다. 자연스럽게 삶을 죽음과 연계시키고, 그 안에서 삶의 문제를 고민해야 한다. 그러므로 역시 삶을 과장할 필요도 없고, 지나치게 집착해서도 안 된다. 평범하고 자연스럽게 주어진 삶을 살아가면서 삶의 모습을 죽음으로 이어가는 것, 이것이 삶의 계속됨의 모습이다. 과장하지 말 것, 두려워하지 말 것, 피하려 하지 말 것, 집착하지 말 것, 이것이 '이성'을 거친 삶의 모습들이다.

야스나야 폴라냐 영지의 톨스토이 묘.
어렸을 때 톨스토이와 형 세르게이가 뛰어놀던 숲이기도 하다. 형 세르게이가 '인류 모두를 행복하게 할 수 있는 비밀을 적은 초록 막대기'를 묻어놓았다는 곳인데, 어린 톨스토이는 그 비밀을 밝히려고 초록 막대기를 찾기 위해 아무리 애를 써도 결국 찾을 수가 없었다고 한다. 톨스토이는 그곳에 자신의 묘를 쓰게 함으로써 자신을 찾아오는 사람들에게 '인류 모두가 행복해 질 수 있는 길은 무엇인지 고민해 보라고 화두를 던지는 듯하다.

톨스토이는 1895년 일기에서 마치 유언처럼 "가능하다면, 사제들이나 교회의 장례 절차 없이 (장사 지내라). 그러나 만약 장사를 치르는 사람들이 그런 점을 용인할 수 없다면 그냥 보통 장례식처럼 하게 내버려두지만, 가능한 한 검소하고 간단하게 해라"라고 적었다. 그의 바람대로 비석도, 십자가도 세우지 않은 그의 묘는 야스나야 폴랴나의 뜰에서 조용한 안식을 취하고 있다.

자유를 위한 투쟁
– 〈하지 무라트〉

이 작품은 톨스토이 사후 『톨스토이 사후 작품 모음집』 3권에 발표되었는데, 아바르인의 영웅 하지 무라트(1818~1852)의 이야기를 다루고 있다. 이 작품에는 실존 인물인 니콜라이 1세, 보론초프, 샤밀, 러시아 장군들이 등장하여 작품에 사실성을 더해 준다.

하지 무라트(1818?~1852)

19세기 러시아제국에 대항해서 싸운 아바르인의 지도자 이만 샤밀의 부하이자 아바르인의 영웅이며 톨스토이의 동명 소설의 주인공이다.

〈하지 무라트〉는 1912년 발표 당시 검열로 인해 많은 부분이 삭제된 채 출간되는데, 특히 니콜라이 1세 부분은 대폭 축소되었고, 사도가 사는 샤클라가 파괴된 장면이 나오는 17장이 거의 빠지게 된다. 1912년 독일에서 완전한 형태의 〈하지 무라트〉가 체르트코프에 의해서 『톨스토이 사후 작품 모음집』(베를린판)으로 출간되기에 이른다.

톨스토이가 〈하지 무라트〉를 처음 구상한 것은 1896년 형 세르게이

하지 무라트(석판화, 1851년)

의 집이 있는 피로고프 교외에서 산책한 뒤 수첩에 "노상의 타타르인, 하지 무라트"라고 적어놓았던 것에서 시작된다. 그러다가 1902년 10월 11일 자 체르트코프에게 보낸 편지에서 톨스토이는 "퇴고하지 않은 형태로 밀어놓았던 〈하지 무라트〉를 끝냈습니다. 생전에는 발표하지 않을 겁니다"라고 밝혀 작품의 존재가 알려지게 된다. 이 작품은 1902년 11월 10일에 야스나야 폴랴나에서 M. A. 스타호비치에 의해 낭독되어 일부 지인들에게도 소개된다. 그 후 톨스토이는 1903년 지인에게 보낸 편지에서 "〈하지 무라트〉를 계속 다시 보고 있습니다. 오류와 약점이 있는 상태로 남겨두지 않고 죽는 날까지 매달릴 것이며, ⁽…⁾ 조금씩 해나가려고 합니다"라고 언급하였고, 1904년 12월까지 개작과 수정을 거쳐서 완성되기에 이른다.

이 작품의 시공간적 배경은 1851년 말에서 1852년 캅카스 지역이며, 주인공 하지 무라트는 "독특하고 역동적인 캅카스 산악 민족들의 삶에 대한 시"를 체현한 것이라고 한다. 하지 무라트의 외모에서 가장 특징적인 것은 "아이 같은 선량한 미소", "오랜 친구처럼 선량한 미소"이다. "뚫어질 듯 세심하고 침착하게 다른 사람들을 바라보는 미간이 넓은 두 눈"을 가지고 있음에도 불구하고 미소 지을 때는 아이 같은 천진함을 가진 그의 인간적 매력이 느껴지는 묘사이다. 그는 아바르인의

보론초프 공작 저택에서의 하지 무라트
맨 오른쪽 하얀 옷을 입은 사람이 하지 무라트이다.

지도자 샤밀의 오른팔이었지만 러시아 쪽으로 돌아섰던 인물이다. 그러나 샤밀이 하지 무라트의 어머니, 아내, 여섯 자녀(장남 유수프 포함)를 포로로 잡고 위협하자 다시 가족을 구하러 러시아 측에서 도망치다 죽임을 당한다. 한국인의 정서로 보면 민족을 배신하고 러시아로 갔다가 가족을 구하러 다시 도망치는 모습이 왜 영웅인가 의문이 들 수 있지만, 쿠나트(의형제)를 가장 중시하고 가문을 가장 소중히 여기는 아바르인의 세계관으로 보면 가장 영웅적인 모습이라 할 수 있다.

하지 무라트의 어머니 파티마트는 아바르인 칸이 자기 아들의 유모가 되라고 하자, 아들 하지 무라트에게 젖을 물리기 위해 목숨을 걸고 이를 거부한 인물이다. 어머니는 칸의 명령에 따르라는 남편의 칼에 찔리면서도 "당신의 강철 단검이 내 흰 가슴을 찔렀지만, 나는 내 가슴에 나의 해님, 나의 아들을 껴안았고, 뜨거운 피로 사랑하는 아들을 씻겨 주었고, 상처는 약초도 뿌리도 없이 나았노라. 나는 죽음을 두려워하지 않았고, 내 아들도 지기트가 되어 죽음을 두려워하지 않으리라"라고 맞섰다.

이 작품에 등장하는 니콜라이 1세는 "사람들에게 두려움을 주는 데 익숙했고, 그런 모습을 늘 즐거워했으며, 때로는 두려움에 질린 사람들에게 뜻밖에 대조적으로 다정한 말을 건네 그들을 더욱 놀라게 하는 것도 좋아했다"라고 나온다. 그는 애인 넬리도바를 두고도 무도회에서 만난 순진하고 아름다운 스물한 살 처녀를 농락한다.

러시아군에 대적하고 있는 아바르인의 수장 이맘 샤밀 또한 전제군주 니콜라이 1세의 모습과 별반 다르지 않다. 그는 "승리했다고 스스로 공표한 이번 전투가 사실은 패배라는 것을 알고 있었고, 많은 체첸인 아울(마을)이 불타고 파괴되어 변덕스럽고 경박한 사람들이 동요하고 개중 러시아 국경에 가장 가까이 사는 사람들이 당장에라도 러시아로 넘어가려 준비하고 있다는 사실을 알고 있었다. (…) 그가 바라는 것은 오직 휴식이었으며, 아내들 중 그가 가장 사랑하는 검은 눈과 날씬 몸을 가진 열여덟 살의 키스틴 여자 아미네트의 푸근하고 매력적인 애무뿐이었다"라고 기술된다.

이 작품에서 이맘 샤밀과 니콜라이 1세는 "고압적인 전제주의의 양

극단, 즉 아시아와 유럽의 전제주의를 동시에 나타낸다"라고 톨스토이는 말했다. 톨스토이는 전제주의가 전쟁, 억압, 수탈, 탄압 등의 사회적 악을 행사하도록 체계를 형성한다는 것을 비판하고 있는 것이다.

또한 톨스토이는 이 작품에서 전쟁의 소용돌이에 내던져져 죽음에 내몰린 인간의 무력함과 반전(反戰)의 주제를 담고 있다. 인간들은 서로 비극적인 단절 속에서 살아가고, 전쟁은 이러한 단절의 극단적 표현인 것이다. 작품 속에 묘사되는 페투하 압데예프의 허무한 죽음이나, 러시아인의 '습격'으로 체첸인 마을이 황폐화되는 것이나, 하지 무라트가 도망치기 위해 죽이는 호송 카자크들이나, 케메네프가 뽐내며 다니는 하지 무라트의 잘린 머리 등은 이러한 주제를 잘 드러내준다. 또한 이 작품에 소개된 캅카스인의 노래도 전쟁의 허무함을 잘 반영하는데 옮겨보면 다음과 같다.

> "무덤의 흙이 마르면 나를 잊겠지. 사랑하는 어머니여! 잡초가 자라 무덤을 덮으면 내 슬픔도 안 들리겠지. (…)
> 하지만 나의 형. 그는 내 죽음을 복수할 때까지 나를 잊지 않으리라. 그리고 나의 아우. 그도 내 옆에 눕는 날까지 나를 잊지 않으리라.
> 총알이여, 뜨거운 너는 내게 죽음을 주었지만, 너야말로 나의 충실한 종이 아니었더냐? 흑토여, 너는 나를 덮으려 하지만, 너를 말발굽으로 짓밟았던 것은 내가 아니었더냐? 죽음이여, 너는 차갑지만, 너의 주인은 나였거늘, 이 땅이 나의 몸을 삼키고 저 하늘이 나의 영혼을 빨아들이리라."

이 작품에서 전제주의의 비판, 반전(反戰), 그리고 또 중요하게 다뤄지는 주제는 '자유'의 문제다. 하지 무라트가 목숨을 걸고 얻으려고 했던 것은 처음엔 러시아제국으로부터의 자유였고, 그다음엔 폭압적 지도자로부터의 자유였기 때문이다. 이 작품의 처음과 끝 문장을 보면 톨스토이가 이 작품에서 특히 강조하고 싶었던 것이 자유였음을 분명히 알 수 있다.

작품의 초입부는 "집으로 돌아가는 길은 막 쟁기질을 마친 흑토의 휴경지였다. (…) 잘 쟁기질 된 밭은 식물은커녕 풀 한 포기 보이지 않고 온통 검었다. '인간은 정말 파괴적이고 잔인한 동물이다. 제 목숨을 부지하기 위해 다양한 생명체들을, 식물들을 죽였다.' 나는 죽음과도 같은 흑토 속에서 나도 모르게 살아 있는 것을 찾으며 생각했다. 오른쪽 길가에 작은 덤불이 눈에 띄었다. 가까이 다가가서 보니 내가 공연히 꽃을 꺾어 던져버렸던 '타타르 풀' 덤불이었다. (…) 그러자 나는 오래전에 들은 한 캅카스인의 이야기가 떠올랐는데, (…)"라고 시작하며, 마지막 문장은 "잘 쟁기질 된 밭 한복판에서 짓뭉개진 엉겅퀴를 보았을 때 나는 이 죽음이 떠올랐다"라고 끝맺는다.

작품의 처음과 시작이 '잘 쟁기질 된 흑토의 휴경지'와 '잘 쟁기질 된 밭 한복판'인데, 이 부분이 톨스토이의 세계관을 잘 나타내준다. 한국인은 '잘 쟁기질 된 밭'을 보면 '부지런함, 성실함, 안정, 풍요로움' 등의 긍정적 요소가 떠오를 텐데 톨스토이는 먹고살겠다고 흑토를 온통 갈아엎어 놓은 '인간의 파괴성과 잔인성'을 본 것이다. 그리고 그 속에서 '짓뭉개진 엉겅퀴'를 보고 자유를 위해 몸부림치다 죽은 하지 무라트의 죽음을 떠올린 것이다. 게다가 '엉겅퀴'의 꽃말이 '독립, 근엄함'이라는 것을 떠올리면 그 의미는 더욱 각별해지며 인간의 삶과 죽음에 대한 질문을 스스로에게 던지게 된다.

오룔 투르게네프 국립문학박물관

투르게네프의 어린 시절과 청년 시절의 흔적이 있는 곳

아버지는 프록코트의 옷자락에 묻은 먼지를 털었던 채찍을 갑자기 휘저었다.—그 순간 팔꿈치까지 드러나 있던 그녀의 팔에 찰싹 하고 부딪치는 소리가 났다. (…) 지나이다는 깜짝 놀라 말없이 아버지를 쳐다보았다. 그러더니 얻어맞은 손을 입으로 가져가서 빨간 채찍 자국에 입을 맞추었다.

– 투르게네프 『첫사랑』 중에서

늦가을 비가 추적추적 내리는 날에 투르게네프 박물관을 찾았다. 투르게네프 박물관은 러시아에서 가장 오래된 문학 박물관들 중 하나이다. 박물관이 개관한 시기는 내전의 화염이 오룔현(縣)을 휩쌌을 때인 1918년이다. 1918년 11월 24일 박물관이 개관하는데, 그날은 투르게네프 탄생 100주년 기념일이었다. 개관 처음 시기에는 오룔 지역 지식인들이 소장품들을 수집하는 데 많은 도움을 주었으며 투르게네프 협회가 이곳에 있었다. 제2차 세계대전 기간 중에 박물관은 펜자로 피난을 가기도 했으며 오룔이 해방된 후인 1944년 2월에 오룔에서 다시 개관하였다. 그 후 1976년 투르게네프의 기념 가구들이 이곳으로 옮겨오면서 오룔의 박물관은 투르게네프 연구자들을 위한 중심 기관으로

오룔 투르게네프 국립문학박물관의 전면

자리매김하게 되었다.

　1977년에 투르게네프 국립문학박물관은 '투르게네프. 예술을 위한 삶'이란 이름으로 전시를 시작하여 지금까지 계속되고 있다. 박물관에는 투르게네프의 소장품과 투르게네프 친지와 친구들의 물건, 투르게네프와 동시대인들의 초상화들, 초상화 조각품들, 투르게네프 기념 도서관의 귀중한 책들 등이 전시되어 있다. 특히 박물관의 도서들은 세 부분으로 구성되는데, 첫째는 투르게네프 기념 도서관의 책들이다. 투르게네프 기념 도서관은 한때 장서가 2만 권에 달하였는데, 현재는 의학, 생물학, 철학, 정치경제학, 역사학, 사회학, 물리학, 농업과 조경 등에 대한 7개의 유럽 언어로 된 약 5천 권의 전집류가 포함되어 있다. 그 중에는 매우 희귀한 17세기 문학작품들도 보유하고 있는데, 투르게네 프가 자필 서명을 하고 메모를 남긴 것들도 포함되어 있다. 두 번째는 투르게네프의 작품 초판들, 선집, 단행본 등으로 구성된다. 세 번째는 19~20세기 투르게네프 문학연구가들의 노작들과, 투르게네프에 대한 전기와 회상록들이다.

또한 박물관에는 투르게네프 작품집들에 삽입되었던 삽화, 투르게네 프와 관련된 장소들을 그린 그림, 연극 재료 등도 전시되어 있으며, 투 르게네프를 그렸던 유명 화가들의 작품들도 관람할 수 있다.

오룔에는 투르게네프 국립문학박물관 외에 오룔 출신 러시아 작가 들의 박물관도 볼 수 있는데, 레스코프, 부닌, 그라놉스키, 레오니드 안 드레예프 등의 박물관도 함께 들러볼 만하다.

투르게네프의 책상

투르게네프의
『첫사랑』 읽기

『첫사랑』의 러시아판 표지

첫사랑…. 참 설레는 말이다. 그렇지만 '당신의 첫사랑은 언제, 누구였냐?'는 질문에 단번에 확실히 대답할 수 있는 사람은 드물 것이다. 누구나 한 번은 겪는, 그래서 인류의 절대 보편적인 경험, 그러나 누구나 다른, 그래서 절대 상대적인 경험. 그래서 쉽게 말할 수 있을 것 같으면서도 진심으로 털어놓기 힘든 경험. 그 아름답고 순결하며 처음인 경험을 누구나 공감할 수 있는 말로 정의해보기란 어려운 일이다.

그런데 이 숙제를 멋들어지게 해낸 작가가 있다. 이반 투르게네프(1818~1883)이다. 작가로서 가장 절정기를 구가하던 1860~1861년, 투르게네프는 『첫사랑』과 『아버지와 아들』을 연달아 발표한다. 인간의 가장 내밀한 이야기인 사랑 이야기(『첫사랑』)와 세대 간의 문제를 다뤄 사회적으로 가장 논쟁적이 된 작품(『아버지와 아들』)을 동시에 선보인 것이다.

투르게네프가 정의한 첫사랑을 만나보자. 『첫사랑』은 16살 블라디미르와 21세 지나이다의 첫사랑을 다룬 작품이다. '누가 누구를 만나 사랑하다'는 공식에서 보면 식상할 수도 있다. 그러나 그 사랑의 속살은 충격이다. 그 충격적 이야기의 전말은 조금 있다 다루기로 하고, 이 사건을 앞뒤로 감싸고 있는 이야기에 먼저 주목해보자. 이 작품은 현재 중년의 블라디미르가 16세 때의 경험을 술회하는 구조로 되어 있다. 이런 소설을 흔히 '액자소설', 이런 구조를 가리켜 '액자구조'라고 한다. 독자들이 액자구조로 된 소설을 읽을 때 가장 흔하게 범하게 되는 실수 가운데 하나가 내용만 본다는 것이다. 이야기의 내용만 읽고, 이 이야기를 감싸고 있는 액자의 틀에 대해서는 간과하기 쉽다. 그런데 『첫사랑』에서 블라디미르와 지나이다의 이야기를 감싸고 있는 액자의 틀, 즉 나이 먹은 블라디미르가 현재 위치한 지점이 투르게네프가 정의한 '첫사랑'을 살펴보려는 우리에겐 중요하다.

> 손님들은 거의 다 돌아가고 없었다. 시계가 12시 반을 쳤다. 방에는 주인과 세르게이 니콜라예비치와 블라디미르 페트로비치 세 사람만 남았다. "그럼 이야기는 정해졌군요." 주인은 말했다. "서로 자기의 첫사랑의 추억담을 말하기로 하죠. 우선 세르게이 니콜라예비치, 당신부터요." "나한테는 첫사랑이 없었어요. 느닷없이 제2의 사랑부터 시작했으니까요. 솔직하게 말해서 내가 최초이자 최후의 사랑을 한 것은 여섯 살 때였으며 상대는 유모였습니다. (⋯) 주인은 말을 받았다. "내 첫사랑 이야기도 별로 재미없는데⋯. 나는 현재의 내 아내를 만나기 전에는 단 한 번도 사랑을 해본 적이 없었어요. (⋯) 그럼, 블라디미르 페트로비치, 당신이라면 틀림없이 우리들의 따분함을 풀어줄 테지요?" "그래요. 내 첫사랑은 평범하지 않았습니다." 블라디미르가 말했다. 그러자 주인과 니콜라예비치는 "오

호, 어서 들려주시지요"라고 말했다. "그러지요…. 아니, 그만두겠습니다. 얘기하지 않는 것이 좋겠습니다. 나는 말주변이 없어서 시시한 얘기가 되어버리거나 아니면 지루한 거짓말이 되어버리든가 둘 중의 하나일 테니까요, 그보다는 기억하고 있는 모든 것을 노트에 써서 읽어드리겠습니다." 2주 후 그가 가져온 노트에는 다음과 같은 것이 적혀 있었다.

소설에서 액자의 틀로 기능하는 부분을 간단히 옮겨보았는데, 전문(全文)은 아니지만, 이 부분을 찬찬히 읽어보면 투르게네프가 정의한 첫사랑을 알아가는 데 도움이 된다.

먼저, 첫사랑은 많은 사람들 앞에서 주저리주저리 늘어놓을 수 있는 이야기가 아니라는 것이다. 시장통 가십거리가 아니며, 자신의 내밀한 이야기를 들어줄 수 있는 그저 몇 사람들 앞에서나 털어놓을 수 있는 것, 그것이 첫사랑이다. 그래서 투르게네프는 손님들을 모두 돌려보내고 단 세 사람만 남겨놓았다. 둘째, 대낮 햇살 환하게 내려 비추는 곳에서 첫사랑을 말할 수 없다는 것이다. 밤의 어둠과 공감대를 맞출 수 있는 꽁꽁 묻어둔 이야기여야 한다는 말이다. 밤 12시 30분. 모두들 잠든 밤이 되어서야 하나씩 들춰볼 수 있는 아릿한 고백이어야 한다는 뜻이다. 셋째, 여섯 살 아이와 유모의 관계는 첫사랑이 될 수 없다는 것이다. 이성(異性)을 향한 열림의 시기가 되기 전의 사랑은 첫사랑이 아니다. 남'성'과 여'성'이 서로의 이'성'을 지각하는 순간, 그 순간 이후의 첫 번째 사랑이 첫사랑이라는 의미이다. 넷째, 첫사랑은 기억되는 사랑이다. 추억되고 반추되지 않으면 그건 첫사랑이 아니다. 세포 하나하나에 낙인처럼 남아 있다가 그리하여 의식하는 순간, 그리고 때때로 의식하지 않더라도 곧바로 호출되는 사랑이 첫사랑이다. 다섯째, 첫사랑은 곡절

이 있는 사랑이다. 거기에는 사연이 있고, 뒤틀림이 있고, 변곡점이 있다. 그래서 부모님이 정해준 사람과의 순조로운 사랑을 투르게네프는 첫사랑이라고 간주하지 않았다. 여섯째, 첫사랑은 평범하지 않은 사랑이다. 사랑에 평범함이 개입할 여지가 있겠냐만은 그런 사랑들 가운데 첫사랑은 가장 평범하지 않은 사랑이라는 것이다. 그때서야 비로소 첫사랑이라는 이름으로 이야기할 수 있는 자격을 갖는다는 것이다. 그리고 마지막으로, 첫사랑은 술술 풀어낼 수 있는 사랑이 아니라는 것이다. 투르게네프가 정의한 첫사랑은 그랬다.

아들아, 여자의 사랑을 두려워하거라.
그 행복, 그 독을 두려워해라.

그럼 이제 투르게네프의 『첫사랑』에서 16세 블라디미르가 겪은 첫사랑의 속살을 들여다볼 차례다. 1833년 여름 모스크바 근교 별장에서 블라디미르는 정원을 산책하다 여러 명의 남자와 함께 있는 한 여자를 보고 첫눈에 반하게 된다. "그녀가 나를 바라보는 순간, 나는 머리끝에서 발끝까지 완전히 그녀의 것이 되어버렸다"는 고백처럼 그날 이후 블라디미르는 지나이다의 매력에 끌려 그 발아래 기꺼이 무릎 꿇는 여러 명의 추종자들 중 한 명이 되었다. 지나이다는 자신을 따르는 여러 명의 남자들을 자극하고 경쟁시키며 조롱하는 것을 즐기는 것 같았으며 그들 중 어느 누구도 선택하려 하지 않는다. 블라디미르는 지나이다가 시키자 4미터 정도 되는 담 위에서 뛰어내리기까지 할 정도로 그녀에게 매료당한다.

그러던 중 지나이다가 누군가를 사랑하고 있다는 것을 직감한 블라디미르는 연적을 죽이려고 칼을 들고 정원에 숨어 둘의 밀회를 지켜보기로 결심한다. 그런데 놀랍게도 지나이다가 사랑하는 사람은 블라디미르의 아버지였다. 아버지는 어머니보다 10살 아래의 연하로 어머니의 재력 때문에 결혼은 했으나, 항상 멋진 몸가짐과 매너로 수많은 염문을 뿌리고 다녔던 사람이었다. 누군가의 밀서로 블라디미르 어머니는 아버지의 외도 사실을 알게 되고, 블라디미르의 가족은 모스크바에서 급히 상트페테르부르크로 이사를 가게 된다. 그러나 블라디미르는

블라디미르의 아버지와 지나이다의 밀회 장면
채찍 맞은 팔에 키스하려는 지나이다.

아버지와 함께 말을 타러 나갔다가 아버지와 지나이다의 밀회 장면을 목격한다. 아버지는 지나이다와 무슨 언쟁 끝에 지나이다의 팔을 채찍으로 내려치는데, 지나이다는 오히려 그 채찍자국에 입을 맞춘다. 그렇게 오만했던 지나이다의 이런 모습을 보고 블라디미르는 그 사랑에 충격을 받고, 자신의 사랑을 단념한다. 얼마 후 아버지는 블라디미르에게 "아들아, 여자의 사랑을 두려워하거라. 그 행복, 그 독을 두려워해라"라는 편지를 남기고는 뇌졸중으로 죽는다. 그리고 대학을 졸업한 블라디미르는 지나이다 과거 구혼자들 중 한 명으로부터 지나이다가 결혼하였다는 소식을 듣고 나중에 찾아가지만, 지나이다가 이미 나흘 전 아이를 낳다가 죽었다는 이야기를 듣게 된다.

자신의 연적이 결국 아버지로 밝혀지는 장면도 충격적이지만, 아버지와 지나이다의 허망한 죽음도 많은 생각을 불러일으킨다. 첫사랑 이야기의 중심은 16세 블라디미르의 첫사랑이겠지만, 이 '첫사랑'은 백작부터 의사까지 수많은 구혼자들이 있었음에도 불구하고 유부남을 사랑하게 되었던 지나이다의 첫사랑 이야기이기도 하고, 연상의 여인과 돈 때문에 결혼한 아버지가 중년에 마주하게 된 그의 첫사랑 이야기일 수도 있다.

이 소설은 투르게네프의 소설들 중 자전적 요소가 많은 소설로 꼽힌다. 투르게네프 자신도 "『첫사랑』에서 나는 내 아버지를 그렸다. 많은 이들은 이러한 이유로 나를 비난했고 특히 내가 한 번도 이를 감추고자 하지 않았다는 점에서 더욱 비난의 목소리를 높인다. 그러나 내가 생각하기에 그렇게 하는 것이 결코 잘못일 수 없다"라고 말했다. 실제로 투르게네프의 어머니는 아버지보다 6살 연상이었고 투르게네프의 아버지는 노처녀에 미인이 아니었던 어머니의 재력을 보고 결혼했으며 미남이었던 아버지는 결혼 생활 내내 여러 여성들과 염문을 뿌렸다. 또한 『첫사랑』의 지나이다의 원형은 젊은 여류 시인 예카테리나 샤홉스카야(1815~1836) 공작 영애로 투르게네프의 첫사랑이었다. 투르게네프의 모스크바 근교 영지 이웃에 살았던 샤홉스카야 공작부인과 그 딸 예카테리나는 투르게네프가(家)와 자주 왕래했으며 15살의 투르게네프는 19살이었던 예카테리나를 사랑하게 되지만, 예카테리나는 투르게네프 아버지와 연인관계로 발전하였고 이 스캔들은 『첫사랑』의 블라디미르와 그 아버지, 지나이다의 관계 속에 반영되었다. 또한 『첫사랑』에 묘사된 지나이다와 그 추종자들의 놀이는 실제 아버지가 했던 장난들을 녹여낸 것이었다.

치명적이고도 질긴 평생의 사랑
– 폴리나 비아르도

투르게네프는 평생 독신이었다. 물론 이 첫사랑 때문에 평생 독신으로 지낸 것은 아니었다. 어머니에게서 물려받은 영지와 5,000명 정도의 농노를 거느린 부자였고, 큰 키에 금발의 미남이었으며, 모국어인 노어 외에, 독일어, 불어, 영어 등 6개 외국어를 능숙하게 구사한 해외유학파였던 그가 독신이었다는 사실이 좀 의외다. 그렇다고 그에게 첫사랑 외에 다른 사랑이 없었던 것은 아니었다. 오히려 그 사랑 때문에 평생 독신으로 살았다고 하는 편이 맞다. 그의 삶은 1843년 프랑스 여가수 폴리나 비아르도를 만나기 전과 후로 나뉜다고 해도 과언이 아니기 때문이다.

투르게네프는 1843년 페테르부르크에서 그의 평생 연인이자 운명의 여인이 된 프랑스 여가수 폴리나 비아르도(1821~1910)를 만난다. '세비야의 이발사' 페테르부르크 순회공연 중이었던 비아르도를 보고 투르게네프는 첫눈에 반해 바로 사랑에 빠진다. 그러나 그녀는 이미 결혼한 유부녀였다. 투르게네프의 나이 25세, 비아르도의 나이 22세였다. 둘의 인연은 투르게네프가 죽기까지 거의 40년 동안 계속되었다. 참 길고 질긴 사랑이었다. 비아르도는 그렇게 미인으로 꼽히진 않았다고 하지만 쇼팽이 비아르도의 노래에 감명 받아 '인간의 목소리야말로 가장 훌륭한 악기'라고 극찬했을 정도로 재능이 뛰어났다. 비아르도는 21세 연상의 작가 겸 연출가 루이 비아르도(1800~1883)와 결혼해

폴리나 비아르도

폴리나 비아르도가 연필로 그린
투르게네프의 초상

자식 넷을 낳았고 파리에 있던 그녀의 저택에는 구노, 마스네, 포레, 생상스 등 저명 예술가들이 끊임없이 드나들었다. 프랑스 상류사회에서는 그녀를 '뼛속까지 검은 여인'이라 수군거렸다고 한다. 투르게네프의 어머니는 그녀와의 관계를 알게 되자 비아르도를 '집시 여자'라고 부르

(왼쪽부터) 알퐁스 도데, 귀스타프 플로베르, 에밀 졸라, 이반 투르게네프
투르게네프는 도데, 플로베르, 졸라 등과 친분이 두터웠고, 유럽 문단에 러시아문학을 알린 일등공신이었으며,
그는 도스토옙스키를 처음으로 유럽에 소개한 작가이기도 하다.

며 3년 동안이나 투르게네프에게 재정 지원을 끊기도 했다. 그럼에도
불구하고 투르게네프는 '그녀의 빛나는 눈빛을 보지 않으면 한시도 견
딜 수 없다'며 파리, 베를린, 런던, 바덴 등 전 유럽을 그녀와 동행했으
며, 비아르도의 남편 루이가 죽은 후에는 그 집에서 살다가 비아르도의
품에서 숨을 거둔다.

투르게네프의 혼외 여식
폴리나

독신으로 평생 비아르도 곁을
맴돌았던 투르게네프지만 딸은
하나 있었다. 투르게네프의 외동
딸 펠라게야(나중에 폴리나로 개명)는 그
가 대학생 때인 1941년 방학 중
에 어머니 영지에서 잠깐 만났던

투르게네프의 외동딸 폴리나(1841~1918)

속옷 재봉사 아브도티야와의 사이에서 태어났다. 아브도티야와 결혼까
지 감행하려 했던 대학생 투르게네프는, 그렇다면 재산을 한 푼도 상속
해줄 수 없다는 어머니의 반대에 부딪혀 페테르부르크로 돌아갔다. 그
럼에도 불구하고 이 잠깐의 로맨스는 투르게네프의 가슴에는 어떤 흔
적도 남기지 못했던 것 같다. 그는 나중에 지인에게 보낸 편지에서 "그
녀의 얼굴도 잘 기억나지 않는다"라고 했고, '세탁부'라고 칭했을 정도
였으니까. 그러나 아브도티야는 투르게네프와의 만남으로 아이를 임신
하게 되고 그 사실을 알게 된 투르게네프의 어머니는 그녀를 모스크바
로 보내버린다. 모스크바에서 펠라게야를 낳은 아브도티야에게 투르게
네프 어머니는 한 몫 챙겨주어 다른 곳으로 시집보낸 후 아이를 데려다
가 자신의 영지에서 농노 아이들과 함께 자라게 한다. 아브도티야는 그
후 딸을 한 번도 찾지 않았다고 한다. 투르게네프의 어머니는 영지에
손님들이 찾아오면 펠라게야를 예쁘게 입혀서 데려오라고 해서 손님
들에게 선보이면서 '누굴 닮은 것 같냐?'는 짓궂은 질문을 하기도 했다
고 한다.

레핀이 그린 투르게네프의 초상

하지만 정작 투르게네프는 딸의 존재를 그녀가 8살이 되어서야 알게 된다. 딸의 존재를 알고 경악했던 투르게네프는 하인들이 모두 그녀를 일부러 '아기씨'라고 놀리며 힘든 심부름 등을 시킨다는 것을 알게 되었고 딸을 파리의 폴리나 비아르도에게 보내 양육을 부탁하게 된다. 파리에서 딸을 '폴리나(폴리네트)'로 개명한 후에도 투르게네프는 자신의 성을 주지 않았다가 7년이 지난 후에야 폴리나가 자신의 성을 쓰도록 허락했다.

투르게네프는 폴리나가 결혼할 때 150,000프랑을 지참금으로 주었으나 폴리나의 남편은 결국 재산을 탕진하였고, 폴리나는 두 아이만 데리고 그를 떠나 음악 수업으로 생계를 꾸리며 여생을 힘겹게 보냈다. 투르게네프가 말년에 폴리나 비아르도의 집에 머물면서 암으로 고통받는 동안, 비아르도는 투르게네프의 거의 모든 재산과 원고에 대한 권리까지 자신과 자신의 딸에게 상속되도록 해놓았기 때문이었다. 투르게네프가 죽은 후 투르게네프의 외동딸 폴리나는 자신의 상속분에 대해 재판을 신청하지만 결국 패소하게 되고 폴리나의 두 자녀들은 자손 없이 사망하게 되면서 투르게네프의 직계는 맥이 끊기게 된다.

2018년은 이반 투르게네프(1818~1883)의 탄생 200주년이었다. 마침 투르게네프의 생가가 있는 오룔을 방문할 기회가 있었고 그의 작품, 삶, 사랑을 다시 돌아보게 되었다. 투르게네프가 죽은 후 폴리나 비아르도는 투르게네프의 영지에 관한 소유권도 주장했으며 영지를 관리하던 투르게네프의 사촌은 결국 막대한 돈을 파리의 폴리나 비아르도에게 보내주었다는 설명을 하던 러시아인 박물관 해설사에게 내가 물었다. "그는 폴리나 비아르도 곁에서 과연 행복했을까요?" 그 답으로 "그건 그가 선택한 거니까요. 어쩌겠어요"라는 박물관 해설사의 대답이 돌아왔다.

혹자는 '위대한 사랑'이라고, 어떤 이는 '치명적 사랑'이라고, 또 다른 이는 '영원한 사랑'이라고 말하였다. 레프 톨스토이는 투르게네프를 사랑했던 자신의 여동생 마리야를 거절했던 투르게네프의 사랑을 알게 된 후 "그가 그렇게 열렬히 사랑할 수 있으리라고는 결코 생각지 못했다"라고 말했다. 충격적이었던 첫사랑과 비아르도와의 독한 사랑을 경험하면서 투르게네프는 『첫사랑』에서 아버지가 죽기 전에 블라디미르에게 남겼던 "아들아, 여자의 사랑을 두려워하거라. 그 행복, 그 독을 두려워해라"라는 말을 독자들에게 하고 싶었을지도 모른다.

『첫사랑』과 쌍벽을 이루는 사랑 이야기
〈아샤〉

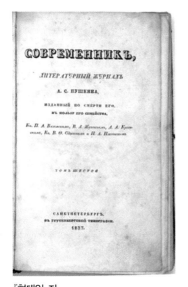

『현대인』지
1836년 푸시킨에 의해 창간되어 1866년까지
상트페테르부르크에서 발행된 잡지로 1년에
4번 출간되었다.

1857년 집필하여, 1858년 『현대인』지에 발표한 〈아샤〉는 예술적 완성도, 미적 감각, 훌륭한 자연 묘사 등으로 사랑을 다룬 투르게네프의 작품들 중에서 『첫사랑』과 함께 쌍벽을 이루는 작품이다.

이 작품은 작가의 독일 유학 시절 추억을 소설화한 것으로 알려져 있는데, 1859년 4월 레프 톨스토이에게 보낸 편지에서 "나는 시종 눈물을 머금으며 이 소설을 썼습니다"라고 고백했다고 전한다. 시인 네크라소프는 "이 작품에는 청춘의 힘이 넘친다. 〈아샤〉, 이것은 순금의 서사시다! 전편에 흐르는 미적 감각은 독자들을 스스로 시경에 빠지게 한다"며 극찬을 아끼지 않았다. 이 작품의 제목이자 여주인공인 아샤는 투르게네프의 작품들 중에서 이채롭고 독특한 빛을 발하는 여성으로 간주된다.

『현대인』지의 편집회원들
이반 곤차로프, 이반 투르게네프(아래 왼쪽 두 번째), 레프 톨스토이(위 오른쪽 첫 번째),
드미트리 그리고로비치, 알렉산드르 드루지닌, 알렉산드르 오스트롭스키 등이다.

    이 작품의 서술 형식은 주인공이나 화자가 이야기를 직접적으로 청자에게 말을 건네는 구술 형식을 띠는데, 이는 작품의 주인공들이 직접적으로 자신의 지난날을 고백하거나, 자기 자신의 모습을 자신이 직접 분석하고 파헤칠 수 있는 가능성을 갖게 된다.

    또한 과거 회상의 글이 대부분 그렇듯이, 현재-과거-현재의 시간대를 취하는데, 서술자의 관점이 좀 더 객관화될 수 있고, 기억하고 있다는 사실 그 자체를 통하여 이야기의 분위기는 좀 더 서정적이고 우수에 찬 것이 된다. 또한 주인공 자신은 독자 앞에 자신의 내적 세계를 펼쳐 보이게 된다. 이 작품은 '도착-만남-떠남-남음'이라는 투르게네프의 전통적 작품 형식을 취하고 있다.

이 작품의 등장인물은 주인공인 N. N.(25세), 가긴, 아샤이다. 가긴은 아샤의 이복 오빠이자, 상당한 재산을 갖고 있어서 아무에게도 의지하고 싶지 않고, 일생을 그림 공부에 바치고 싶은 귀족청년이다. 아샤는 가긴의 아버지와 가긴 어머니의 하녀였던 타티야나 사이에 태어난 딸로, 어머니가 죽자 아버지 밑에서 자라다가 아버지가 사망(가긴이 20세, 아샤가 13세 때)하자 가긴에게 맡겨진 이복 여동생이다. 비상한 이해력을 가진 여자이며 '카멜레온' 같은 여자이다. 아샤는 "추종과 비겁은 가장 나쁜 악덕입니다"라고 말한다. 아련한 추억으로 남은 아샤와의 만남을 담은 이 작품에서는 다음의 두 문장을 명문으로 꼽고 싶다.

> "행복에는 내일이란 것이 없습니다. 어제라는 것도 없습니다. 행복은 과거의 일을 기억하지도 못하거니와, 미래를 생각지도 않습니다. 행복에는 현재만이 있습니다. 그것도 하루 종일이 아니라 다만 순간적인 것입니다."

> "나는 어떻게 됐습니까? 나라는 인간, 그 행복하고 어수선하던 시절, 날개가 돋친 듯한 그 희망과 동경, 이런 것에서 도대체 무엇이 남아 있을까요? 이렇게 보잘것없는 화초의 가냘픈 향기라도 인간의 온갖 기쁨과 슬픔보다는 수명이 깁니다. 인간보다도 수명이 긴 것입니다."

03 멜리호보 체호프 국립문학박물관

체호프가 처음 장만한 자기 집

의학은 나의 정실부인, 문학은 나의 애인이다.

– 체호프

1897년 멜리호보 저택 베란다에 서 있는 체호프.

모스크바에서 약 80킬로미터 거리에 있는 멜리호보 보존구역-박물관에 있는 저택은 안톤 체호프가 1892년에 구입해서 1899년까지 약 7년을 살았던 집이다. 체호프는 멜리호보에 사는 동안 세 곳의 모범학교를 세웠으며 의사로 일하면서 무상으로 환자들을 치료하였다. 또한 화재민이나 빈민들을 도울 자금을 모금하기도 하였고 도로와 우체국 건설에 참여하기도 하였다. 그리고 멜리호보 시기(1892~1899년)라 불리는 이 시기에 체호프는『갈매기』등 말년의 희곡들을 포함해서 40편 이상의 작품을 썼다.

그래서 멜리호보 보존구역-박물관은 작가, 의사, 사회 활동가로서의 체호프에 대한 기억을 고스란히 간직하고 있다. 벚나무와 사과나무 등이 자라고 있는 공원과 뜰을 지나면 작가의 집을 만날 수 있다. 본채에는 체호프와 체호프 가족들의 물건과 체호프가 썼던 왕진 가방, 의

체호프의 책상.

료 기구 등이 전시되어 있다. 19세
기 말과 20세기 초 러시아 일상을 보
여주는 전시품들로 꾸며져 있다. 뜰
의 한편에는 조그만 집이 한 채 있는
데, 이 집에서 1895년 체호프가 희곡
『갈매기』를 집필하였다.

체호프의 가방.

체호프는 저택 곳곳에 이름 붙이
기를 좋아했다고 전한다. 예를 들면,
살림집 앞마당은 '소박한 마당', 체
호프가 희귀식물을 가꾸었던 채소
밭은 '남(南)프랑스', 연못은 '수족관' 등으로 불렸고 또한 간절한 소망
이 이루어진다는 '사랑의 가로수 길'도 있었다. 체호프가 이 저택에 얼
마나 애정을 가졌는지 엿볼 수 있는 면면이다. 체호프는 생애 처음으로
자신의 집을 구입한 것이었고, 사할린 여행 중이었기에 여동생에게 집
의 구매를 맡겼는데, 어수룩했던 여동생은 겉모양만 보고 이 저택의 구
매를 결정하였다고 한다. 체호프가 사할린에서 돌아와서 보니 저택 내
부는 바닥부터 거의 모든 부분을 수리해야만 했다.

멜리호보 마을 중심에는 1899년 체호프가 세운 멜리호보 학교가 있
다. 그 학교에서는 흥미진진한 전시회가 열리는데 시골 학교 학급과 농
촌 교사의 집을 전시해놓은 것이다. 1897년에 체호프가 자금을 대서
건립된 또 다른 학교 건물도 지금까지도 보존되어 있고 다양한 전시회
가 열리고 있다.

멜리호보에 체호프 박물관을 건립하는 것에 대한 결정은 1939년에

이루어졌으며, 1941년 일반에 개방되었다. 박물관에 소장된 물품은 2만여 종 이상으로 알려져 있으며, 체호프의 친구들이었던 화가 레비탄, 폴레노프, 세료긴 등의 작품들도 보관되어 있다. 멜리호보 박물관은 음악회, 연극과 뮤지컬 페스티벌, 전시회와 성탄절 축하 무대 등의 장소로도 널리 활용되고 있다.

체호프의 두 여인
一 〈귀여운 여인〉과 『개를 데리고 다니는 여인』

〈귀여운 여인〉과 『개를 데리고 다니는 여인』은 두 작품 모두 1898년 집필, 1899년에 발표된 작품으로 〈귀여운 여인〉은 『가족』지에 발표되었고, 『개를 데리고 다니는 여인』은 『러시아 사상』지 No.12에 게재되었다.

체호프는 "여자 없는 이야기는 증기 없는 기관차와 같다"라고 하였듯이 작품 중에 여자 등장인물들이 빠지지 않고 나오는 경우가 대부분이지만 특히 이 두 작품은 체호프의 여성관과 당대의 시대적 배경을 잘 드러내주기에 눈여겨볼 만하다.

남자들의 로망
一 〈귀여운 여인〉

〈귀여운 여인〉이 발표되었을 때 그에 대한 평가는 상반되었다. 고리키는 "귀여운 여인은 자신이 애착을 가지는 것들의 개성 없는 노예"라고 폄하하였고, 레닌도 "귀여운 여인은 불안정하고 무원칙적인 존재다"라고 혹평하였다. 그러나 톨스토이는 "가장 이상적인 아내, 어머니로서의 여성상"이라고 극찬하였다.

1901년 9월 얄타에서 만난 체호프와 톨스토이.

톨스토이는 이 만남 이후 "완전히 무신론자이지만 선한" 체호프를 만났다고 말했다. 톨스토이는 1899년 1월에 〈귀여운 여인〉이 게재된 『가족』지를 구해서 손님들이 왔을 때 적어도 세 번 이상 〈귀여운 여인〉의 낭독회를 했다고 전한다. 톨스토이는 출판인 A. F. 마르크스의 허락을 받아서 〈귀여운 여인〉을 『독서 목록』(Круг чтения, 1906)에 포함시켰으며 이 단편에 서문을 썼다.

이렇듯 상반된 평가를 낳은 여주인공 올렌카는 8등관 프레니코프의 딸로서, "언제나 누군가를 사랑하고 있으며, 사랑이 없이는 견디지 못하는 여인"이다. "조용하고 성질이 온순하며 정이 깊은 처녀"로, "다정하고 부드러운 눈매를 가지고 있으며 또한 몹시 건강"하였고, "토실토실한 장밋빛 뺨"과 "까만 점이 하나 있는 목덜미"에 "착한 미소"가 특징적인 귀여운 아가씨로, 사나이들은 마음속으로 '아주 만점인데…'라고 생각한다.

그녀는 극장주였던 쿠킨을 사랑했다가, 그가 죽자 목재상 바실리 안드레이치 푸스토바로프를 사랑한다. 올렌카는 사랑하는 대상이 바뀔 때마다 말하는 주제에서부터 자신의 주관까지도 바꿔 이야기하게 되고, 사랑하는 대상이 사라졌을 때 "가장 좋지 못한 것은, 그녀에게는 이제 주관이라는 것이 전혀 없다는 것이었다. 그녀의 눈은 주위에 있는 사실들이 보이기도 하고 주위에서 일어나는 것의 하나하나를 이해할 수도 있었지만, 그러나 어떤 일에 대해서도 자기의 주관을 세울 수가 없고 무슨 이야기를 해야 좋을지

〈귀여운 여인〉의 원형으로 거론되기도 했던 톨스토이의 딸 타티야나 톨스타야. 1893년 레핀의 그림.

도무지 분간할 수가 없었다. 아무런 주관이 없다는 것은 얼마나 무서운 일일까?"라며 두려워한다. 그 후 올렌카는 자기 집 별채에 세 들어 사는 수의사 블라디미르 스미르닌을 사랑하게 된다. 그런 올렌카에 대해 "누구에게든 열중하지 않고는 1년도 살 수 없는 자신의 새로운 행복을 자기 집 별채에서 찾아냈음이 분명했다"라고 기술되고 있다. 그리고 그가 아들 사샤를 남기고 떠나자 열 살짜리 사샤에게 온갖 정성을 쏟는다. 그것도 "지금까지 기억하고 있는 애착 가운데에 이보다 깊은 것은 없었다"라고까지 말한다. "그녀가 바라는 것은 같은 사랑이라도 자기

의 온몸과 온 넋을, 있는 대로의 넋과 이성을 송두리째 꽉 쥐어주는 사랑, 자기에게 사상과 생활의 방향을 가리켜주는 그런 사랑, 노쇠해가는 자신의 피를 따스하게 해주는 그런 사랑인 것이다."

이렇게 주관이 없고 무원칙적인 여성상은 영화〈런어웨이 브라이드〉(1999년 개봉)에서도 다뤄지고 있다. 줄리아 로버츠와 리처드 기어가 주연한 영화로 세 번의 결혼식에서 도망쳤던 여성을 다룬 멜로 영화였다.

단편 작가로서 체호프는 "그저 담담하게 삶을 있는 그대로 쓴다"로 밝혔듯이, 19세기 말 러시아뿐만 아니라 어디서나 흔히 볼 수 있었던, 사랑과 사랑의 대상에 모든 것을 걸었던 여인상을 그려냈다고 할 수 있다. 어렸을 때는 아버지와 숙모, 프랑스어 선생을, 젊은 시절에는 남편을, 나이 들어서는 사샤를 사랑하며 자신의 주관까지도 사랑하는 사람의 생각에 온전히 맞추는 올렌카의 모습은, 여자들에게 삼종지도(三從之道), 즉 어려서는 아버지께 순종을, 결혼해서는 남편에게 순종하기를, 남편이 죽은 후에는 아들을 따르는 도리를 가르쳤던 우리네 과거와 그리 다르게 보이지 않는다.

휴가지에서의 뻔한 불륜에서 진정한 사랑으로
―『개를 데리고 다니는 여인』

반면 『개를 데리고 다니는 여인』은 휴양지 얄타에서 만난 남녀의 사랑을 그린 단편이다. 체호프는 1897년 3월에 폐결핵이 악화되어 각혈을 하게 되고, 크림반도의 얄타로 거처를 옮겨 요양생활을 시작한다. 얄타에서 요양을 하면서 체호프는 고리키(1868~1936)나 부닌(1870~1953) 등

알타의 '개를 데리고 다니는 여인'과 체호프 동상.

신진작가들과 만남을 가졌으며, 톨스토이의 병문안을 받았다. 이 작품은 알타에서 쓰였기에, 체호프의 알타 생활 경험과 작가의 아내 올가 크니페르와의 사랑이 접목되었다는 의견이 있다.

이 작품이 남녀의 불륜을 소재로 한 것이기에, "러시아에는 구로프들이 너무나 많다"라고 R. I. 세멘트콥스키는 말했지만, V. V. 나보코프는 『개를 데리고 다니는 여인』을 "세계문학사에서 가장 위대한 작품들 중의 하나"로 평가했다.

이 작품의 제목은 '개를 데리고 다니는 여인'이지만, 화자도 남주인

1902년 얄타에서의 체호프와 고리키.

1899년 얄타의 체호프 저택.
이 집에서 체호프는 말년을 보냈으며,
『개를 데리고 다니는 여인』 등을 집필했다.

공 구로프이며, 관점도 구로프의 시선이다. 구로프는 얄타에 온 지 두 주일 정도 되었으며, 아직 마흔도 되지 않았는데 열두 살 난 딸 하나와 중학교에 다니는 두 아들이 있었다. 대학 2학년 때 결혼했지만, 지금은 아내가 한 배 반이나 늙어 보였다. 구로프는 아내를 "깊이가 없고 생각이 얕은 시골뜨기 여자라고 생각하고 갑갑하게 여겨 집에 붙어 있지 않았다." 따로 여자를 데리고 살기 시작한 것도 상당히 오래전 일이며, 더욱이 몇 차례나 거듭되고 있었다. "저급한 인종"이라고 여자를 말하지만 이 '저급한 인종' 없이는 단 이틀도 살지 못할 형편인 사람이었다.

여주인공 안나는 몸집이 작고, 금발에 베레모를 쓰고, 스피츠종의 흰 강아지를 데리고 다니는 여인으로 얄타에 온 지 닷새 되었다. "그녀의 표정이라든가 걸음걸이나 옷이나 머리 모양 등으로 미루어보아 그는 그녀가 확실한 신분의 여자로 남편이 있으며 얄타에는 처음으로 왔고, 더욱이 지금 혼자 있기에 지루하다는 사실을 알 수 있었다." 안나는 "호기심이 지독할 정도로 강했고", 스무 살 때 시집을 갔으며, 남편한테는 몸이 아프다고 하고 얄타로 온 여인이었다.

불륜 선수 구로프와
순진녀 안나의 첫 만남

두 사람 불륜의 시작을 알리는 얄타에서의 첫 만남은 매우 인상적이다. 어떤 상황에서도 여자에게 자연스레 접근할 줄 아는 '선수' 구로프의 태도가 잘 드러나기 때문이다. '개를 데리고 다니는 여인'에게 구로프는 부드럽게 개를 불러 개가 다가오자 손가락을 세워 위협을 했다.

개가 으르렁거리자 여자가 슬쩍 그를 쳐다보더니 이내 눈을 내리깔았다. "물지는 않아요"라고 말하고 얼굴을 붉혔다. 구로프는 "뼈를 주어도 괜찮을까요?"라고 물으며 대화를 무리 없이 끌어낸다. 자신에게 적의를 드러낸 개의 주인인 여자가 먼저 미안함을 가지게 함으로써 자신에 대한 경계심을 없애는 '꾼'다운 면모를 보인 것이다.

이 첫 만남에서 안나는 구로프가 모스크바 사람으로 "대학은 문과"를 나왔으나 "현재 은행에서 근무"하고 있고, "언젠가 민간 오페라단에서 노래 연습생"이 된 적도 있으나 도중에 그만두었다는 것과 "모스크바에 집 두 채가 있다는 것"을 알게 된다. 자신이 재력도 있고 직업도 탄탄하며 예술적 소질도 있는 인텔리라는 것을 은근하게 모두 밝힌 것이다. 구로프는 보통의 여자라면 흔히 호감을 가질 '밑밥'을 던진 것이다. 이런 상황에서 여자는 "날은 빨리 지나가지만 그러나 이곳은 정말 지루하군요!"라고 말하며 얄타에 한 달 정도 더 머물 예정임을 밝힌다. 물론 "남편도 기분 전환을 하고 싶어 뒤따라올 것"이라며 구로프를 경계하는 말을 하는 것도 잊지 않는다.

『개를 데리고 다니는 여인』의 삽화.

그럼에도 불구하고 구로프는 '개를 데리고 다니는 여인'과의 첫 만남 이후 호텔로 돌아와 "내일도 아마 그 여인은 우연히 자기와 만나게 될 것이라고 생각했다. 그렇게 되지 않는다면 오히려 이상하다. 침대로 들어가면서 그는 문득 그 여인이 바로 얼마 전까지만 해도 아직 여학생으로 자기 딸이 지금 배우고 있는 것과 같은 것을 배우고 있었을 것이라고 새삼스레 "생각"하게 되고, "그 여인이 틀림없이 난생 처음 어떤 종류의 속셈이 깔린 환경에 홀로 놓인 것임에 틀림없다"라고 생각했다. 구로프는 "약해 보이는 목덜미나 아름다운 회색 눈동자"를 떠올리면서 "그 여인에게는 뭔가 애틋한 데가 있어"라고 생각했다. 구로프는 바람둥이의 정석대로 휴가지에서 시작될 그녀와의 뻔한 불륜을 예측한 것이다.

그리고 구로프의 예측대로 그녀를 알게 된 지 일주일 후 "그는 갑자기 그녀를 껴안고 입술에 키스"를 했으며, 그녀의 방에서 관계를 맺는다. "그녀의 방은 일본인 가게에서 사온 향수 냄새가 풍기고 있었고 구로프는 그녀를 쳐다보면서 참으로 여러 여자를 만나는군! 하고 생각했다." 이 대목에서 구로프는 추억의 여인들을 떠올린다. "사랑하여 기쁨을 느껴 비록 잠시 동안의 행복일망정 그것을 준 상대방에게 감사를 아끼지 않는, 태평스럽고 선량한 여자. 그의 아내처럼 사랑하는 태도가 도무지 실감이 나지 않고 잔소리만 잔뜩 늘어놓으며 잘난 척하고 신경질적인 주제에 '이건 정말 의미심장한 것이에요' 하고 말할 듯한 표정을 짓는 여자. 굉장한 미인으로 냉정하면서도 때로는 인생이 줄 수 있는 범위를 훨씬 넘어서 더욱 많이 소유하고 싶다는 그런 외고집의 욕망과 욕심꾸러기 같은 표정의 여자"들을 그동안 만났으며, 구로프는 "그녀들의 아름다움에 오히려 싫증이 나고 그녀들의 속옷의 레이스 장식까지도 왠지 생선 비늘 같은 기분이 들었다"

라고 회상한다.

　하지만 그와의 관계 후 안나는 "옛날 그림에서의 죄 많은 여인과 꼭 닮아" 있었고, "지금 당신은 처음으로 저를 존중해주지 않는 사람이에요"라며 볼멘소리를 한다. 그런데도 구로프는 아무렇지도 않은 듯이 천연덕스럽게 "방 안 테이블에 놓인 수박을 잘라서 천천히 먹기 시작했다." 그에게는 그녀와의 첫 관계가 과거 그가 저질렀던 불륜의 반복일 뿐이었기 때문이다.

구로프가 중년에 깨달은
참 사랑

　그런데 이런 상황은 모스크바로 돌아온 후 변하기 시작한다. 구로프는 "한 달이 지나고 겨울이 닥쳐와도 안나와 헤어진 것이 바로 어제 있었던 일처럼 모든 것이 기억 속에 생생히 남아" 있었고, "마치 그림자처럼 안나가 지켜보고 있는 것만 같았다." 결국 구로프는 안나가 있는 S시로 찾아가게 되고, 남편과 함께 연극 〈게이샤〉 초연을 보러 온 안나를 만나 모스크바에서 다시 만날 약속을 하게 된다. 구로프는 얄타 정거장에서 안나를 배웅하고 나서 "이로써 모든 일이 끝났다. 이제 두 번 다시 만나는 일은 없을 것이라고 마음속으로 중얼거렸던 일을 회상하고 '그것이 마지막이 되려면 아직도 얼마나 먼 것일까?'라고 생각한다." 뻔한 불륜으로 끝났어야 할 관계가 안 보고는 못 배기는 사랑의 관계가 된 것이다.

　이후 두 사람은 "두 달이나 석 달에 한 번" 안나가 모스크바로 와서 구로프를 만난다. 구로프에게는 "공공연한 생활-조건부의 진실과 조건부의 허위로 가득 찬 생활"과 "은밀한 생활-우연한 운명에 의해 그의 생활의 핵심을 이루고 있는 남의 눈을 피해 행해지는 생활"이 계속된다. 구로프와 안나는 "마치 한 쌍의 철새가 잡혀 각각 다른 새장에서 길러지고 있는 것과 같았다." 구로프는 "겨우 지금에 와서, 머리가 희어지기 시작한 지금에 와서 그는 보람 있는 참다운 사랑을 한 것이다." 그것도 "난생 처음"이라고 고백하고 있다.

"두 사람은 모두 여행의 종말까지는 아직도 매우 멀다는 것과 가장 복잡하고 곤란한 길이 이제 겨우 시작되었다는 것을 뚜렷이 느끼고 있었던 것이다"로 작품은 끝을 맺는다. 두 사람의 사랑의 여정이 어떻게 끝날지는 알 수 없지만 그 길이 간단치 않을 것이라는 사실은 짐작할 수 있다. 휴가지에서의 뻔한 불륜이 두 사람 모두 예측하지 못한 진

체호프와 그의 아내 올가 크니페르(1901년).

정한 사랑이 된 것이다. 그것도 "머리가 희어지기 시작한 지금"에 와서 말이다. 그것은 독신으로 지내다 말년에 올가 크니페르를 만나 사랑에 빠졌던 체호프 자신의 이야기이기도 했다.

체호프는 1898년 9월 『갈매기』를 낭독할 때 모스크바예술극장의 유명 배우였던 올가 크니페르를 만나게 된다. 체호프가 38세, 올가는 30세였다. 그 후 올가는 체호프가 죽기까지(1904년) 6년 동안 여배우와 극작가, 연인, 아내와 남편, 간병인과 환자로 관계 발전하며 체호프의 마지막을 함께했다. 체호프와 올가는 1899년부터 1904년까지 결혼(1901년) 후에도 거의 따로 살았지만 800통의 편지를 주고받은 것으로 유명하다. 이 편지들에는 『바냐 아저씨』(1899년 10월)에서 『세 자매』(1901년), 『벚꽃 동산』(1904년 4월 공연)까지 과정이 잘 드러나 있을 뿐만 아니라, 1902년의 올가의 유산, 발병, 완쾌와 체호프가 사할린에서 돌아온 후 병에 걸릴 때까지의 상황, 집필 과정, 사회상 등이 잘 서술되어 있어 체호프 연구에 큰 자료로 활용되고 있다. 이 편지 왕래는 1904년 체호프가 올가와 함께 독일로 가기 전까지 계속되었고 1904년 7월 2일 체호프는 독일에서 사망하게 된다.

체호프의 마지막 희곡
─『벚꽃 동산』

1904년 모스크바예술극장의 '벚꽃 동산' 공연 장면.

　'미묘하다. 모호하다. 비밀스럽다. 수수께끼 같다'라는 평가를 받는 체호프의 희곡에 대해 이태리 연출가 스트렐러는 "체호프의 작품은 첫 번째 뚜껑을 열고 나서 다음에 무엇이 나올지 기대하게 하는 '중국의 보물함' 같다"라고 말했다. 또한 메이예르홀드는 "차이콥스키의 교향 곡처럼 추상적"이라고 했으며, 러시아 연출가 에프로스는 "저마다 자 신만의 체호프가 있다"라고 평했다. 반면, 문학 평론가 미르스키는 "체호프의 희곡 속에는 주제도, 플롯도, 행동도 없다. 체호프의 희곡들은 단지 '피상적인 디테일'로 구성되어 있다. 실제로 그의 희곡들은 세계에서 가장 비(非)극적이다"라고 극단적으로 말했다.

이러한 여러 평가들이 모두 적용될 수 있는 희곡이 바로 체호프의 〈벚꽃 동산〉일 것이다. 1901년 구상하여 1903년 9월 26일에 완성한 이 작품은 체호프가 죽기 1년 전 작품으로 그의 마지막 희곡이다. 1904년 1월 17일 모스크바예술극장에서 초연하였으며, 스타니슬랍스키와 네미로비치-단첸코가 감독을 맡았고, 시모프가 미술을 담당하였다. 체호프는 이 작품 외에 10편의 단막극, 7편의 장막극을 합쳐 모두 17편의 희곡을 남겼다.

이 작품은 희극(코미디)으로 시작하였으나 말미에는 희비극의 성격을 띠는데, 체호프는 자신의 희곡이 매우 우습고 즐겁고 경쾌하며 부분적으로는 심지어 소극이기도 한 코미디라고 항변하였다. 작품에서는 모든 조화가 상실되는 것이 특징적인데, 그런 양상은 어린이가 없는 집에 있는 어린이 방, 벚꽃이 피는 5월에 내리는 서리, 서커스장에서 일했지만 가정교사가 된 샤를로타, 가르치던 아이가 죽었는데도 계속 주인집에 남아 있는 만년 대학생 트로피모프, 하인이면서도 지주와 똑같이 행동하는 야샤, 귀족아씨인 양 허약한 척하며 자주 쓰러지는 하녀 두나샤, 돈이 없는 것을 뻔히 알면서도 류보비에게 돈을 빌려달라고 하는 지주 피시치크 등 현실과 인물들의 부조화 등에서도 드러난다.

이 작품에서는 특히 '체호프적 대화'가 그 절정을 보여준다. 체호프적 대화의 특징은 '대답 없는 대화'와 '독백 같은 대화'가 특징적이다. 등장인물 간에는 묻고 대답하고 서로 주고받는 대화로 이어지지 않고

'농아(聾兒)들의 대화'처럼 서로의 말을 듣지 않고 각자의 말만 하는 독백에 가깝다. 이런 대화는 등장인물들의 대화에서뿐만 아니라, 관계에서도 드러나는데, 특히 아냐와 트로피모프, 바랴와 로파힌의 관계도 대답 없는 대화로 볼 수 있다. 이는 누구나 살고자 하는 삶을 살지 못하는 현실. 고립, 단절 등의 모습을 반영한다. 이로써 대화가 인물들 간의 소통의 도구가 되지 못한다는 것을 말해준다.

이 작품에서는 '휴지(Pause)'가 자주 등장하는 것도 특징으로 꼽힌다. '휴지'는 두 가지 유형이 있는데, 하나는 한 인물의 대사 중간에 삽입되는 경우이며, 다른 하나는 한 인물과 다른 인물의 대사 사이에 삽입되는 경우이다. 한 인물의 대사 중간에 삽입되는 경우에는 전환이나 확장을 유도하는 것처럼 보인다. 두 번씩 무대가 텅 비는 장면도 존재하는데, 이 작품 전체에서 '휴지'는 32번이나 등장한다.

작품의 제목이기도 한 '벚꽃 동산'을 둘러싼 다음의 대화를 보면 세대 간, 계층 간 벚꽃 동산을 보는 관점이 얼마나 차이가 나는지 극명해진다.

로파힌: 벚꽃 동산과 강가 땅을 별장 용도로 분할해서 임대한다면, 1년에 적어도 2만 5천 루블을 벌 수 있습니다. 아무 쓸모없는 이 집을 비롯한 낡은 건물들은 모두 철거해버리고 시대에 뒤떨어진 벚꽃 동산도 벌목해야겠지요….

류보비: 이 지방에 뭔가 흥미로운, 아니 멋진 것이 있다면 그건 오직 우리 벚꽃 동산뿐이랍니다.

로파힌: 버찌는 2년에 한 번밖에 열리지 않고 게다가 그것을 팔 곳도 없지 않습니까.

가예프: 이 동산은 〈백과사전〉에도 실려 있다고.

피르스: 40~50년 전에는 버찌를 말리기도 하고 절이기도 하고 담그기도
하고 잼으로 만들기도 하고 그랬습니다…. (…) 모스크바나 하리코
프로 보냈는데, 돈도 많이 벌었습니다! 그때 말린 버찌는 부드럽
고 달콤하고 향기로웠는데…. (…) 그 방법을 기억하는 사람은 아
무도 없습니다.

가예프 역의 스타니슬랍스키.

농노의 아들이었다가 성공해서 결
국 벚꽃 동산을 사들이게 되는 로파힌
은 '쓸모없는' 집을 비롯해 '벚꽃 동산
을 벌목'해서 '별장 용도로 분할'해야
한다고 말하고, 과거의 영화에 대한 기
억에 빠져 현실감 제로인 류보비와 가
예프는 백과사전에도 실린 '벚꽃 동산'
이 이 지방의 자랑이라고만 떠든다. 농
노해방을 불행이라고 생각하는 충직
한 하인 '피르스'는 벚꽃 동산의 과거
효용성에 대해 언급하지만, '그 방법을
기억하는 사람은 아무도 없다'고 쓸쓸히 말한다. 이젠 경제적 효용 가
치 없는 버찌를 생산해내는 벚꽃 동산은 베어질 운명인 것이다.

"어떤 병에 치료 방법이 많다고 한다면 그건 그 병이 불치병이라는
걸 의미하지"라는 가예프의 말처럼 쓰러져가는 러시아 귀족사회를 치
료할 방법은 많으면서도 없었던 것이다. "우리 러시아에는 일하는 사
람이 너무도 적습니다. 내가 아는 대부분의 인텔리들은 아무것도 탐구

하지 않고 아무 일도 하지 않으며, 또 그럴 능력조차 없습니다"라는 만년 대학생 트로피모프의 대사나, "당신들처럼 경솔하고 비현실적이고 기이한 사람들은 처음 봤습니다"라는 로파힌의 말처럼, 과거의 영화만을 추억하는 벚꽃 동산의 주인들인 류보비, 가예프 등은 속수무책으로 "머리 위로 건물이 무너져 내리길 기다리고" 있는 것이다.

그래서 많은 비평가들은 이 작품의 말미에 도끼질로 벚꽃 동산이 베어지는 것이 귀족의 둥지가 붕괴되고, 류보비와 가예프의 러시아가 사라져간다는 것을 의미한다고 보며 '벚꽃 동산'이 러시아 귀족사회 전체를 상징한다고 간주한다. 그것은 작품의 주인공이 인물이 아닌 '벚꽃 동산'이라고 보기도 하는 이유이다.

04

페레델키노 파스테르나크 박물관

파스테르나크가 말년을 보낸 작가 마을의 별장

예술이란 집으로 돌아가는 것, 자신에게로 돌아가는 것이다.

– 보리스 파스테르나크

파스테르나크 박물관의 겨울 풍경.

파스테르나크의 별장 박물관을 같이 갔던 일행 중 한 명이 "이런 집에서 살면 시가 안 나올 수가 없겠네요"라고 말하자 박물관 관장 I. A. 예리사노바(Ерисанова)는 "우리의 시는 텃밭입니다"라고 말했다. 파스테르나크도 생전에 텃밭을 아주 좋아했으며 장화를 신고 삽을 들고 손수 가꾸었다고 한다.

러시아의 작가 박물관들은 주변이 항상 인상적이다. 특히 도시에 있는 저택-박물관들은 보통 건물만 있는 경우가 많지만(뜰이 포함되어 있는 모스크바의 톨스토이 박물관을 제외하고), 모스크바 시외나 개별 영지에 있는 저택 박물관들은 항상 정원이나 뜰이 넓게 펼쳐져 있어 방문객들에게 바쁜 일정 속에서도 뜰을 지나 걸어 들어갈 수밖에 없는 강제된 여유를 선사한다.

파스테르나크 생전 페레델키노 별장의 모습.

텃밭에서 장화를 신고 직접 삽을 든
파스테르나크.

페레델키노 작가 마을에 있는 파스테르나크의 별장 박물관도 마찬가지이다. 페레델키노 작가 마을에 위치한 다차(러시아식 여름 별장-필자)였던 파스테르나크 별장 박물관을 가려면 한적한 러시아 시골길을 걸어서 한참을 가야 한다. 이 집에서 보리스 파스테르나크는 1936년부터 1960년까지 거주하였다. 그가 죽은 후 이 집에 파스테르나크를 기념하는 비공식 박물관이 건립되었고

1990년에서야 파스테르나크의 친지들과 친구들의 발의로 국립문학박물관으로 승격되었다.

파스테르나크 별장 옆에는 '작가 마을'이라는 별칭답게 러시아 최고의 아동문학작가 코르네이 추콥스키, 알렉산드르 파데예프, 니콜라이 레오노프, 알렉산드르 아피노게노프 등 여러 작가들의 집이 위치해 있다. 보리스 파스테르나크는 아버지에게 보낸 편지에서 "이것은 바로 평생을 꿈꾸었던 바입니다. 풍경, 자유로움, 편리함, 평안함, 실용성 등의 면에서 이것이 바로… 시적인 분위기입니다"라고 말했다.

이 집에서 보리스 파스테르나크는 연작시 '페레델키노'와 '아침 기차에서', '겨울 광야' 등을 집필하였으며, 셰익스피어의 희곡 『햄릿』과 『로미오와 줄리엣』, 괴테의 『파우스트』를 번역하였다. 그러면서 『의사 지바고』 집필에 매달렸다. 그는 또한 노벨 문학상 수상 소식도 이 집에

서 들었으며 마지막 순간도 이 집에서 맞이한다.

파스테르나크의 집에는 러시아의 여류 시인 안나 아흐마토바와 코르네이 추콥스키, 프세볼로트 이바노프, 콘스탄틴 페딘, 올가 베르골츠, 바를람 샬라모프, 안드레이 보즈네센스키, 예브게니 옙투센코 등이 드나들었으며 교류를 나누었다. 저녁이면 작은 음악회도 열리곤 했는데 알렉산드르 스크랴빈, 세르게이 라흐마니노프와 피아니스트 겐리흐와 스타니슬라프 네이가우스, 마리야 유디나 등이 참여하였다.

그러나 츠베타예바가 "파스테르나크는 행복한 삶을 살 운명이 아니

창으로 텃밭을 바라보고 있는 파스테르나크.
파스테르나크는 "별장 창으로 보는 삶이 기차 창문에서
보는 것보다 훨씬 더 낫고 더 완벽하다"라고 자주 말하였다.

아버지 레오니드 파스테르나크가 그린
1910년의 작가 파스테르나크.

다. 행복한 사랑을 할 운명이…"라고 말했듯이, 작가로서와 한 인간으로서 파스테르나크의 삶은 행복했다고 말할 수는 없을 것 같다. 그는 격동의 시기인 1890년 모스크바의 인텔리 유대인 가정에서 태어났다. 아버지는 '이동파' 화가로 톨스토이의 『부활』, 『전쟁과 평화』의 삽화를 그렸고, 어머니는 피아니스트였는데, 그 유명한 안톤 루빈시테인의 제자였다. 파스테르나크도 진지하게 음악 공부를 해서 스크랴빈 밑에서 6년을 공부하기도 하고 1908년 모스크바대학 법학부에 입학한 후에도 동시에 음악원 프로그램에 맞춘 작곡 과정을 병행하기도 했었다. 1909년에는 스크랴빈의 조언에 따라 법학부에서 역사 · 철학부로 과를 옮겼다.

그러나 1912년 파스테르나크는 시인이 되기로 결심하고 4월 동인지 『서정시』에 최초로 시를 게재해 등단한다. 그는 모스크바대학에서 역사 · 철학부를 졸업한 후에도 시 창작을 활발히 하였고, 1914년 블라디미르 마야콥스키를 만나면서 러시아 미래주의파에서 활발히 활동한다. 이후 『나의 누이, 나의 삶』 등의 시집을 발표하고 예술좌익전선(레프)에도 참여하지만 파스테르나크는 레프의 예술은 "예술이 아니라 기술"에 불과하다고 비판하며 결별하게 된다.

1924년 5월, 모스크바에서.
왼쪽에서 두 번째가 파스테르나크이고, 왼쪽 세 번째가 에이젠시테인.
오른쪽 세 번째 키 큰 사람이 마야콥스키이다.

그가 페레델키노에 이사했던 때는 1936년으로 관제 언론으로부터 '시대에 상응하지 않는 세계관'을 가진 작가라며 비판이 거세졌던 시기였다. 파스테르나크는 공식문학계와 거리를 두고자 별장이 있던 페레델키노로 이주하여 번역에 몰두한다. 1938년 48세였던 파스테르나크는 당과 작가동맹에서 제명당하게 되고, 1946년에는 작가동맹의 특별 심사를 통해 비판받기도 하였다. 이런 파란과 비난의 시기를 거치면서 파스테르나크에게 페레델키노의 별장은 도피처이자 휴식처이고 작업의 공간이었던 셈이다. 1958년 파스테르나크는 작가에게 최고의 영예

파스테르나크의 데스마스크.

파스테르나크 묘.

인 노벨 문학상 수상 소식을 접하게 되지만, 소련에서의 추방을 두려워해서 노벨상 수상을 거부할 수밖에 없었다. 그 후 파스테르나크는 폐암 병세가 더욱 악화되고 건강도 최악으로 치닫게 되고, 1960년 폐암으로 사망한다.

작가가 사망한 후 이 집은 그를 기억하는 장소가 되었다. 파스테르나크의 친척들과 지인들, 친구들은 자주 작가의 미망인을 방문하였고 파스테르나크 작품을 좋아하는 독자들이 계속 이 집을 찾아오게 되었다. 이 집은 문학재단 소유였기에 파스테르나크의 미망인이 죽은 후에 그 소유권이 다시 문학재단으로 돌아간다. 1984년 이 건물은 문학재단에 의해 작가 친기스 아이트마토프(1928~2008)에게 양도되지만 그는 파스테르나크를 기념하기 위해 이 집을 포기한다.

그리고 1980년대 중반 작가들의 발의로 페레델키노에 파스테르나크 별장 박물관을 세우자는 의견이 모아진다. 그리고 1985년 미하일 고르바초프는 베니아민 카베린, 예브게니 옙투센코, 아르세니 타르콥스키 등이 서명한, 파스테르나크 별장박물관 건립을 발의한 공식 서한을 받게 된다. 그래서 보리스 파스테르나크 탄생 100주년인 1990년에 박물관이 개관한다. 초대 박물관장은 파스테르나크의 조카 나탈리아 파스테르나크가 맡았으며, 그다음에는 손녀인 엘레나가 하게 되었다. 박물관은 2018년 대대적인 보수공사를 하였고 파스테르나크의 2층 서재가 주요 전시실로 탈바꿈하여 현재에 이르고 있다.

파스테르나크가 숨을 거둔 침대.

등장인물들로 본 격동의 세월
– 『의사 지바고』

1957년 이탈리아어 초판본 『의사 지바고』.

보리스 파스테르나크가 페레델키노 별장 박물관에서 1945년부터 1955년까지 집필한 『의사 지바고』는 15장과 에필로그(16장) 및 유리 지바고의 시(25편)로 구성된다. 이 작품은 산문 작가로서 파스테르나크의 예술의 절정이며 그의 유일한 장편소설이기도 하다. 장르는 역사소설, 정치소설, 연애소설, 장편 서사시 등 여러 가지로 분류될 수 있다.

시대적 배경은 러시아에서 1905년에 발생한 피의 일요일 사건과 제1차 혁명, 1914년 제1차 세계대전, 1917년 2월 혁명으로 인한 로마노프 왕조의 붕괴와 케렌스키를 수장으로 한 자유주의적 임시정부 수립, 1917년 '모든 권력을 소비에트로!'라는 기치 아래 볼셰비키 혁명으로 수립된 소비에트 정부 시절과 사회주의국가 건국 초기, 그 후 내전과 구소련 시대 초기까지를 아우른다.

"지금이 어떤 시기인가 한번 생각해봐요! 당신과 나는 이런 시대에

파스테르나크가 『의사 지바고』를 집필한 책상.

살고 있으니! 긴긴 세기 중에서 한 번 일어날까 말까 한 가공할 일들이 일어나고 있는 거요. 생각해봐요, 러시아 전체가 지붕을 찢어 없애고 벌판으로 나온 걸 말이오…"라는 대목에서도 알 수 있듯이 아무 방패막이도 지붕도 없는 허허벌판에서 역사의 거센 광풍을 온몸으로 맞은 주인공들의 삶이 낱낱이 해체되는 과정이 작품 속에서 그대로 파헤쳐진다.

　『의사 지바고』의 작품 속 인물들을 살펴보자. 우선 주인공 지바고(유리 지바고)는 러시아 혁명을 받아들이기는 하지만 정식화된 사상을 거부하며 삶(생명)에 대한 환희와, 자연에 대한 사랑, 인간의 덕성과 미의 숭고함에 대한 믿음을 가진 인물이다. 그의 이름 '지바고(Живаго)'는 러시아어 '지보이(живой: 살아 있는, 생명이 있는)'에서 유래한 것이다. 외견상 나약한 잉여인간으로 보일 수도 있지만 영혼의 독립성과 자연과 인간의 조화로움,

영원한 사랑을 지키고자 하는 인물이다. 또한 전체로서의 인간이 아닌 자유의지를 가진 인간 개개인에 대한 존엄과, 개인의 가치를 대변하는 인물로, 작가 파스테르나크의 세계관, 종교관, 미학관을 대변하는 알터 에고(Alter Ego)이다. 대단한 가문 출신이나 어렸을 때 어머니와 아버지를 여의고 그로메코 가문에서 자라 그 집 딸 토냐와 결혼하지만 숙명의 여인 라라를 사랑하게 되고 역사의 소용돌이에 휘말려 만남과 헤어짐을 반복하다가 길거리에서 덧없이 죽는다.

여주인공 라라(라리사 안티포바)는 소설 속에서 '가장 순수한 영혼'으로 표현된다. 지바고에게 창작의 영감과 삶의 평온함을 주는 뮤즈이자 어머니-대지의 이미지로 묘사된다. 또한 변화무쌍하며 예측 불가능하며 굴곡진 역사의 러시아를 상징하기도 한다. 지바고에게 그녀는 "다른 세계에서 온 소녀"였다가, 사범학교 여학생이었다가, 교사였다가, 간호사였다가, 연인이었다가, 뮤즈였다가 어머니였다. 작품 속에서 라라는 '산마가목'으로 표현되기도 하는데, 그 대목을 인용하면 다음과 같다. "저 멀리 펼쳐져 있는 이 광막함이 러시아인 것이다. 바다 저편까지 이름을 떨쳤던 비할 데 없이 거룩한 어머니이신 러시아, 수난자이며 고집쟁이이며 미치광이이며, 결코 예언할 수 없는 대담한 파멸의 위험이 도사린 모험에 뛰어들지 않고는 못 배기는 그러면서도 장난스럽고 못 견디게 사랑스러운 러시아인 것이다! 바로 이것이야말로 라라인 것이다." 라라는 격동의 세월을 살다가 구소련의 어느 수용소에서 죽었다고 전해진다.

라라의 원형이 된 여인이 파스테르나크가 1946년에 만난 올가 이빈스카야이다. 두 번 결혼했던 파스테르나크는 말년에 편집인, 번역가, 여류 작가였던 올가와 사랑에 빠지고 그녀에게 『의사 지바고』 속 많은 시들을 헌정했다. 파스테르나크는 『의사 지바고』의 해외 출판 저작권료의 일부를 올가 이빈스카야에게 넘기기도 해서 나중에 소송에 휘말리기도 하지만 어쨌든 올가 이빈스카야는 파스테르나크의 최후의 사랑이자 뮤즈였다는 사실에는 반박의 여지가 없다.

라라의 원형이었던 파스테르나크의 연인 올가 이빈스카야(1912~1995).

『의사 지바고』에서 가장 흥미로운 인물들 중 한 명은 코마롭스키이다. 그는 지바고와 라라 인생의 교차점들마다 위치하며 둘의 인생에 치명적인 영향을 미친다. 변호사 코마롭스키는 작품 초입에 기차 안에서 불안정한 정신 상태의 지바고 아버지를 기차에서 뛰어내리게 몰아간 자이며, 라라 어머니의 정부(情夫)였음에도 불구하고 라라를 유혹해 육체적 관계를 맺고 그 사실을 알게 된 라라 어머니 기샤르 부인이 자살 시도를 하게 만든다. 그날에 의학도였던 지바고는 라라 어머니의 치료를 돕게 되고 라라를 처음 만난다. 라라는 지바고와 토냐가 참석했던 크리스마스 파티에서 코마롭스키에게 총을 겨누지만 빗나가는데, 지바고와 라라의 두 번째 만남도 코마롭스키와 연관되는 것이다. 라라는 파샤와의 결혼식 전야에 코마롭스키와의 과거를 파샤에게 고백하는데, 둘의 부부관계가 깊은 고랑을 사이에 두게 되는 계기가 되고 파샤는 라라와 어린 딸을 두고 결국 전선으로 떠난다. 시대를 잘 파악하고 변신하는 코마롭스키는 혁명 정부에서도 승승장구하는데, 마지막 부분에서 지바고와 함께 있는 라라를 찾아와 극동으로 피신시킨다며 갈라놓는 것도 그였다. 코마롭스키라는 이름은 '코마르(모기)'가 연상되는데, 그는 남의 피를 빨아먹는 모기처럼 끝까지 냉혈한에 비열한으로 묘사된다.

라라의 남편 파벨 안티포프(파샤, 스트렐리니코프)는 노동자의 아들로 '도덕적 결벽성과 공정성, 열렬하고 고결한 심성'을 가진 '의지의 화신'으로 등장한다. 그는 라라를 사랑하지만 코마롭스키와의 과거를 알고 난 후(後)와 전(前)이 완전히 변하는 인물이다. 개인적인 모욕을 불러일으킨 왜곡된 사회의 심판자가 되고자 한 인물로서, 사상의 도그마에 빠져 삶의 소중함과 사랑을 깨닫지 못하여 결국 비극적인 죽음을 맞이하게 된다. "스트렐니코프는 어렸을 때부터 가장 높고 밝은 것을 동경해왔다. 그는 인생을 거대한 경기장으로 여기고, 거기서 사람들은 엄격히 규칙을 준수하면서 완벽하게 성취하려는 시합을 벌이고 있다고 생각했다. 현실이 딱히 그렇지만은 않다는 것이 드러났을 때도 그는 자기가 세계 질서를 단순화시키는 잘못을 저지르고 있다고는 생각하지 않았다"는 대목에서 그의 사상성과 경향성을 드러내준다. "피의 바다가 한 사람 한 사람에게 다가와서는 전쟁 밖에 앉아 있는 자들도 삼켜버릴 거야"라고 언급되듯이 그는 격동의 시대에서 "혁명이라는 선로를 벗어난 기차"에 탔으나 결국 자살로 파국을 맞는다.

지바고의 아내 안토니나 알렉산드로브나 그로메코(토냐)는 열 살 때 지바고의 아버지가 죽자 그를 입양한 그로메코 가문의 딸로 지바고를 사랑하여 결혼하지만 결국 지바고의 아이들과 함께 파리로 추방된다.

『의사 지바고』에 대해서, 드미트리 비코프는 "파스테르나크의 자전적 소설인데, 그가 현실적으로 겪은 실재 삶이 아니라 그가 마주하고 싶었던 삶의 이야기다. 유리 지바고는 러시아 그리스도교의 구현자이며 희생성과 관대함의 상징이다. 라라의 이미지는 너무나 교활한 일상을 가진 삶에 적응하지 못하고 영원히 방황하는 운명적 나라인 러시아가 연상된다"라고 말하였다.

여러 인물들을 대비시키며 파스테르나크가 『의사 지바고』에서 하고 싶었던 말은, "인간이란 살아가기 위해서 태어나는 것이지, 삶을 준비하기 위해서 태어나는 것"이 아니며, "삶 그 자체나, 삶이라는 현상, 또 삶의 은총은 정말 진지한 것"이라는 말하고 싶었던 것 같다.

"역사는 누구에 의해서도 만들어지는 것이 아니다. 풀이 자라는 것을 볼 수 없듯이 그것 역시 눈에 보이지 않는다"는 말에서처럼 그들이 살아가서 후대에 결국 '역사'라고 불릴 보이지 않는 역사를 구성하는 개개인들의 삶 말이다. 파스테르나크는 사람이 시대에 복무하는 것이 아니라, 시대가 사람이 가장 큰 표현성과 자유를 가지고 자신을 실현하도록 전개된다는 결론에 이르도록 독자를 이끌어간다.

이 작품은 전통적 리얼리즘 소설 작법에서 벗어나 인물 묘사가 약화되어 있으며 사건의 우연성이 극대화되어 있다는 평가를 받기도 한다. 반면, '소설로 쓴 시'라고 표현될 정도로 이런 지나친 우연의 남발은 '고의적인' 시적 기법으로 인정받기도 한다. 에필로그에 포함된 지바고의 시 중에서 다음의 시를 감상해보면 파스테르나크의 번뇌와 감성이 느껴지며 그 시대가 온전히 전해진다.

햄릿

소요가 멎는다. 난 무대 위로 나선다.
문설주에 기댄 채
멀리 들리는 소리에 귀 기울이다.
나의 생애에 무엇이 일어나고 있을까.

밤의 어둠이 나를 향해
수천의 쌍안경을 눈알처럼 응시한다.
제발, 하나님 아버지 나의 곁에서
부디 이 술잔을 가져가 주소서.

나는 당신의 꿋꿋한 뜻을 사랑하며
맡겨진 이 역할들을 기꺼이 수락합니다.
그러나 지금 다른 연극이 상연되고 있으니
이번만은 나를 그대로 있게 하소서.

하지만 연극의 순서는 이미 정해진 것
마지막 길은 피할 수 없다.
나는 외롭다, 세상엔 득실거리는 바리새 사람들뿐
산다는 것은 들판을 지나듯 되지는 않는다.

파스테르나크는 "예술이란 집으로 돌아가는 것, 자신으로 돌아가는 것"이라고 말했는데, 그 격동의 세월 속에서 계속 작품 활동을 하며 자신에게로, 잃어버린 집으로 돌아가려고 했던 것은 아닌지…. 그리고 "창작을 통해 죽음을 넘어서 불멸"로 가려 했던 것은 아닌지….
『의사 지바고』로 남겨진 그의 유한한 삶이 그 답을 말해주고 있다.

영광인가 독인가
– 파스테르나크와 노벨 문학상

파스테르나크는 1946년 가을 영국 문학가들에 의해 노벨상 수상자로 처음으로 추천되었다. 그러나 이 시기 구소련에서는 공공연히 작가에 대한 탄압이 자행되었고, 그의 책을 파기하기까지 이른다. 그 후 1954년 또다시 노벨상 수상이 거론되었으나, 구소련 정부는 숄로호프를 추천하면서 파스테르나크를 수상 대상자로 인정하지 않는다. 그리고 1956년 파스테르나크는 『의사 지바고』의 집필을 끝내고 원고를 『신세계』지와 『깃발』에 보냈으나 거부당하였고, 이 시기에 이탈리아 밀라노의 출판인 펠트리넬리에게 원고가 들어가게 된다.

이런 첩보를 받은 구소련 당국은 1957년 소비에트 당 중앙위원회로 파스테르나크를 호출하여 이탈리아에서 소설 출판을 중지할 것을 요구하였다. 1957년 소련 당국은 『의사 지바고』의 소련 내 출판 금지는 물론, 이탈리아 출판업자에게도 출판 중지를 요청하였고, 작가동맹 위원장 수리코프가 중재에 나섰지만, 결국 이탈리아에서 11월 15일 출간되고 각국 언어로 번역되어 세상에 퍼진다.

『의사 지바고』의 인기는 대단했고, 1958년 10월 23일 파스테르나크에게 '현대 서정시에서 보인 뛰어난 업적과 위대란 러시아 산문소설의 전통을 계승'한 점이 인정되어 노벨 문학상 수상이 결정된다. 파스테르나크는 처음에 노벨상 수상을 수락하였는데, 그 기쁨은 아래의 사진에서도 확인할 수 있다.

1958년 10월 23일에 파스테르나크의 노벨상 수상이 발표되었고, 다음 날 비서로부터 그 소식을 전해 들은 추콥스키는 손녀딸 류샤와 함께 같은 동네에 살던 파스테르나크에게로 달려간다. 추콥스키는 일기에 그날의 일을 다음과 같이 술회하였다. "나는 류샤와 함께 그(파스테르나크-필자)에게 달려가서 축하했다. 그는 행복해했고 승리감에 취해 있었으며, 밤에 프세볼로드 이바노프가 찾아와서 축하해주었다고 말했다. 나는 B. L.(보리스 레오니도비치 파스테르나크를 말한다-필자)을 껴안았고 진심으로 그에게 키스를 했다. 마침 그날은 그의 아내의 생일이었다. 나는 그녀의 건

노벨상 수상 소식을 전해 듣고 파스테르나크를 찾아간 러시아 동화작가 추콥스키(왼쪽 두 번째)와 그 손녀 류샤(맨 왼쪽). 파스테르나크(가운데 일어선 사람), 아내 지나이다(맨 오른쪽).

강을 위해 축배를 들었다. 그때서야 나는 러시아 사진작가 곁에 두 명의 외신기자가 있는 것을 알아챘다. 러시아 사진작가 알렉산드르 바실리예비치 모로조프는 외무성에서 나왔다. 그가 여러 컷의 사진을 찍었다.” 그 뒤 이 사진은 다양한 매체를 통해 세상에 알려지게 되었다.

추콥스키의 딸 리디야 추콥스카야에 따르면 아버지는 전혀 술을 마시지 않았다고 한다. 그래서 집에는 “카드도, 담배도, 술도 전혀 없었다. 무슨 날이든, 누가 오든, 어떤 경우에도 식탁에 술은 오르지 않았다”라고 회상했다. 추콥스키는 말년에 손님들을 위해서는 자신의 습관을 양보해서 술잔을 들었다고 한다. 이 사진의 경우도 마찬가지였다. 파스테르나크의 아들 예브게니도 이 사진을 회상했는데, 추콥스키는 이 사진을 그에게 전해주며, 사진 속에서 파스테르나크가 웃은 이유는, 추콥스키가 그에게 “평생을 허름한 범포 양복을 입고 다녔는데, 이제 노벨상을 타려면 연미복을 입어야 하니 연미복을 지어야겠다”라고 말했기 때문이라고 설명했다고 한다.

그러나 기쁨은 잠시였고, 구소련 당국의 반발은 너무나 거셌다. 언론에서는 “우리의 혁명과 우리의 삶에 대한 악질적인 명예훼손자의 배신적 행위에 대해 우리는 분노와 분개를 천명한다…. 우리는 파스테르나크를 소비에트의 작가로 이해하는 우리의 적들의 모든 시도를 부인한다. 그런 따위 소비에트 작가는 존재하지도 않는다!”라고 떠들어댈 정도였다. 소련 작가동맹에서도 “노벨상을 대가로 소비에트 민중과 사회주의와 평화 및 진보사업을 배신”했다고 맹비난을 하였다. 소련 당국은 파스테르나크의 시민권 박탈과 추방을 요구하고 나서기까지 한다.

결국 파스테르나크는 소련에서 추방될 것을 염려해서 노벨상 수상을 거절할 수밖에 없게 된다. 파스테르나크는 1958년 10월 31일 자로 흐루쇼프 서기장에게 "저는 제가 나고, 생활하고, 일하고 있는 러시아와는 떨어질 수 없습니다. 저는 러시아를 떠나서는 제 운명을 생각할 수 없습니다…. 조국을 떠난다는 것은 죽음보다 더한 것입니다. 저에게 이러한 가혹한 조치를 취하지 않도록 청원합니다"라는 탄원서를 보내고 그 내용은 10월 31일 밤에 모스크바 방송에서 보도된다. 파스테르나크는 구소련에서의 추방을 겨우 면하게 되었다.

그러나 1959년 영국 신문에 그의 시 〈노벨상〉이 발표되고, 이로 인해 검찰로부터 국가 변절죄로 고발되면서, 외국인과의 접촉을 금지당하게 된다. 파스테르나크는 1960년 희곡 〈눈먼 미녀〉 작업을 시작하지만, 결국 1960년 5월 30일 페레델키노의 별장에서 폐암으로 사망한다. 그의 죽음은 작가동맹 기관지 〈문학신문〉 4면 맨 아래 단 '문학기금에서'라는 난에서 "본 기금의 가입자 파스테르나크 사망"이라고 3행으로 보도되었고, 『문학과 인생』 신문에서만 발표되었다.

1959년 영국에서 발표된 '노벨상' 시는 다음과 같다.

노벨상

이젠 지쳤다. 그물에 갇힌 동물
멀리 사람들이 있다, 자유, 빛.
뒤에서 들리는 추격자들의 소란스러움.
밖으로는 빠져나갈 수가 없다…

어두운 숲, 한가운데 연못,
전나무 한 줄기 일격에 쓰러지다.
모든 길은 끊어졌다.
올 테면 오라, 상관없으니

저들에게 무슨 죄를 지었던가,
살인자? 도깨비?
내 나라의 아름다움에
온 세상을 울게 하였을 뿐.

허나 이미 죽음에 임박하여
미래의 손짓을 본다.
음험한 악의 권력이
선한 정신 앞에 가라앉음을.

개 떼들이 점점 가까워진다.
다른 잘못이 내게도 있다,
내 오른손은 이제 없다.
사랑하는 이는 여기에 없다.

밧줄은 벌써 목을 조른다.
마지막 소원을 말하리니,
나의 영혼이 흘리는 눈물을
내 오른손이 닦을 수만 있다면!

1990년에 발행된 '노벨상 수상자 파스테르나크' 기념우표.

파스테르나크는 구소련에서 1987년에서야 복권되었고, 작가동맹 산하 '파스테르나크 문학유산위원회'가 발족된 후 작가동맹 제명이 취소되었다. 그리고 1988년 『의사 지바고』가 잡지 〈신세계〉 1~4월호에 연재되었다. 1990년은 파스테르나크 탄생 100주년 행사로 '파스테르나크 기념박물관'이 개관되었고, 유네스코 지정 '파스테르나크의 해(고통받고 억압받은 예술가의 새로운 탄생 축하)'로 지정되었다. 그리고 파스테르나크가 생전에 수상을 거부했던 노벨 문학상은 1989년 첫째 아들이 대신 수상하게 된다.

05

고르키 레닌스키예 박물관

러시아 여인에게 반한 외국인 성직자에게 하사한 영지에서
레닌의 마지막 거처로

여자 친구건 동료건 하루라도 자신과 운명을 함께했던 사람이면 그 누구
도 잊지 못했다.

– 플라토노프 〈귀향〉 중에서

'고르키 레닌스키예' 저택 박물관.

레닌의 침대와 책상.

　『전쟁은 여자의 얼굴을 하지 않았다』로 2016년 노벨 문학상을 수상했던 스베틀라나 알렉시예비치는 "전쟁에 나갔던 사람들은, 평범한 시민이 진짜 군인이 되는 데 3일이면 충분했다"라고 말한다. 이 책의 증언자들 중 한 여인은 전쟁이 끝나면 하고 싶은 세 가지 일로, "배로 기지 않고 두 다리로 서서 전차 타기, 흰 빵을 사서 통째로 먹기, 빳빳하게 풀을 먹인 하얀 침대보 위에서 실컷 잠자기"를 꼽았다. 러시아 차르 체제의 엄혹한 시절, 투옥과 유형생활, 제1, 2차 러시아 혁명, 제1차 세계대전과 내전, 신경제정책을 내놓을 수밖에 없었던 혹독한 경제상황 등 온갖 파란을 겪은 레닌이 말년에 바랐던 것도 깨끗한 침대보가 깔린 작은 방과 자신만의 책들로 채워진 아담한 서재였던 것은 아니었을

지…. 고르키 레닌스키예 저택-박물관에 보존된 레닌의 소박한 침실과 서재가 화려한 인테리어로 꾸며진 저택의 홀들보다 방문객들의 마음에 작은 울림을 주는 것은 비단 나에게만 해당되는 일은 아닌 것 같다.

레닌이 말년(1923년 5월부터 1924년 1월까지)을 보낸 모스크바 근교 '고르키 레닌스키예 박물관'은 내부 인테리어가 잘 보존된, 몇 안 남은 러시아 중세 저택들 중 하나다. 그런 소개에 걸맞은 아름답고 값비싼 소장품들도, 그림 같은 주변 풍광과 어우러진 독특한 건축미도 인상적이지만, 고르키 레닌스키예를 찾는 이들의 흥미를 끄는 것은 영지 소유주들에 얽힌 이야기들이다.

'고르키'라는 지명이 처음 등장한 것은 1542~1543년 모스크바 서기부 대장에 가브릴라 스파시텔레프의 영지라고 기입된 것이라고 한다. 스파시텔레프 가문은 약 250년 이상 고르키 영지와 카시르 대로를 따라 펼쳐진 주변 마을을 소유했다. 가문의 시조는 살바토르라는 가톨릭 성직자로 알려져 있는데, 이반 3세의 부인이 된 소피야의 오빠 팔레올로그를 수행하여 모스크바에 왔다가 모스크바 처녀에게 반해서 결혼하고 정교를 받아들였다고 한다. 전무후무한 경우였다. 세례식에는 이반 3세도 참석하였다. 살바토르는 라틴어로 '구원자'란 뜻이고 노어로는 스파시텔(Спаситель)이므로 스파시텔레프란 성을 받았다. 이반 3세는 그에게 고르키 영지를 하사하였다.

그 후 고르키 영지의 주인은 나우모프, 트루베츠키, 벨로셀스키, 베케토프, 로푸힌 등 러시아의 오래된 귀족 가문들로 바뀌었는데, 19세기 초 대귀족 부인 아그라페나 알렉세예브나 두라소바는 두 차례에 걸쳐 (1800년과 1803년) 고르키 영지와 주변 토지를 구입하여 저택을 정비하고 공

고르키 영지에 본채, 곁채 두 채 등을 지으며
큰 노력을 쏟았던 작가 알렉산드르 피사례프(1827년).

원을 꾸몄다. 두라소바 대귀족 부인은 1824년에 사위였던 알렉산드르 피사레프에게 고르키 영지를 5만 루블에 판매한다. 피사레프는 유명한 정치가이자 상원의원, 작가, 모스크바대학교의 후원자, 1812년 나폴레옹 전쟁의 참가자였다. 그는 본채, 북쪽과 남쪽의 두 곁채 등을 건축하거나 증축하여 저택을 완성하고 공원도 조성한다. 저택의 큰 방에서 피사레프는 P. A. 뱌젬스키 공작, 시인 F. N. 글린카 등 모스크바 문화계 인사들과 자주 만났다. 피사레프는 아내 아그라페나 미하일로브나를 너무나 사랑했다고 전해지는데, 영지를 장모에게서 사들인 후 5년이 지나자 영지를 아내에게 양도한다. 그 후 1870년대 말부터 고르키 영지는 수시킨, 프로코피예프, 시바예프, 게라시모프 등 상인가문이 소유하게 된다.

1909년 고르키 저택은 유명한 문화예술후원자 사바 모로조프(그의 후원으로 러시아 미술사에서 아브람체보파(派)가 형성되었다)의 미망인이었던 지나이다 그리고리예브나가 사들이게 된다. 당시 지나이다 그리고리예브나는 모스크바 특별시장 아나톨리 레인보트의 아내였다. 지나이다 그리고리예브나는 유명 건축가들의 도움을 받아 저택을 신고전주의 스타일로 재건축하기 시작하였고 1914년에서야 완성되었다.

그러나 지나이다 그리고리예브나가 이 저택에 머문 것은 불과 4년이다. 1917년 볼셰비키 혁명 이후 1918년에 고르키 저택이 국유화된 것이었다. 저택의 남쪽 곁채와 다른 부속 건물들은 일반인을 위한 요양소로 활용되었다.

현재의 고르키 레닌스키예 보존지역-박물관은 '고르키 저택-박물관', 학술문화센터 '레닌 박물관', '농민 풍속 박물관', 기념 차고, 박물관 공원 등으로 구성되어 있다.

고르키 저택 큰 방의 내부 인테리어.

1949년 개관한 '레닌 기념 저택-박물관'은 레닌과 울리야노프(레닌의 원래 성(姓)-필자) 집안의 개인 소장품들과 전(前) 소유주들의 수집품들이 전시되었다. 레닌이 고르키에 머문 덕분에 저택은 훌륭하게 보존되었다. 박물관에는 약 6,000점의 소장품이 있고 신고전주의 스타일의 가구 컬렉션이 특별한 가치를 발휘하며 방문객들의 눈길을 사로잡는다. 고블링직(織)의 꽃무늬가 있는 수예품들과 스탠드, 장식 예술품 등이 특히 인테리어에 관심이 많은 방문객들의 발길을 붙든다.

고르키 저택의 마지막 주인이자, 문화예술후원자 사바 모로조프의 미망인이 수집한 호화로운 예술품들.

학술-문화 센터 '레닌 박물관' 건물은 1987년에 건설되었고 다양한 행사가 진행되지만 대리석 건물이 주변 자연환경과 너무 동떨어져 오히려 위화감을 조성하는 것 같았다. 내부도 소비에트 시대의 웅장함과 장엄함을 보여주는 인테

'레닌 박물관' 내부로 들어가는 중앙 계단.

리어로 꾸며졌다. 이 박물관은 5개의 홀로 구성되어 있으며, 10월 볼셰비키 혁명 이후 역사·인민위원회 의장으로서의 레닌의 활동, 고르키

학술—문화센터 '레닌 박물관'.

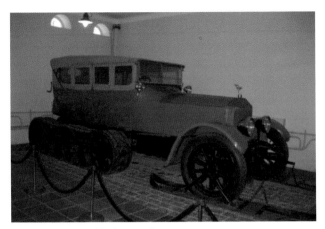
특별 제작한 레닌의 전용차 롤스로이스.

에서의 삶과 휴식 등에 관한 전시물이 전시되어 있다. 서류, 사진, 현수막, 배지, 서적, 깃발 등은 그 당시 혁명의 모습을 재현해준다.

'기념 차고'에는 레닌의 전용차 롤스로이스(Rolls-Royce 《Silver Ghost》)가 전시되어 있다. 레닌의 전용 롤스로이스는 1922년 영국에서 정부용으로 구입하였다. 처음에 이 차는 네 바퀴의 평범한 자동차였는데, 러시아 페트로그라드(현 상트페테르부르크-필자) 푸틸롭스키 공장에서 개조되었다. 앞바퀴에는 스키를 달고 후륜 구동이었던 뒷바퀴 부분에는 무한궤도 바퀴를 달았다. 그렇게 개조해서 겨울철 운행에 최적화시켰다. 이 자동차를 타고 레닌은 고르키에서 모스크바를 다녔고 모스크바 근교 드라이브를 했다. 레닌이 사망한 후 고르키에 보존된 덕분에 자동차는 운행이 되지 않았고 바퀴나 궤도, 방수텐트 등 거의 모든 부품이 그대로이다. 이 자동차는 세계 유일의 반(半)무궤도 차량이다.

레닌은 1918년 9월 25일 총상을 입은 후 처음으로 고르키에서 휴식을 취했으며 그 후 휴가나 주말을 이곳에서 보냈다. 고르키에서 짧은 휴가 동안에 레닌은 900편 이상의 다양한 작품을 창작하였다. 그중에서 가장 유명한 것들을 전시하고 있다. 주로 레닌의 서한, 테제, 법령 초안, 당증과 신분증, 앙케트, 국제회의나 당 대회, 또는 인민대회용 참가 신분증 등이다. 1923년 5월부터 고르키에 상주하였던 레닌은 이곳에서 책과 논문을 집필하고 서신을 작성하였으며 러시아의 전력보급 계획, 소련 수립과 새로운 경제정책 개발을 구상하였다. 작은 침대와 책상이 놓인 소박한 레닌의 방과 서재는 저택의 화려한 인테리어와는 대조를 이룬다. 레닌은 이곳에서 2년 반 정도를 생활하고 1924년 1월 21일에 숨을 거둔다.

고르키의 추도의 길에 있는 '지도자의 장례' 기념상.
1927년 작으로 레닌 동상들 중 10번째 안에 꼽히는 대작이다.

레닌 장례 행렬이 지났던
가로수길 옆 레닌 동상.

레닌 장례 행렬이 지났던 가로수길.
레닌의 장례 행렬이 지났던 길이 표
지석과 함께 표시되어 있다. 이 길을
따라 영하 30도의 엄동설한에 모스크
바로 향하는 철도역까지 레닌의 관을
운반했다고 한다.

1924년 레닌의 시신을 모스크바로 옮기기 위해 역으로 가는 행렬.

필자가 고르키 레닌스키예 박물관을 방문했을 때는 저택 중앙 정원에서 사진전이 열리고 있었다. 사진전에는 '소비에트 포토샵(Советский фотошоп)'이란 제목이 붙어 있었다. '그 시절에도 포토샵이?'란 호기심에 사진들을 둘러보았다. 잘 알려진 레닌의 신분증 사진도 변장한 것이 아니라 사진을 위조한 것이었다는 사실이 흥미로웠다. 그 옆에는 여러 컷의 스탈린 사진, 레닌과 부인 크룹스카야 사진까지 포샵 된 사진들은 너무나 다양

소비에트 포토샵 사진전.

했다. 단순한 수정부터 정치적 의도를 반영한 것까지 여러 이유로 포샵된 사진들은 예나 지금이나 권력이 미치지 않은 곳은 없다는 상념을 낳았다. 후세에 의해 과거는 미화되기도 하고 변형되거나 왜곡되기도 하고 필요에 따라 가위질되기도 하지만, 가려지거나 삭제되었던 사실이나 진

네 명에서 한 명을 삭제해서 세 명만 남은 스탈린 사진.

우연히 총부리가 찍힌 레닌과 크룹스카야 사진.　　　총을 삭제하여 포토샵 한 사진.

실은 자신의 본모습을 드러내기도 한다. 언젠가 포샵 된 사진들이 'before & after'란 이름으로 떠돌 듯이….

　사람들이 가장 끔찍한 전쟁에 적응하는 데도 3일이면 충분했듯이, 사람이나 대지나 변화에 적응하는 데 드는 시간은 생각보다 길지 않다. 러시아 여인에게 반해 러시아 땅에 눌러앉은 외국인 성직자의 제2의 고향이 되어주고, 작가 피사레프의 취향에 따라 건축물이 세워지고 뜰이 정비되고 귀족 살롱문학의 온실이 되어 그들의 얘기에 밤을 새우고, 문화예술 후원자 모로조프 미망인의 수집품들이 전시되고, 레닌의 말년을 함께하며 반(半)무궤도 자동차에 길을 내주던 고르키 레닌스키예의 넉넉한 품은 그 안에 간직한 수많은 기억들을 가지고 방문객들을 기다리고 있다. 뒤틀리고 사라지고 색이 변하면서도 여전히 그 자리에서 인간을 기다리고 있는 것, 그것이 역사다.

옮기느냐 보존하느냐 그것이 문제로다
– 레닌 묘

고르키 레닌스키예에서 '지도자의 장례' 상을 보니 모스크바 붉은 광장의 레닌 묘가 떠올랐다. 붉은 광장 벽에는 구소련의 지도자들과 저명인사들의 묘가 늘어서 있는 것으로 유명하다. 레닌 묘는 붉은 광장 벽

붉은 광장의 레닌 묘.

쪽에 붉은 화강암으로 건축된 피라미드 모형이다. 정면에 검은색 화강암에 붉은색으로 '레닌'이라는 글자가 쓰여 있다. 붉은 광장 한편에 긴 줄이 늘어서 있으면 레닌 묘가 개방되었다는 것을 알 수 있다. 입장은 무료이지만 관람 절차는 꽤 까다롭다. 우선 카메라를 비롯해서 아무것도 들고 갈 수 없기에 꽤 멀리 떨어진 곳에 위치한 귀중품 보관소에 물건을 맡기고 긴 줄을 서서 레닌 묘로 들어가야 한다.

> "모든 비문에는 안정과 휴식에 대해서, 상냥함에 대해서, 지상에는 있지도 않고 앞으로도 없을 사랑에 대해서, 서로서로에 대한 성실과 신에 대한 복종에 대해서, 미래의 삶을 향한 뜨겁고 강한 기대와 오직 이곳에서만 믿을 수 있는 별개의 축복받은 나라에서의 재회에 대한 희망에 대해서, 그리고 또 오로지 죽음만이 줄 수 있는 평등에 대한 글귀가 씌어 있었다."
>
> – 부닌의 〈 마을 〉 중에서

위의 글처럼 러시아의 거의 모든 묘에는 비문이 적혀 있다. 그런데 레닌의 묘에는 비문이 없다. 게다가 그 안에는 1924년부터 레닌이 미라로 누워 있다. 레닌 묘는 1924년 1월에 처음에는 나무로 지어졌으며, 그해 5월에 만들어진 두 번째 묘도 목조였다. 그 후 1930년 10월에 피라미드 모양의 석조 묘가 붉은 광장에 건립된 것이다. 묘 안에 1924년부터 레닌의 시체를 보관하기 위한 실험실이 존재했으며 그 실험실에서 각국의 몇몇 유명한 정치가들의 시체가 방부처리 되었다고 한다. 1953년부터 1961년까지는 이오시프 스탈린의 시체가 담긴 석관이 레닌 묘 안에 안치되어 있기도 했다.

1924년 목조 레닌 묘와 그 묘를 지키는 보초병들.

레닌 묘에 안장된 스탈린.
정면에 레닌이란 글자 밑에 스탈린이라고 쓰여 있다. 1953년 3월 5일에 사망한 스탈린은
나흘 뒤인 3월 9일에 붉은 광장에서 공식 장례식이 열리고 레닌 묘에 안장된다. 토마스 하몬드의 사진.

1989년부터 현재까지 레닌 묘의 이장과 묘의 폐쇄에 대한 논쟁이 계속되고 있으며, 일반에게 공개되는 현실을 유지하느냐 금지하느냐가 논쟁거리지만, 역사로 보존한다는 논리에 수긍한다 하더라도 땅에 묻히지 못하고 구경거리가 된 레닌의 미라를 볼 때마다 불편해지는 것도 사실이다. 레닌의 미라는 지하로 내려가면 볼 수 있는데, 멈춰서 보면 안 되고 사진을 찍어서도 안 되며 말을 해서도 안 되는 엄숙함 속에서 지나가면서만 봐야 한다. 관람객이 조금만 이상 행동을 해도 옆에서 지켜보던 근위대원들로부터 바로 제재가 들어와서 사뭇 경계가 삼엄하기까지 하다. 서늘한 지하에 생전의 모습 그대로 누워 있는 레닌을 보면 머리가 쭈뼛하고 간담이 서늘해진다.

러시아에서 노보데비치 사원이나, 유명 인사들의 묘지를 찾을 때면 대학 입시가 끝나고 한 공원묘지를 찾아갔던 기억이 난다. 중학교 3학년 때까지 오빠

붉은 광장 벽에 위치한 스탈린 묘.
1961년 10월 31일 밤과 11월 1일
새벽 사이에 레닌 묘에서 이곳으로 이장되었다.

노보데비치 사원 초입에 위치한 보리스 옐친(1931~2007) 러시아 대통령 묘.

와 함께 다니던 교회 전도사님 묘가 있는 곳이었다. 내가 왜 혼자서 그 전도사님 묘를 찾아가기로 결심했는지 지금 생각해도 내 자신이 낯설게 느껴지기도 한다. 아마도 처음으로 죽음에 대해, 신의 의지와 인간의 운명에 대해 생각해보는 계기가 된 분의 죽음이었기 때문이었던 것 같다.

내가 중학교 때 다니던 교회의 목사님은 유명 신학대학의 교수였고 그 전도사님은 그 목사님의 제자였다. 대학 4학년이었던 전도사님은 그해 가을에 교회에서 만난 분과 결혼을 하셨고 신학대학교 졸업을 바로 앞두고 40일 금식기도를 시작하셨다. 신학대학 수석 졸업이라 졸업식 때 휠체어를 타고 참석할 예정이셨다. 마르고 왜소한 체구셨고 오랜 타향살이로 섭생도 마땅찮으셨을 텐데 30일이 넘어서까지 찬양을 하시는 모습을 보이셨다고 한다. 그런데 36~37일째부터 건강이 급속도로 안 좋아져 결국 돌아가셨다. 장례식장에선 부인이 임신 초기였다는 얘기도 들렸다. 전도사님의 부모님이 워낙 신앙심이 깊으셔서 '모두 하나님의 뜻이니 받아들이겠다' 하시면서도 흐르는 눈물은 어찌하시지 못하는 모습도 내게는 아픈 충격이었다.

내가 전도사님의 묘지를 찾은 날은 황량하고 쓸쓸했지만 겨울 햇빛이 은근했던 평일 오전이었다. 거의 같은 크기의 묘들이 겨울 햇빛 아래서 누런 묏등을 드러내고 다닥다닥 붙어 있는 모습은 왠지 옹기종기 모여 있는 초가집들을 연상시켰다. 공원묘지라는 이름이 주었던 내 상상 속의 삭막하고 무시무시한 묘지의 모습과는 달리 왠지 푸근하고 정겨운 게 편안한 안정감까지 주었다.

아직 시들지 않은 국화꽃 다발이 놓여 있는 묘지 앞에 멈췄다. 가져간 국화꽃 다발을 놓여 있던 다발 옆에 나란히 놓았다. 이름 석 자와 생몰 연월일, 그리고 간단한 약력만이 적혀 있는 소박한 묘비를 찬찬히 읽어 내려갔다. 짧은 글이 전도사님의 인생에 대해 내게 말을 건넸다. 간단하게 기도를 하고 잠시 앉았다. 참 조용했다. 여긴 내가 보내고 있는 시간과는 다른 시간이 머물고 있는 것 같았다.

묘지들 사잇길을 조심조심 밟아가면서 산을 내려왔다. 올라갈 때는 왠지 마음이 급했는데 내려올 때는 주위 묘들을 둘러보는 여유까지 부렸다. 대부분은 이름, 생몰 연월일이 전부였지만, 가끔은 헌사를 적거나 사연을 적은 묘비명들도 있었다. 어느새 나의 눈이 뭔가 많이 쓰인 묘비명들을 훑고 있었다. 좋아하는 노래 가사를 써놓은 묘비부터, 시구를 써놓은 묘비, '가장 위대하고 아름다운 어머니 여기에 눕다' 등 알지도 못하는 평범한 사람들의 삶에 대해 묘비들은 말해주고 있었다.

러시아의 인기 추리소설 작가 보리스 아쿠닌은 『이즈베스티야』와의 인터뷰에서 다음과 같이 말한 적이 있다.

"나는 전부터 오래된 묘지에 관심이 많았다. 왜냐하면 묘지는 정지된 시간의 작은 섬과 같은 공간이기 때문이다. 그곳은 움직임이 전혀 없는 곳이기도 하고, 혹은 묘지의 담장 너머에서 일어나는 것과는 전혀 다른 방식으로 움직임이 일어나는 곳이기도 하다. 그 묘지에서 내 관심을 끄는 것은 유명한 사람들의 묘가 아니다. 오히려 세상에 어떤 흔적도 남기지 않았으며, 언젠가 살았던, 그리고 이제는 누구도 기억하지 못하는 사람들의 묘다."

내가 찾은 전도사님의 묘도 '언젠가 살았던' 평범하지만 평범하지 않은 짧은 생에 대해 말해주고 있었다. 푸시킨이 『예브게니 오네긴』에서 렌스키 부모의 묘비명을 "인생이란 밭이랑에 잠시 동안 결실을 보이고 세대가 뒤를 이어 신의 비밀스러운 뜻을 따라나서 죽어가는도다"라고 했듯이, 신의 뜻은 피조물인 우리가 도저히 가늠할 수 없는 영원한 비밀일까. 묘비명이 '신에 취한 사람'이었던 스피노자(1632~1677)는 알고 있었을까.

묘로 남겨진 그들과 묘를 찾은 우리들에게 묘비명은 가고 없는 사람들과의 대화다. 김수환 추기경은 "주님은 나의 목자, 나는 아쉬울 것 없어라… 너희와 모든 이를 위하여"였고, 니코스 카잔차키스는 "나는 아무것도 바라지 않는다. 나는 아무것도 두려워하지 않는다. 나는 자유다"라고 노래했고, 스탕달은 "살았노라, 썼노라, 사랑했노라"라고 지난 삶에 자신감을 드러냈고, 모파상은 "나는 모든 것을 갖고자 했지만 결국 아무것도 갖지 못했다"라고 고백했다. 소설가 셔우드 앤더슨은 "죽음이 아니라 삶이야말로 위대한 모험이다"라고 후대인들에게 삶을 독려했고, 버나드 쇼는 "오래 살다 보니 내 이런 일이 생길 줄 알았지"라며 풍자가답게 유머를 남겼다. 어니스트 헤밍웨이는 "일어나지 못해 미안하오"라고 자신을 찾은 사람들에게 정중히 인사를 건네지만, 키츠는 "여기 그 이름을 물 위에 쓴 자가 누워 있다"는 말로 그 모든 것이 지나감을 묘비명으로 대신 얘기했다.

후대에 의해 묘비명도, 묘석도 없이 모스크바 한복판 붉은 광장의 피라미드 묘 안에서 미라로 남은 레닌의 사후를 보면 인간의 오만이 떠오른다. 이젠 소박한 묘비명 하나 적어 작은 묘지라도 만들어주는 것이 고인에 대한 최소한의 예의가 아닐까 하는 부질없는 생각도 해본다.

단 · 짠 음식의 대명사
– 러시아 음식

고르키 레닌스키예 내에 있는 식
당에서 레닌이 즐겨 먹었다는 콩이
들어간 '감자 요리'와 '보르시(사탕무
가 들어간 러시아식 야채수프-필자)'를 먹었다. 잘
알려져 있다시피, 블라디미르 푸틴
대통령의 조부 스피리돈 푸틴은 레
닌의 요리사였고 고르키 레닌스키예
에서 레닌의 말년을 함께했으며, 그
가 죽은 후에도 레닌의 가족을 위해
요리를 했다. 그가 만들었을 레닌을
위한 음식은 어떤 맛이었을지 궁금
했지만 그 식당에서 먹은 음식도 괜
찮은 편이었다.

푸틴 러시아 대통령의 조부 스피리돈 푸틴.
레닌의 요리사였던 그는 "수많은 사람들이
나를 거쳐 갔지만, 레닌가(家)보다 훌륭한 사
람들은 없었다"라고 회상했다.

고르키 레닌스키예에서 맛본 러시아 음식은 약간 간간했다. '러시
아 음식'은 한국에서 요즘 유행하는 핫한 표현을 빌자면 '단 · 짠' 음식
의 대명사이다. 러시아 음식을 맛본 대부분의 한국 사람들은 식사로 나
오는 주요리는 짭조름하고 디저트는 달다는 평을 한다. '덜 짜고, 덜 달

게' 먹기 운동 등의 갖은 노력에도 불구하고, 짜고 맵고 달고 자극적인 음식 마니아층도 만만치 않은 것이 한국 현실이라면, '짜고 달고 나름 맛있는' 러시아 음식의 세계로 다가가보는 것도 좋다. '안 짜면 맛이 없다', '빵이 없으면 먹은 것 같지 않다'는 러시아 속담처럼 러시아 음식은 빵과 소금, 그리고 설탕의 조화로 이뤄낸 맛의 세계이기 때문이다.

예부터 러시아인은 집안에 항상 풍요가 깃들고 액운을 막고자 식사의 처음과 끝에 빵과 소금을 먹었다고 한다. 또한 귀한 손님을 맞이할 때나 신랑의 부모가 며느리를 처음 집으로 맞이할 때 빵과 소금을 내놓는 풍습이 있다. 그런 풍습은 러시아 국가 원수가 타국 정상이나 귀빈을 맞이할 때도 지켜진다. 전통의상을 입은 러시아 여인이 의례용 긴

전통의상을 입은 러시아 여성이 시진핑 주석을 빵과 소금으로 맞이하는 모습(2015.7.8.). 환대라는 뜻의 러시아어 '흘레보솔리스트보(Хлебосольство)'는 흘레프(빵)와 솔(소금)이 합쳐진 말이다.

리넨 수건에 받친 빵과 소금을 비행기 트랩에서 내린 귀빈에게 건네는 장면을 텔레비전을 통해 가끔 볼 수 있다. 귀빈은 손으로 빵을 조금 떼어내서 소금에 찍어 먹어야 한다. 귀빈에게 풍요와 축복을 상징하는

보르시는 주로 돼지고기에 사탕무, 토마토 등의 야채를 넣은 러시아식 야채수프다.

빵과 불행을 물리쳐준다는 소금을 함께 먹게 함으로써 삶의 가장 중요한 가치를 전달하고 액운을 막겠다는 의미이다. 그래서 만약 손님이 그것을 거절하는 것은 매우 큰 모욕으로 여겨졌다.

고르키 레닌스키예에서 맛본 보르시는 사탕무, 토마토, 양배추와 돼지고기를 넣어 끓인 다음 스메타나(사워 소스의 일종-필자)를 얹어 먹는 수프이다. 러시아 수프 중 하나를 고른다면 보르시를 맛보라고 강력히 추천하는데, 대다수 한국인의 입맛에도 무난히 맞는 음식이다. 그다음으로 한국인의 입맛에 맞는 수프는 닭고기를 우려낸 국물에 잘게 썬 국수와 버섯과 야채 등을 넣은 닭고기 수프나 양배추와 쇠고기를 주원료로 한 야채수프 '시'이다. 대구나 연어 등을 넣어 끓인 생선 수프 '우하'는 한국의 '생선 지리'처럼 얼큰하고 개운한 맛은 없지만, 향신료로 비린 맛을 잡아서 생선을 좋아하는 이에게는 추천할 만한 음식이다.

수프와 나란히 러시아인이 주요리 전에 자주 먹는 음식은 죽이다. 호텔의 뷔페에는 보통 다양한 죽 요리가 여러 수프와 함께 비치되어 있었다. 우유와 쌀, 우유와 보리 등을 넣어 끓인 러시아식 '타락죽', 귀리 죽, 메밀 죽, 수수 죽 등을 맛볼 수 있다. 한국식 죽과는 달리 러시아에서는 죽에도 설탕을 넣어서 달콤하게 끓이거나 설탕을 따로 비치해두고 각

베프스트로가노프.

자 넣어 먹도록 배려한다.

필자가 러시아에서 먹어본 주요리는 '베프스트로가노프(스트로가노프가(家)의 쇠고기 요리란 뜻. 쇠고기를 납작납작하게 썰어 조리하여 소스를 끼얹고 감자를 곁들인 요리)', '먀소포 데레벤스키('시골식 고기'라는 뜻으로 조그만 옹기 단지 안에 쇠고기, 버섯과 야채 등을 넣어 밀가루 반죽으로 덮은 후 오븐에서 요리한 고기 요리)', '농어' 요리, 대구 오븐 구이, 감자와 치즈를 얹어 구운 연어 요리, '닭고기 등심 요리', 돼지고기 샤슬리크(꼬치구이) 등이었다. 생선 요리이든 고기 요리이든 전체적으로 조금 짰지만, 사이드 메뉴가 항상 함께 나오고 빵을 곁들여 먹기에 짠맛이 덜해진다.

그중에서 베프스트로가노프는 대귀족 알렉산드르 스트로가노프(1795~1891)가 오데사에서 교양 있고 예의를 갖추어 입은 사람들에게는 누구나 와서 먹을 수 있게 개방하였던 '열린 식탁'에서 자주 선보였던 쇠고기 요리에서 유래하였다. 고기를 큼직큼직하게 썰어 조리하고 소스를 끼얹어 내놓기에 조리법이 비교적 간단하고 1인분씩 나누어 담기가 편하다는 장점이 있어 많은 손님을 대접할 때 유용하다.

러시아의 주요리가 대체로 짜진 것은 소금이 부와 권력의 상징이었다는 것도 한 원인이다. 러시아의

먀소 포 제레벤스키(시골식 쇠고기).
러시아 농가에서 옹기 단지에 고기를 넣고 페치카에서 조리한 것이 유래가 된 음식이지만 요즘은 주로 오븐에 넣고 조리한다. 옹기 단지에 밀가루 반죽을 덮어서 조리하기에 빵을 따로 굽지 않아도 된다.

귀족과 거상들에게 소금은 '이렇게 소금을 많이 뿌린 음식을 먹을 수 있을 정도로' 부와 권력을 가지고 있다는 일종의 '과시적 소비'의 대상이었다. 그것을 일반인들도 따라 하게 되면서 짠 음식문화가 정착되었다. 실제로 귀한 손님이 오면 일부러 소금을 듬뿍 쳐서 요리를 했다고 한다.

소금은 극소수가 독점했던 권력이었고 모스크바의 공후나 대귀족, 대규모 수도원이나 사원 등이 제염소의 주인이었다. 러시아에서의 제염(製鹽)에 대한 자료가 처음 등장한 것은 키예프 루시 시대인 11~12세기경이지만, 15~16세기에는 제염소가 러시아의 다른 지역으로까지 확산된다. 17세기에 솔로베츠키 수도원은 백해에 54곳의 제염소를 소유했다는 기록이 있다. 중세 시대에도 소금은 상당히 비쌌고 그래서 '소금을 쏟으면 분쟁이 일어난다' 등의 속담도 생겨났다.

러시아 내에서는 소금이 부족했기 때문에 러시아 정부는 해외로 소금이 반출되는 것을 엄격히 제한하였다. 1613년에 로마노프 왕조의 초대 황제가 된 미하일의 통치 시기에는 소금 반출을 사형으로 다스렸다는 기록도 있다. 1705년 표트르 대제의 명령에 따라 소금판매는 국가의 전매권이 되었으며, 1740년부터 소금판매를 감독하는 소금국이 창설되었고 소금국의 감독하에 정해진 가격으로 소금을 판매하는 정부 상점들도 생겨났다. 그래도 여전히 소금은 부족해서 수입으로 보충하였는데, 1880년대 중반까지만 해도 러시아의 서구 지역은 주로 해외에서 수입된 소금을 먹었다. 19세기 초에 러시아는 주로 영국에서 소금을 들여왔으나, 그 후는 러시아 극동 주민들은 일본, 중국, 미국, 독일로부터 소금을 수입했다. 현재 러시아는 주로 벨라루스와 우크라이나 등에

메도비크.
'꿀 케이크'란 뜻으로 케이크 안에 켜켜이 꿀이
나 스메타나 크림 등을 넣은 디저트의 일종이다.

서 소금을 수입하며, 2016년 1~8월 기간 동안 약 1백만 톤의 소금을 사들였다. 러시아에서 한국처럼 나트륨 줄이기 운동이 일어나지 않는 한 러시아의 소금 수입은 한동안 피할 수 없는 일 같다.

후식으로는 차나 커피, 아이스크림에 블린(잼이나 스메타나 소스와 함께 먹는 러시아식 팬케이크), 사과 파이, 메도비크(꿀 케이크) 등이 인기가 있지만, 필자의 취향으로는 꿀 케이크가 단연 으뜸이었다. 러시아인의 달콤한 음식 사랑은 한계가 없을 정도인데, 오죽하면 죽에다가도 설탕을 넣어 먹을까….

러시아에서는 과거 유럽에서 그러했듯이 설탕 대용으로 주로 벌꿀을 썼으며, 설탕은 러시아에서 오랫동안 소수의 부유층만이 향유할 수 있는 것이었다. 설탕의 사용은 부의 상징이었고 상당수 상인의 딸들은 일부러 치아를 검게 만들어서 마치 어렸을 때부터 설탕을 너무 먹어서 그렇게 된 것처럼 보이려고 했다고 한다. 검은 치아는 잠재적 신붓감의

설탕 덩어리와 집게.

부유함을 증명해주는 것이었다. 설탕이 보급된 후에도 너무 비쌌기 때문에 민중들은 차라리 꿀을 먹는 것이 더 저렴했다.

러시아에 설탕이 전래된 것은 12세기경으로 알려져 있지만, 설탕이 확산되기 시작한 것은 러시아에서 차가 유

행하기 시작하고 커피가 보급된 17세기 중반이다. 차와 커피에는 케이크나 파이, 블린, 과일 잼 등의 디저트 외에 별도로 설탕 덩어리에서 쪼갠 조각 설탕이나 각설탕을 접시에 담아서 차나 커피를 마시며 조금씩 갉아먹기도 했으니 말이다. 러시아에서는 설탕을 '치즈 덩어리'처럼 '설탕 덩어리'로 판매하였는데 무게가 15킬로까지 나가는 덩어리도 있었다. 이런 거대한 덩어리들은 소비자의 주의를 끌어모으기 위해 상점의 진열대에 전시용으로 배치되었다. 이런 '설탕 덩어리'들은 구입한 후에 그때그때 깨서 먹었다.

러시아에서 설탕과 소금은 주로 수입에 의존하였고 가격도 상당히 비싼 편이었으니 소금과 설탕은 둘 다 흰색이라는 공통점 외에도 귀하기로도 둘째가라면 서러웠을 것이다. 러시아의 표트르 대제는 1718년 모스크바 상인 파벨 베스토프에게 '설탕 공장을 자비로 보유하고 자유롭게 판매하라'는 명령에 서명하였다. 이것은 러시아 최초 설탕 생산에 대한 법령이었다. 사실 모든 설탕 생산은 표트르 대제가 건설한 페테르부르크 덕분에 가능했던 수입 사탕수수를 원료로 한 것이었다. 유럽과 미국 상인들과의 경쟁에서 베스토프에게 최상의 조건을 창출해주기 위해 표트르 대제는 '공장이 증가하면' 러시아에 설탕 수입을 금지하겠다는 약속을 하였다. 공장은 증가하였고 얼마 안 되어 설탕 수입에 대한 필요성은 사라졌지만, 수요가 공급보다 더 빠르게 성장하였다. 1799년 말 러시아 의학자들은 '수입 설탕을 자체 생산으로 대체할 수 있는 방법'에 대한 논문을 발표하였고, 러시아에서 처음으로 야코프 야시포프가 '자체 생산' 경험을 바탕으로 사탕수수 설탕과 경쟁할 수 있는 사탕무 설탕을 생산하는 공장을 세웠다. 현재(2016년 기준)는 러시아에서 생산되는 설탕의 95%가 사탕무 설탕이다. 2016년 러시아에서는 530,000 톤의 설탕이 수입되었는데, 이 수치는 전년도 대비 거의 두 배 감소된 양이다. 이런 현상은 앞으로도 계속될 전망인데 러시아에서의 사탕무 작황이 매우 좋기 때문이다.

러시아인의 하루 평균 설탕 섭취량은 100그램 정도이니 WHO의 하루 설탕 섭취 권장량(티스푼 6개 분량, 25그램)을 훨씬 웃도는 양이기는 하다. 그러나 미국 시민의 하루 평균 설탕 섭취량은 190그램이나 되고 한국인도 65그램 정도의 설탕을 먹는다고 하니 단것을 좋아하는 것은 러시아인뿐만은 아닌 것 같다.

단맛과 짠맛은 묘하게 어울린다. 그 어울림에 사람들은 익숙해지고 중독된다. 그래서 설탕이 '달콤한 소금'이라고 불렸는지도 모르겠지만, 심심하고 밍밍한 음식에 물렸다면 짭조름하고 달콤한 러시아 음식에 도전해보는 것도 좋은 경험이 될 것이다.

06 아브람체보 박물관

러시아 '마몬토프파(派)'의 온실

아무것도 두려워해선 안 된다. 행동해야 한다. 모든 행동은 그것이 설혹 고통스러운 것이라 할지라도 행복인 것이다. 무(無)는 무(無)를 남긴다.

– 필냐크 『마호가니』 중에서

모스크바로부터 북동쪽으로 60킬로 떨어져 있는 '아브람체보' 박물관은 러시아 정교회 본산지로 유명한 세르기예프-포사드로부터 멀지 않은 곳에 있다. 모스크바에서 기차로 아브람체보 박물관을 가려면 모스크바 야로슬랍스키 기차역에서 교외선 열차를 타고 아브람체보 역에서 내려서 1.2 킬로미터 정도 숲길을 걸어 들어가던지, 호티코보역에서 노선 버스를 타고 들어가면 된다. 필자는 아브람체보 박물관에 갈 때는 아브람체보 역에서 내려 걸어 갔는데 나무 데크로 숲길이 꾸며져 있어 운치가 있었다. 아브람체보에서 모스크바로 갈 때는 노선버스를 타고 7분 정도 가서 호티코보 역에서 내려 교외선 열차를 탔다. 호티코보 역에는 아브람체보의 가장 유명한 두 주인인 악사코프와 마몬토프

호티코보역.
모스크바의 교외선 기차역으로 아브람체보 박물관으로 가는 노선버스를 탈 수 있고,
7분 정도면 아브람체보 박물관에 도착한다.

의 초상이 왼쪽과 오른쪽에, 아브람체보 박물관이 중앙에 형상화되어
있어서 독특한 분위기였다. 아브람체보 역은 아브람체보 박물관만을
위해 생긴 역이고, 호티코보 역은 그 지역의 중심 역인 듯 상점도 많고
기차역의 규모도 컸다.

아브람체보 저택은 18세기 중반에 지어졌지만, 19세기 주인들 덕택
에 유명세를 타게 되었다. 1843년 작가 S. T. 악사코프가 이 저택을 구
입하였고 이곳에서 가장 훌륭한 작품들을 집필하였다. 악사코프 시절

아브람체보 영지의 저택 전경.

아브람체보 저택 박물관 내 미술관.

이반 크람스코이의 〈세르게이 악사코프〉(1878).
러시아 작가 악사코프(1791~1859)는 낚시와 사냥
을 아주 좋아했으며 자연을 즐겼다고 하는데, 특히
있는 그대로의 자연 묘사에 뛰어났으며 사냥과 동
식물에 대한 책을 많이 남겼다.

에 러시아의 유명 작가들인 N. V. 고골, I. S. 투르게네프가 드나들었고, 역사학자 M. P. 포고딘, 배우 M. S. 셉킨 등이 출입하였다. 악사코프와 고골의 우정은 당대에도 유명했으며, 악사코프는 처음으로 고골의 천재성과 예술성을 알아본 사람들 중 한 명이었다. 아브람체보 영내에는 고골과 관련된 많은 흔적들이 남아 있다.

세르게이 악사코프는 1847년 7월 26일 자 고골에게 보낸 편지에서, "우리한테 오시오. 당신은 고향 땅에서 고향 공기를 마셔야만 완전히 건강을 회복할 수 있어요. 만약 당신이 모스크바에서 어째서인지 계속 힘들게 살고 있다면 모스크바에서 50킬로 정도 떨어진 곳에 아주 좋은 곳이 내게 있다오. 집도 크고 아주 좋지요. 당신에게 평안하고 편리한 곳이 될 것이오"라고 고골에게 아브람체보에 와서 쉴 것을 권유하고 있다.

그렇지만 고골이 처음으로 아브람체보를 방문한 것은 1849년 8월이었고 며칠밖에 머물지 않았지만 『죽은 농노』 제2부 집필에 몰두했었다고 한다. 악사코프가 고골에게 마련해준 방은 중간층 방으로 창이 뜰로 나 있었다. 악사코프는 회상록에서 "8월 14일에 고골이 모스크바 근교 우리 집(아브람체보-필자)에 왔다. 우리는 산책을 많이 하였고, 버섯을 따기도

고골이 자주 산책했던 아브람체보의 가로수 길.
'고골의 가로수길'로 불린다.

하였다. (…) 18일 저녁에 고골은 『죽은 농노』 제2부 제1장을 낭독하였
다. 첫 페이지들부터 나는 고골의 재능이 죽지 않았음을 알 수 있었다…. 낭
독은 1시간 15분 정도 계속되었다"라고 적었다. 다음 날 고골은 모스
크바로 떠났다. 고골은 명명일을 맞은 악사코프의 장남 콘스탄틴에게
'고골로부터'라는 서명이 적힌 귀중한 『죽은 농노』 제1부 초판본을 선
물하기도 했다.

고골은 1851년 6월, 9월, 10월에 세 번이나 아브람체보를 방문하였

레핀이 그린 〈『죽은 농노』 제2부를 불태우는 고골〉(1909).

고 10월 3일에 모스크바로 떠났다. 그 후 고골은 『죽은 농노』 제2부를
불태워버린 후 금식을 하다가 1852년 2월 21일에 죽는다. 아브람체보
에는 그가 머물렀고 『죽은 농노』를 낭독했던 중간층 방이 고골의 방으로
남아 있으며, 뜰에는 고골의 가로수 길과 소나무가 아직 그대로이다.

　1870년에 아브람체보는 새로운 주인을 맞게 되는데, 철도 사업가였고
예술 후원가였던 사바 마몬토프(1841~1918)였다. 마몬토프는 이탈리아의 유
명한 예술 후원가 로렌초 메디치에 비교되면서 19세기 말 러시아 예술 발
달에 큰 공을 세웠다. 예술 후원가로서 마몬토프는 당대 유명한 화가들
인, I. E. 레핀, I. S. 오스트로우호프, V. A. 세로프, K. A. 코로빈, V. M. 바스네
초프, M. V. 네스테로프, M. A. 브루벨 등을 영지에 머물게 하면서 자유로

화가 폴레노프(왼쪽)와 마몬토프.

이 작품 활동을 하게 하였다. 이들은 '마몬토프파(派)'를 형성하며 예술사에 당당히 한 페이지를 차지하고 있다. 1899년 마몬토프는 철도 사업을 활발히 펼치고 사업을 확장하던 중 소송에 휘말리게 되고 재판에서는 이기지만 투자자들이 자금을 한꺼번에 회수하면서 결국 파산하게 된다.

아브람체보의 세로프(왼쪽)와 오스트로우호프.

폴레노프의 〈뱃놀이〉(1880).
아브람체보를 배경으로 하고 있는 그림이다.

마몬토프의 영지 아브람체보에는 화가들뿐만 아니라, 오페라 가수였던 샬랴핀, 톨스토이의 친척이었던 법학자 아나톨리 코니, 말리 극장 배우 글리케리야 페도토바, 그림 수집가 파벨 트레티야코프, 건축가 빅토르 가르트만과 이반 로페르트 등이 드나들며 교류하였다. 아브람체보에 온 손님들은 가정 연극에 참여하였고, 그림을 그렸고, 집필을 하였고, 음악을 연주하였다. 화가 미하일 네스테로프는 "모두가 쓰고, 연기하고, 노래 불렀다. 모두가 배우이거나 배우의 친구들이었다"라고 회상하였다. 또한 알렉산드르 베누아도 "1880년대에 사바 마몬토프의 그 유명한 아브람체보에서는 새로운 꿈으로 영혼을 달랬던 모든 사람들이 모여들었다…. 거기서 빅토르 바스네초프의 매혹적인 연극 '눈요정'이 창작되었고, 거기서 폴레노프, 골로빈, 코로빈, 브루벨 등이 작업을 하였고, 레비탄, 세로프, 먀쿤치코프 등 수많은 화가들이 '자라고', '키워졌다'"라고 회상했다.

〈복숭아와 소녀〉(1887).
세로프가 마몬토프의 딸 베라를 그린 그림으로
아브람체보의 세로프 화실에 복사본이 전시되어 있다.

마몬토프파는 건축예술, 조형과
실용미술 작품들을 창작하였으며,
연극 등을 창작하여 공연하기도 하
였다. 또한 아브람체보에 위치한
목제 공작소와 도자기실, 타일 제
작실에서는 목공품과 칠보 제품과
이탈리아산 마졸리카 도자기 생산
이 이루어졌다.

1917년 10월 혁명 이후 아브람
체보 저택은 국유화되어 박물관으

1880년대의 사바 마몬토프.

로 변모하였고 1918년 10월 10일에 개관하였다. 그럼에도 불구하고
20세기에도 아브람체보에서는 I. E. 그라바리, P. P. 콘찹롭스키, I. I. 마
시코프 등의 화가와, V. I. 무히나, B. D. 코롤레프 등의 조각가들이 거
주하면서 작품 활동을 하였다.

현재 아브람체보 보존구역-박물관 전체 면적은 50헥타르에 달하며
18~19세기의 건축물과 공원, 보랴 강 주변 지역을 포함하고 있다. 소
장품은 25,000점 이상이며 그중에는 회화, 조각, 장식과 실용 미술품,
민중 예술품 등이 포함되어 있고 과거 저택 주인들의 사진과 고문서들
도 전시되어 있다.

레핀이 그린 〈아브람체보의 여름날〉(1880).

러시아의 산타크로스
'얼음할아버지(제드 모로스)'와 그 손녀 '눈요정(스네구로츠카)'

아브람체보 박물관에서는 해마다 러시아식 신년 축제와 크리스마스 축제가 열린다. 모스크바와 모스크바 근교 저택–박물관들에서도 축제가 열리기는 하지만 아브람체보 신년 축제와 크리스마스 축제는 러시아 방송에서 늘 언급되며 소개되곤 한다. 아브람체보의 신년 축제 전통은 마몬토프 시절부터 이어져온 것이다.

아브람체보에서는 알렉산드르 오스트롭스키의 희곡 〈눈요정〉(1873년)이 1882년에 신년 연극으로 공연되었는데, 마몬토프와 그 가족들은 아주 만족해했다고 한다. 그때 미술과 무대의상을 맡았던 화가 빅토르 바스네초프는 눈요정과 얼음할아버지의 의상 스케치를 남겼다. 바스네초프가 1885년에 그린 '얼음할아버지' 그림과, 1899년에 그린 '눈요정'이라는 그림은 현재도 남아 있다. 바스네초프의 '눈요정' 그림을 바탕으로 해서 현재 러시아의 '눈요정' 의상이 만들어졌다고 전한다.

러시아의 크리스마스 축제의 상징을 꼽자면 단연 산타크로스의 러시아식 변형으로 볼 수 있는 '얼음할아버지(제드 모로스)'와 그 손녀 '눈요정(스네구로치카)'일 것이다.

러시아의 산타크로스 '얼음할아버지'가 처음으로 등장한 것은 1910년 크리스마스(러시아의 성탄절은 1월 7일이다)라고 알려져 있다. 그러나 그 당시에

빅토르 바스네초프의 '얼음할아버지'(1885).   빅토르 바스네초프가 그린 〈눈요정〉(1899).

는 크게 주목을 받지 못하고 금방 잊혀버렸다. 그러다가 오랫동안 금지되었던 신년 축제가 허용된 1937년 이후에서야 다시 등장하며 러시아 전역에서 인기를 끌게 되었다.

　성(聖) 니콜라스 성인이 유래가 된 서구의 산타크로스와 달리, 러시아 '얼음할아버지'의 원형은 슬라브 신화에 등장하는 겨울과 추위와 얼음의 신이다. 신년 전야에 등장하여 성탄절 트리 아래에 착한 아이들을 위한 선물을 놓아둔다. 서구와 다른 또 하나의 특이점은 손녀 '눈요정'과 항상 같이 다닌다는 것이다. 긴 수염을 늘어뜨리고 화려한 수를 놓은 빨간색이나 청색의 긴 가운 같은 겉옷을 걸치고 손에는 지팡이를 든 러시아 '얼음할아버지'와 길게 땋은 머리에 모자를 쓴 '눈요정'은 사슴 썰매가 아닌 '트로이카'를 타고 나타난다.

얼음할아버지는 볼고그라드주(州)의 벨리키 우스튜크에 산다고 알려져 있으며 공식적인 생일은 11월 18일인데 그 지역에서는 이날에 혹한이 시작된다고 여기기 때문이다. 러시아에서 화려한 신년 축제의 부활과 더불어 '얼음할아버지'의 인기도 치솟아서 러시아 정부는 얼음할아버지의 고향으로 알려진 '벨리키 우스튜크'를 '얼음할아버지 마을'로 지정하기에 이른다. 벨리키 우스튜크는 러시아 남부에 위치하며 모스크바에서 비행기로 3시간 거리이다. 그래서 1999년부터 러시아의 얼음할아버지는 벨리키 우스튜크에 있는 동화 속 그림 같은 궁전에 살고 있다. 그 마을에는 얼음할아버지의 궁전뿐만 아니라 선물 가게들과 우체국이 있는데, 매년 러시아 전역에서 얼음할아버지에게 엄청난 양의 편지가 도착한다. 얼음할아버지는 수많은 도우미들의 협조를 받아 도착한 편지에 모두 답장을 보낸다.

얼음할아버지의 마을 벨리키 우스튜크를 방문한 관광객은 첫해에는 2천 명에 불과했지만, 2010년 이후부터는 30만 명이 넘어섰으며, 도착하는 편지의 양도 매년 15만 통이 넘고 있다.

크리스마스를 더욱 특별하게
얼음할아버지와 눈요정 집으로 부르기

축제 문화에 익숙한 러시아에선 신년 시즌에 대행사를 통해서 집으로 얼음할아버지와 눈요정을 불러 아이들과 함께 크리스마스를 기념한다. 유치원과 학교뿐만 아니라 집으로도 부르기에 이 시기가 되면 산타 모시기 경쟁이 붙는다. 날짜에 따라 가격도 다른데 당일에는 2~3배까지 가격이 올라간다. 집으로나 행사장에 불려온 얼음할아버지와 눈요정은 아이들에게 간단한 질문을 하거나 몇 가지 장기자랑을 시키고는 준비해온 초콜릿이나 장난감 등을 나누어준다. 이때 아이들이 가장 많이 부르는 노래가 '크리스마스트리'이다. 가사가 정겹고 아름답다.

> 숲속에 트리가 자랐네
> 숲에서 컸다네
> 겨울과 여름에는 멋진 초록빛이었네
> 겨울과 여름에는 멋진 초록빛이었네
>
> 눈보라가 트리에게 노래를 불러주었네
> "자거라, 트리야, 자장-자장"

혹한도 눈송이로 감싸주었네
"조심해, 얼면 안 되잖아!"
혹한도 눈송이로 감싸주었네
"조심해, 얼면 안 되잖아!"

(…)

조랑말이 썰매를 끌고 오네
썰매에는 농군이 탔네
농군이 트리 맨 밑동을 잘랐네
농군이 트리 맨 밑동을 잘랐네

자, 이렇게 트리는 어여쁘게 장식을 하고
우리 축제에 왔다네
많고 많은 기쁨을 아이들에게 가져왔다네
많고 많은 기쁨을 아이들에게 가져왔다네

    얼음할아버지는 손풍금을 켜며 노래도 몇 곡 하고 눈요정은 옆에서 춤을 추기도 하면서 아이들뿐만 아니라 어른들에게도 축제 분위기를 선사하고 동심으로 돌아가게 한다. 각박한 생활 속에서도 언제나 축제를 만들어 자신들에게 선물을 할 줄 아는 러시아인의 정서가 부럽다.

러시아의 새해 맞이:
3월에서 9월로, 그리고 1월로 바뀐 러시아의 새해

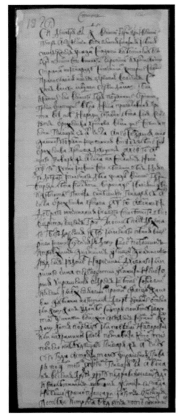

1699년 12월 20일 자 표트르 대제의 칙령.
이 칙령으로 러시아의 새해는 1월 1일로 제정
된다.

러시아에서는 크리스마스가 1월 7일(율리우스력으로 기념하기에 서양보다 13일이 늦다-필자)이기에 항상 신년맞이 행사가 앞서 열린다. 러시아는 과거에 3월에 새해를 축하하였으며 988년 기독교를 수용하면서부터는 부활절 주간에 신년을 축하했다. 이러한 전통은 15세기까지 이어져 러시아의 새해는 봄의 시작을 의미하는 3월이었다. 그렇게 러시아에서는 수백 년 동안 만물이 탄생하고 새 기운이 돋는 봄에 새해를 맞이하고 신년 축제를 벌였다.

그런 전통을 깬 것은 이반 3세였다. 1492년 러시아의 군주였던 이반 3세가 9월 1일을 신년으로 선포했다. 가을걷이를 끝내고 농한기에 들어가는 가을에 새해를 정해서 9월 1

일을 신년으로 삼았다. 씨를 뿌리고 경작을 해야 하는 농번기인 봄에 신년 축제로 농노(農奴)들이 흥청망청 보내는 것을 꺼려한 귀족들의 바람을 적극적으로 반영한 것일 게다.

러시아에서 다른 유럽처럼 1월 1일이 새해가 된 것은 개혁의 황제 표트르 대제 덕분이었다. 1699년에 표트르 대제는 1700년부터는 유럽처럼 1월 1일을 신년으로 한다는 명령을 발표한다. 모든 것을 유럽식으로 바꾸고자 했던 그의 의지가 투영되었다. 그래서 1700년부터 러시아에서 1월 1일이 신년이 되었다. 그러나 1700년경에 이미 유럽의 대다수 국가들이 그리고리력을 채택하고 있었던 반면, 러시아에서는 율리우스력을 사용하고 있었기에 1700년에는 유럽보다 10일 늦게 신년을 맞이했다. 러시아는 율리우스력에 따라서 11일에서 13일 정도 유럽보다 늦게 새해를 맞이하다가 1918년 2월 14일 그리고리력을 도입하면서 1919년부터는 유럽과 동일하게 1월 1일에 새해를 맞이하게 된다.

사흘 동안 문을 잠가놓고
신년 축하연을 벌였던 표트르 대제

두주불사에 체력도 강했던 표트르 대제가 벌인 신년 축하연은 온 러시아에 그 명성이 자자했다. 표트르 대제는 1700년 1월 1일을 새해로 지정하였지만 아직 상트페테르부르크(1703년 완공, 1713년 수도로 정함)가 건설되기 전이

표트르 대제.
키가 190센티미터에 달했다고 전하는데, 체력도 대단해서 술을 말로 마셨다고 한다.

었기에 과거처럼 모스크바 크렘린에서 '신년' 예식을 일주일 동안 거행하였다고 전해진다. 대중이 모두 참석하는 신년 축하 행사는 1월 1일 아침 9시경에 시작되어 보통 7일 동안 진행되었다. 크렘린 근처에서는 이 기간 동안 갖가지 민속놀이가 진행되었고 술판이 벌어졌다. 신년 축제에는 모든 귀족이 참석해야만 했는데 병을 핑계로 불참한 귀족들은 의사를 데려다가 검진까지 했다. 만약 병이 그렇게 중한 것이 아닌데도 불참한 경우 그 귀족은 모든 사람이 보는 앞에서 커다란 잔에 담긴 보드카를 다 마셔야만 했다.

모두가 참석하는 성대한 신년 축제 후에 표트르 대제는 80~100여 명 정도의 가까운 귀족들을 황궁으로 다시 초대했다. 표트르 대제는 황궁의 대연회장에 귀족들이 모두 들어간 후 문을 열쇠로 잠그게 했는데 사흘이 지난 후에야 그 문을 열어주도록 했다. 최소 사흘간은 아무도 나가지 못하게 하고 주연을 벌이기 위해서였다. 사흘 동안 벌인 술판으로 대다수의 참석자들은 인사불성이 되거나 탈이 나기가 십상이었지만, 사흘이 지나도 여흥이 남은 표트르 대제와 다른 귀족들에게 방해가 되지 않게 하려고, 연회장을 빠져나가려는 이들은 식탁 밑으로 조용히 기어서 나갔다고 한다. 과하다고 말할 수도 있겠지만 영국의 엘리자베스 1세가 신년 축하연에 15,000명이 참석하는 가장무도회를 개최했던 것에 비하면 미약한 것은 아닐까.

러시아 제국 시대에 일주일 정도의 신년 축제 기간, 크렘린 주변에서는 저녁마다 대포 소리가 울리고 귀족들의 대저택에서도 일제히 총성이 울렸다. 집집마다 대문에는 전나무나 노간주나무 가지로 장식을 했다. 이런 축제 의식이 러시아 혁명이 있었던 1917년까지 약 100년 동안 지속되었다. 볼셰비키 혁명 이후 1918년에 신년 축제는 금지되었다. 1937년에서야 신년 축제는 부활하였고 1947년에는 1월 1일이 휴일로 지정되었다. 그리고 축제의 형식도 점차 바뀌어 지금은 10일 정도 축제 기간이 계속된다.

'악마의 음료'에서
대표적인 신년 축하주가 된 샴페인

러시아에 샴페인이 처음 소개될 때만 해도 러시아인들은 샴페인을 '악마의 음료'라고 불렀다. 샴페인을 딸 때 날아가는 코르크 마개와 병에서 흘러나오는 거품 줄기 때문이었다. 그랬던 것이 이제는 샴페인 없이는 그 어떤 축제도 상상할 수 없을 정도이다.

알코올 음료계의 러시아 대표명사 '보드카'에 밀려 별로 주목을 받지 못했던

뵈브 클리코 퐁사르당 샴페인.

샴페인이 러시아에서 큰 인기를 누리게 된 계기는 1812~1815년 나폴레옹과의 전쟁(러시아에서는 '조국전쟁'이라고 부른다)에서 승리를 거둔 이후라고 알려져 있다. 1813년 러시아군은 프랑스로 들어가서 승리자의 당연한 권리로 그 유명한 마담 클리코의 저택 와인 저장고를 강탈하게 된다. 자신의 와인 저장고가 러시아군에 의해 약탈당하는 것을 지켜보면서도 마담 클리코는 저지하려는 시도는커녕 '러시아가 스스로 손해를 되갚

최초의 여성 CEO로 불리는
뵈브 니콜 퐁사르당 클리코(1776~1866).

아줄 것이다'라고 생각했다고 전한
다. 마담 클리코는 프랑스 최초의 여
성 사업가답게 깊은 혜안(慧眼)을 가지
고 있었던 것 같다. 그녀의 짐작대로
러시아군이 약탈해간 마담 클리코의
샴페인 제품들에 대한 명성은 러시아
전역으로 빠르게 퍼져나갔다. 그래서
3년이 지나자 사업 수완이 뛰어났던
미망인 클리코는 자국 프랑스에서보
다 러시아 제국으로부터 더 많은 주
문의뢰를 받고 있었다.

그 해의 앞날을 결정하는
새해맞이

러시아인들은 다양한 신년 징조나 징크스를 믿는다. 가장 널리 통용
되는 말은 '새해를 어떻게 맞이하느냐에 따라서 그 해도 그렇게 보내게
된다'는 것이다. 그 때문에 다양한 풍습도 유래하게 되었다.

특히 러시아 사람들은 신년을 눈을 뜬 채로 맞이해야 한다는 일종의
강박증까지 가지고 있다. 신년을 잠 속에서 맞이하거나 새해 첫날부터
늦잠을 잔 사람은 1년 내내 잠 속에서처럼 비몽사몽간에 흘려보내게
될 것이라고 믿기 때문이다. 그래서 12월 31일 밤 러시아의 거의 모든
레스토랑은 전석 예약 완료이고 인기 식당들은 몇 개월 전부터 알음알

음으로 자리 부탁을 해놓아야만 한다. 가족이나 친구들과 함께 묵은해를 보내고 새해를 함께 맞이하기 위해 레스토랑에서 밤을 새우고 새벽녘에 각자의 집으로 흩어져 들어간다. 새해를 함께 맞이해야 1년 내내 가족의 화목도 우정도 계속된다고 생각하기 때문이다.

러시아인들은 집에서 가족끼리 신년을 맞이하거나 레스토랑에서나 지기들과 신년을 보내거나 새해 첫날(실상은 12월 31일 밤부터 시작된 새해 첫 잔칫상)은 가장 좋은 옷을 차려입고 가장 좋은 음식을 먹으며 맞이해야 한다고 생각한다. 그래야만 1년 내내 굶주리지 않고 배부르고 여유 있고 입성도 좋고 아름답게 보내게 될 것이란다.

그런 연유로 러시아인들은 더 바쁘게 연말을 보낸다. 그 해에 마무리하지 못한 일을 끝내고(일을 못 끝내면 돌아오는 1년도 일에 치어 살게 된다고 생각한다), 빚을 졌다면 해를 넘기지 말고 갚고(만약 빚을 갚지 않고 새해를 맞이하면 1년 내내 빚 속에서 허덕이게 된다고 여긴다), 깨끗한 몸과 마음으로 새해를 맞이하고자 목욕탕에 다녀오기도 한다. 온 가족이 모여 집 안을 치우고 '욜카'라고 불리는 러시아식 신년 트리를 장식하고 화려한 옷을 차려입고 가장 좋은 음식을 먹으며 신년을 맞이해야 1년 내내 평안하고 여유 있고 모두가 함께 어우러져 살게 될 것이라 믿는다.

러시아 대통령의 신년 대국민 담화
– 새천년을 푸틴에게 넘기고 떠난 옐친

12월 31일 11시 55분이 되면 러시아 대통령은 1976년 브레즈네프 서기장부터 시작된 전통에 따라 대국민 신년 담화를 한다. 몇 분 안 남

1999년 12월 31일 정오에 퇴임사와
신년사를 하는 보리스 옐친 대통령.

은 흘러간 해에 대한 간단한 결산과 새해 인사를 마치면 자정이 되고 12번 울리는 크렘린 종루의 종소리와 함께 러시아의 새해는 밝아온다. 안드로포프와 체르넨코 서기장의 혼란기였던 1981년부터 1984년까지는 중앙 텔레비전 사장 이고리 키릴로비치가 신년 축하를 낭독하기도 했다. 그 후 고르바초프가 신년 담화를 하다가 1992년 새해를 닷새 앞두고 고르바초프가 소련 대통령직에서 사임한다는 성명을 발표하였기에 1991년 12월 31일 신년 담화는 풍자가 미하일 자도르노프가 대신하기도 했다. 그 이후에는 옐친-푸틴-메드베데프-푸틴의 순으로 신년 담화를 발표하였다.

　러시아 대통령의 신년 인사들 중 가장 유명한 것은 단연 1999년 12월 31일 12시간 차이로 두 번 발표되었던 옐친과 푸틴의 신년 담화일 것이다. 러시아 국민은 2000년이라는 새천년을 앞두고 1999년 12월 31일 정오 12시에 속보로 전달된 옐친 대통령의 '퇴임 선언'과 함께 발표된 신년 담화를 듣고, 1999년 12월 31일 자정 12시에 대통령 권한대행 푸틴의 신년 인사를 다시 들어야 했다. 그렇게 러시아 국민은 새천년을 푸틴과 함께 시작했다.

　옐친 대통령은 "전 결정을 내렸습니다. 이 문제를 오랫동안 고통스럽게 고민했습니다. 흘러가는 세기의 마지막 날, 오늘, 저는 퇴임합니

다. (…) 러시아는 새 정치인들, 새 인물들, 현명하고 강하고 에너지 넘치는 새로운 사람들과 함께 새천년에 들어서야만 합니다. 저는 떠납니다. (…) 건강 때문이 아니라 산적한 모든 문제들 때문입니다. 저를 대신해서 새로운 세대, 더 훌륭히 더 잘 해낼 수 있는 사람들의 세대가 올 것입니다. (…)"라고 말하며 블라디미르 푸틴을 러시아 대통령 권한 대행으로 임명하였다. 그렇게 옐친은 지난 세기 마지막 날에 정치무대를 떠나고 푸틴은 새천년의 도래와 함께 등장하였다.

'새천년을 새 인물과 함께'라며 마지막 신년 담화를 마치고 옐친은 "몇 분 동안 가만히 자리에 앉아 있었고 얼굴에는 눈물이 흘러내렸다"라고 방송관계자들이 전했다. 구소련 해체의 장본인이자 '위대한 러시아'를 꿈꾸며 한 세기를 풍미한 절대 권력자의 회한이 느껴지는 대목이다. 옐친에 대한, 또 그 뒤를 이은 푸틴에 대한 역사적 평가는 물론 다른 문제겠지만, 양손에 쥔 권력을 스스로 내려놓기가 얼마나 어려운지를 뼈저리게 느끼게 해주는 과거 역사를 살펴보면 시사하는 바가 크다.

12월 31일 자정이 되면 크렘린 종루의 종소리가 12번 울리고 그 종소리와 함께 샴페인 따는 소리가 여기저기서 펑펑 터지며 사람들은 재빨리 소원을 빈다. 종소리가 그치기 전에 소원을 빌면 그 소원이 이루어진다고 하는데, 어떤 사람들은 소원을 적은 종이를 태워서 그 재를 샴페인이 든 잔에 섞어 마시기도 한다. 그렇게 하면 소원이 더 확실히 이루어진다는 속설 때문이다. 신년 축하 불꽃놀이가 시작되고 거리에서나 가정에서, 또는 레스토랑에서 수많은 인파는 새해를 축하하며 서로에게 덕담을 건넨다. 그렇게 러시아에서는 또 한 해가 시작된다. 러시아인이 새해에 건네는 "새해를 축하합니다. 새로운 행운을 축하합니다"라는 인사처럼 어쨌든 새해는 '새로운 행운'이다.

러시아 산책을 가자더니 박물관들로 독자들을 이끌었고 12개 박물관들 중 9군데가 작가들의 문학 박물관, 나머지는 러시아 문화와 관련된 곳이었다. 책의 3/4을 러시아 문학 산책에 할애한 것인데, 필자가 결국 하고 싶었던 이야기는 러시아 문학 이야기였기 때문이리라. 또한 180여 개 이상의 민족으로 구성된 러시아인의 정체성을 누군가는 '독서'라고 정의할 정도로 러시아인의 책 읽기와 책 사랑이 유별나기 때문이기도 하다. 그렇다면 러시아인은, 또 우리는 왜 읽는가?

류드밀라 울리츠카야(1943~)의 소설 『소네치카』의 여자 주인공 소네치카는 한마디로 '읽기 중독자'이다. 어렸을 때부터 얼마나 책 읽기에 빠졌는지 그녀의 몸은 책 읽기에 최적화된 상태로 점차 변화되어 코는 안경을 걸치기에 적합하게 조롱박 형태의 '서양배 모양'으로 바뀌었고, 엉덩이는 의자의 모양에 맞게 사각형 모양이 되었다. 그뿐만이 아니라, 책 읽기는 책 페이지를 넘어 그녀의 삶에 들어서기 시작했다. 그녀는 책 속 주인공들을 주변 사람들과 동일시했다. 옆집 여자와 수다를 떨다가 정신이 팔려 네 살배기 딸이 우물에 빠지는 것도 보지 못해 자식을 잃었던 언니의 고통을 "죽어가던 안드레이 공작의 침상 곁에 있던 나타샤 로스토바의 숭고한 고통"과 같은 선상에 놓기도 했다.

그녀는 소년기와 청년기에 거쳐야 했던 구소련의 '네프 시기'와

'1930년대'의 학교생활은 뒤로한 채, "의혹에 찬 도스토옙스키의 불안한 심연 속으로 침잠하기도 하고, 투르게네프의 그늘진 가로수 길을 걷기도 하면서" "위대한 러시아 문학의 광야에 자신의 영혼을 풀어놓고는 마음대로 풀을 뜯게 했다." 그렇게 일곱 살 때부터 스물일곱 살 때까지 20년 동안 끊임없이 읽고 또 읽었던 그는 "책을 보고 기절했다가 책의 마지막 페이지와 함께 깨어나듯" 책 읽기에 빠져 살았다.

소네치카는 '읽기 중독자'답게 '문헌정보학교'를 졸업하고 낡은 도서관 지하보관소에서 일하기 시작했다. 장석주는 서재를 '봉쇄 수도원'이라 했는데, 그녀도 역시 "서적 보관소에서 세속과 동떨어진 수도승처럼 몇 년을 근무한 후" 자신처럼 독서광이었던 상사의 설득에 넘어가 대학교 러시아문학과에 입학하기로 결심하게 된다. 그러나 그마저도 독소전쟁(1941~1945)이 발발해서 허사가 되고, 피난을 간 도시의 도서관 지하에 일자리를 얻어 다시금 그 안에 똬리를 튼다. 그녀는 다른 직업에 대해서는 생각해볼 여유도 의지도 없었다.

배우자를 선택하는 데서도 책은 그녀에게 막강한 위력을 발휘했다. 미래의 남편이 "프랑스어 도서 목록이 어디에 있는지 묻지 않았다면 그녀의 관심을 끌지 못했을 것이고", 남편 또한 그녀가 "도서관의 책들뿐만 아니라 서지학"에도 통달하지 않았다면 첫 만남에서 그녀와의 결혼을 결심하지는 않았을 것이다. 그녀가 희귀한 '엘지비어(Elzevir: 16~17세기 네덜란드의 인쇄소-필자)' 판본까지 갖춘 프랑스 서적들이 있는 도서관 지하로 그를 안내하자 그는 감동에 겨워 그녀의 손에 키스까지 한다. 물론 그런 그의 감동은 "얼어붙을 정도로" 그녀에게 특별하게 전해졌다. '책'을 통한 연(緣)이 아니었다면 그녀가 두 번째 만남에서 자신의 초상화를 결혼선물이라고 내밀며 청혼하는 스무 살 연상의 무일푼 화가에게 마음을 빼앗기지는 않았을 것이다.

결혼과 육아로 책 읽기로부터 벗어났던 소네치카는 남편의 아틀리에에 들렀다가 딸 친구 야샤의 초상화들을 보게 된다. 사십이 다 된 그녀는 남편과 야샤의 관계를 직감하고 17년 결혼생활이 끝났다는 것을 깨닫고는, 아무 말 없이 남편의 아틀리에를 나온다. 남편의 불륜을 목도하고도 '얼마나 공평한가, 그의 곁에 이런 젊은 미녀가 함께 있게 되다니. 상냥하고 날씬하고. 게다가 특별하고 비범한 점에서 그와 꼭 같잖아'라고 생각하는 그녀는 우리에게는 낯설기까지 하다. 그녀가 집으로 돌아가 제일 먼저 한 행동은 "책장으로 가서 선반에서 잡히는 대로 책을 꺼내 누워서 중간을 펴는 것이었다." 그 책은 러시아판 '로미오와 줄리엣'이라 불리는 알렉산드르 푸시킨의 〈가짜 농군의 딸〉(푸시킨의 단편집 『벨킨 이야기』를 이루는 5편의 단편 가운데 하나-필자)였다. "이 페이지들에서 완벽하게 녹아든

언어와 구체화된 귀족 생활의 조용한 행복"이 그녀를 비춰주기 시작했다.

남편이 야샤와 함께 떠나고 딸 타냐도 다른 도시로 떠나자 아파트에 혼자 남게 된 소네치카는 "유년 시절에 취해 있었던 문학의 마취제에 자진해서 몸을 맡긴 채 발렌슈타인을 읽었다." 결국 책 읽기를 떠나 결혼생활에 빠졌던 그녀는 자진해서 '책 읽기'로 돌아갔다. 남편이 야샤와의 관계 도중에 뇌출혈로 사망하게 되자, 야샤를 자신의 아파트로 데려와 몇 년을 함께 산다. 그 후 야샤는 고향 폴란드로 가서 멋진 부자 프랑스인을 만나 결혼하게 된다. 딸 타냐는 이혼한 후 아들을 데리고 이스라엘로 이민을 가서 살면서 유엔에서 훌륭한 직위를 얻게 된다. 모두를 떠나보낸 후 그녀는 말년에 얻은 파킨슨병 때문에 흔들리는 손으로 책을 들고 "저녁이면 서양배 모양의 코에 가벼운 스위스제 안경을 쓰고 달콤한 심연으로, 어두운 가로수 길로, 봄물 속으로 깊이 빠져들었다." 그렇게 소네치카는 책의 세계로 다시 침잠한다.

현실에서도 독서광 또는 읽기 중독에 빠진 실제 인물들의 일화는 많다. '柏得讀狂 眼徹紙面(백득독광 안철지면: 눈빛이 종이를 꿰뚫을 정도로 책을 읽었다)'라고 잘 알려진 조선의 김득신. "문장이란 제각기 자신만의 맛을 가지고 있다"

라고 설파한 허균. "이집트 원정 나서면서 1,000여 권의 책을 싣고 갔던" 나폴레옹. 12미터 높이의 사설 도서관을 보유하고 있으며 고전을 즐겨 읽는다는 조지 루카스. "하버드대 졸업장보다 독서하는 습관이 더 소중하다"는 빌 게이츠. "책을 통한 인생역전"의 진정한 주인공 오프라 윈프리. 지하 1층, 지상 3층의 집필실이자 사설 도서관 '고양이빌딩'을 짓고 그 속에 파묻혀 "책 한 권 쓰기 위해 500권을 읽는다"는 다독가이자 애서가 다치바나 다카시. 첫 소설 『불꽃』(火花·히바나)이 일본에서 가장 권위 있는 순수문학상인 아쿠타가와(芥川)상을 수상하면서 밀리언셀러 작가가 되었고, 2,000권 이상의 책을 읽은 다독가로 알려진 일본 개그맨 마타요시 나오키 등….

그러나 정작 '읽기 중독자'를 다룬 소설은 많지 않다. 위에 열거한 인물들의 일화로도 알 수 있듯이, 어렸을 적부터 책을 엄청나게 많이 읽은 사람이라면 반드시 무엇인가가, 또는 누구인가가 되는 줄 알았다. 그래서 '아무것도 되지 못하고', 딸 친구 야샤와 바람을 피운 남편도, 친구 아버지를 유혹한 야샤도, 엄마를 진정으로 이해하지 못하고 떠나버렸던 딸 타냐도, 그 모두를 용서한 채, '책으로 돌아간 한 여인'의 이야기는 긴 여운으로 남는다. 그러면서 요즘 세태는 책의 실용적 효용성과 가치만을 너무 강조하는 것이 아닐까 하는 의문이 든다. 소네치카가 어렸을 때부터 고전(古典)으로 단련된 마음을 갖고 있지 않았던들 그 모두를 용서하는 관용과 포용을 자신 안에 품을 수 있었을까….

책은 "값싸게 주어지는 영속적인 쾌락"이라고 몽테뉴는 말했다. 책은 값싸게 주어지지만 그것이 주는 쾌락에 한번 빠지면 헤어나기 어렵고, 벗어났다가도 다시 돌아가게 만드는 강한 중독성이 있다. '읽기중독자'로 돌아간 소네치카에게 책 읽기가 현실 회피였는지, 현실 구원이었는지는 『소네치카』의 마지막 페이지를 넘긴 독자들이 판단할 것이다.

한편, 러시아의 포스트모더니즘 작가로 유명한 블라디미르 소로킨 (1955~)은 한 인터뷰에서 왜 펜을 드는가에 대해 이렇게 말했다.

> "문제는 상처 입고 세계와의 접촉을 찾지 못했던 아픈 사람들이 펜을 든다는 것입니다. 건강한 사람은 현존하는 세계의 광경에 덧붙일 것이 아무것도 없습니다. 그는 그냥 살아가죠. 그런 사람에게는 존재하지 않는 세계들을 생각해낼 필요가 없습니다. 그에게는 이 세계도 아름답기 때문이죠. 세계와 타협점을 찾지 못한 사람, 이 세계가 그를 위협하는 사람이 펜에 끌리는 겁니다."

덧붙여서 "문학이 사람들에게는 아직 필요하다"라고 소로킨은 말한다. "작가가 생산해내는 마약을 맞을 준비가 된 사람들이 있다"는 것이다. 그것도 "그런 사람들이 수백만이다"라고 단언한다. 하지만 소로킨 자신은 "스스로가 마약중독자이기 때문에 마약을 생산하는 그런 화학자와 같다"면서 "스스로를 위해 쓴다"라고 밝혔다.

또한 모파상은 글을 쓰는 이유에 대해 "나를 위로해주오. 나를 즐겁게 해주오. 나를 슬프게 해주오. 나를 감동시켜 주오. 나를 꿈꾸게 해주오. 나를 웃게 해주오. 나를 두렵게 해주오. 나로 하여금 눈물을 흘리게 해주오. 나를 사색하게 해주오"라고 답했다.

소로킨이나 모파상이나 둘 다 모두 자신을 위해 글을 쓰는 것이다. 게다가 모파상의 대답은 '글을 읽는 이유에 대해'라고 질문을 바꿔도 전혀 어색하지 않다. 쓰는 이유가 읽는 이유와 같은 것이다. 누군가가 쓰고 누군가에 의해 읽히는 책은 우리가 가장 쉽게 접할 수 있는 예술 형태이고, 예술은 파스테르나크의 말처럼 "자기에게로 돌아가는 길"이다.

모스크바와 그 근교의 여러 작가 박물관과 예술 박물관들을 돌아보면서 왜 이들은 이토록 창작활동에 매달렸는가, 왜 또 우리는 이토록 글을 읽고 그들의 작품들에 목말라하는가 하는 의문이 들 때가 많았다. 박물관들로 남은 작가들은 그래도 당대의 평가를 뛰어넘고 시대를 지나 살아남은, '위대한'이란 수식어를 붙일 수 있는 창작자들이다. "위대한 작품은 우리를 가르치지 않으면서 우리를 변화시킬 뿐이다"라는 괴테의 말처럼 그들의 작품을 읽는 것만으로도 우리 자신은 변화된다. 그러나 시대의 평가를 뛰어넘지 못하고 이름도 없이 사그라진 작가들도 허다하다. 그래도 우리는 읽고 또 쓴다. 누군가의 말처럼 '자신을 위해' 누군가는 읽고 누군가는 쓴다. 목적은 같다. 가고 가다 보면 그 길 끝에서 결국 자신과 마주하게 될 것이다.

다만 우리가 무엇이 되고자, 또는 무엇을 이루고자 책을 읽거나 쓰는 것이 아니라면 구원은 그 안에 있다. 독자들에게 러시아 문학 박물관 이야기를 들려준 이유이다.

참고문헌

〈문학작품〉

고골, N.   『검찰관』, 조주관 옮김, 서울: 민음사, 2006.

            『페테르부르크 이야기』, 최선 옮김, 서울: 민음사, 2007.

나기빈, Ju.   『겨울 떡갈나무』, 김은희 옮김, 서울: 한겨레아이들, 2013.

            『나기빈 단편집』, 김은희 옮김, 서울: 지식을만드는지식, 2009.

            『금발의 장모』, 김은희 옮김, 서울: 지식을만드는지식, 2013.

도스토옙스카야. A.   『도스토옙스키와 함께한 나날들』, 최호정 옮김, 서울: 그린비, 2003.

도스토옙스키, F.   『카라마조프가의 형제들』 1, 2, 3, 김연경 옮김, 서울: 민음사, 2007.

            『죄와 벌』 상, 하. 홍대화 옮김, 서울: 열린책들, 2009.

            『세계단편소설베스트37』 : 〈농부 마레이〉, 김은희 옮김, 서울: 혜문서관, 2012.

라블레, F.   『가르강튀아 팡타그뤼엘』, 유석호 옮김, 서울: 문학과지성사, 2004.

모출스키, C.   『도스토예프스키』 제1권, 제2권, 김현택 옮김, 서울: 책세상, 2000.

박제,   『그림정독』, 경기도: 아트북스, 2007.

보그다노바, O.   『현대러시아문학과 포스트모더니즘』 제1권, 제2권, 김은희 옮김, 서울: 아카넷, 2014.

부닌, I.   『마을』, 김경태 옮김, 서울: 삶과꿈, 2003.

석영중,   『도스토옙스키, 돈을 위해 펜을 들다』, 서울: 예담출판사, 2008.

            『러시아문학의 맛있는 코드』, 경기도: 예담출판사, 2013.

            『매핑 도스토옙스키』, 경기도: 열린책들, 2019.

            『자유, 도스토옙스키에게 배운다』, 경기도: 예담출판사, 2015.

            『인간 만세』, 경기도: 세창출판사, 2018.

알렉세이비치, S.   『전쟁은 여자의 얼굴을 하지 않았다』, 박은정 옮김, 경기도: 문학동네, 2015.

이덕형,   『러시아 문화예술의 천년』, 서울: 생각의나무, 2009.

이숲 편집부,   『내가 사랑한 세상의 모든 음식』, 서울: 이숲출판사, 2010.

임헌영,   『유럽문학기행』, 경기도: 역사비평사, 2019.

재레드 다이아몬드,   『총균쇠』, 김진준 옮김, 경기도: 문학사상사, 2005.

체호프 A.   『귀여운 여인』, 김임숙 옮김, 서울: 혜원출판사, 1999.

『체호프 단편선』, 박현섭 옮김, 서울: 민음사, 2002.

『벚꽃동산』, 오종우 옮김, 경기도: 열린책들, 2004.

『체호프 아동소설선』, 안동진 옮김, 서울: 지식을만드는지식, 2013.

추다코프, A.　『체호프와 그의 시대』, 강명수 옮김, 서울: 혜원출판사, 1999.

카, E. H.　『도스토예프스키』, 김병익, 권영빈 옮김, 서울: 홍익사, 1979.

카람진, N.　『카람진 단편집』, 김정아 옮김, 서울: 지식을만드는지식, 2011.

톨스타야, T.　『딸이 본 톨스토이』, 김서기 옮김, 서울: 서당출판사, 1988.

톨스토이, L.　『인생이란 무엇인가』, 1, 2, 3, 김근식, 고산 옮김, 서울: 동서문화사, 2004.

『안나 카레니나』, 상, 하, 이철 옮김, 서울: 범우사, 2003.

『전쟁과 평화』, 1, 2, 3, 구자운 옮김, 서울: 일신서적출판, 1994.

『하지 무라트』, 박형규 옮김, 경기도: 문학동네, 2018.

『이반 일리치의 죽음』, 이강은 옮김, 경기도: 창비, 2012.

『부활』, 박형규 옮김, 서울: 민음사, 2003.

『참회록』, 이상훈 옮김, 서울: 뿌쉬낀하우스, 2019.

『크로이처 소나타』, 이영범, 서울: 지식을만드는지식, 2012.

『유년 시절, 소년 시절, 청년 시절』, 최진희 옮김, 서울: 펭귄클래식, 2013.

투르게네프, I.　『아버지와 아들』, 이철 옮김, 서울: 범우사, 2005.

『사냥꾼의 수기』, 김학수 옮김, 서울: 동서문화사, 2016.

『투르게네프 산문시』, 김학수 옴김, 서울: 민음사, 1997.

『첫사랑』, 이항재 옮김, 서울: 민음사, 2003.

『아샤, 첫사랑』, 정성호 옮김, 서울: 명문당, 1994.

파스테르나크, B.　『의사 지바고』, 오재국 옮김, 서울: 범우사, 1990.

푸시킨 A.　『벨킨 이야기』, 최선 옮김, 서울: 민음사, 2006.

『대위의 딸』, 이영범, 서울: 지식을만드는지식, 2009.

『예브게니 오네긴』, 김진영 옮김, 서울: 을유문화사, 2009.

『삶이 그대를 속일지라도』, 박형규 옮김, 서울: 씨네스트, 2009.

플라토노프, A.　『귀향 외』, 최병근 옮김, 서울: 책세상, 2012.

필냐크, B.　『마호가니』, 석영중 옮김, 경기도: 열린책들, 2005.

호프 지런,　『랩걸』, 김희정 옮김, 경기도: 알마, 2017.

<그림>

가우, V.	《나탈리야 곤차로바의 초상》, 1942~1943, 종이, 수채화, 푸시킨 박물관.
게, N.	《톨스토이 초상화》, 1884, 캔버스, 유화, 96.2 × 71.7, 트레티야코프 갤러리.
레핀, I.	《투르게네프의 초상》, 1874, 캔버스, 유화, 116,5×89, 트레티야코프 갤러리.
	《톨스토이 초상화》, 1887, 캔버스, 유화, 124 × 88, 트레티야코프 갤러리.
	《잠자리》, 1884, 캔버스, 유화, 111×84, 트레티야코프 갤러리.
	《리체이 시험에서 시낭송하는 푸시킨》, 캔버스, 유화, 1911, 트레티야코프 갤러리.
샤갈, M.	《결혼》, 1918, 캔버스, 유화, 100×119, 트레티야코프 갤러리.
키프렌스키, O.	《알렉산드르 푸시킨의 초상》, 1827, 캔버스, 유화, 63× 54, 트레티야코프 갤러리.
	《안나 올레니나의 초상》, 1828, 캔버스, 유화, 러시아국립박물관.
파스테르나크, L.	《파스테르나크의 초상》, 1910, 캔버스, 유화, 파스테르나크 박물관.
피메노프, Ju.	《새로운 모스크바》, 1937, 캔버스, 유화, 140×170, 트레티야코프 갤러리.

프롬나드 인 러시아

초판인쇄 2019년 12월 27일
초판발행 2019년 12월 27일

지은이 김은희
펴낸이 채종준
펴낸곳 한국학술정보(주)
주소 경기도 파주시 회동길 230(문발동)
전화 031 908 3181(대표)
팩스 031 908 3189
홈페이지 http://ebook.kstudy.com
E-mail 출판사업부 publish@kstudy.com
등록 제일산-115호(2000. 6. 19)

ISBN 978-89-268-9755-3 93810